신데렐라는 내가 아니었다

II

I WASN'T
THE CINDERELLA

신데렐라는
내가
아니었다

과앤 장편소설

I Wasn't the Cinderella

I WASN'T THE CINDERELLA

4장

어느
약속

데이브릭 후작이 뻗대지 않으니, 약혼은 순조롭게 진행되었다. 식은 담백하게 진행했다. 결혼이 아닌 약혼은, 두 사람만 있어도 가능하다는 점이 편했다. 이 상황에 리한과 데이브릭 일가를 다 모아 놓고 식을 치르면, 분명히 유혈 사태가 날 테니까.

그러는 동안 수확제는 끝이 나고, 그 마지막을 기념하는 무도회가 열렸다. 약혼한 사실을 제대로 알릴 겸, 세시오의 평판이 얼마나 좋아졌나 확인할 겸, 나는 무도회에 참석하기로 했다.

여태까지와 다른 인상을 심어 주기 위해, 세시오의 의복은 화려하게 준비했다. 나는 대충 입을 생각이었지만.

"그대는 되면서 나는 안 된다는 말인가."

전에 있었던 인형 놀이를 잊지 않은 세시오가 기어이 내게 복수의 뜻을 밝혔다. 하는 수 없이 나는 그가 원할 때까지 옷을 갈아입어야 했다. 마지막에 뭘 입을지, 내게 선택을 떠넘긴 것만 봐도 이건 정말 보복이 맞았다.

복수는 끝나지 않는다는 걸 모르는군. 나는 속으로 다음을 기약했다.

"테릴 라셰드 리한 소공작님, 세시오 달란드 데이브릭 님 입장하십니다!"

무도회장에 들어서자마자, 많은 이들의 시선이 쏟아졌다. 시종이 호명만 안 하더라도 훨씬 조용히 들어올 텐데. 그래도 오늘은 좀 형편이 괜찮았다. 대부분은 나보다, 두 발로 선 세시오에 관심이 많았으니까.

세시오를 보고 저마다 다른 방식으로 경악하는 사람들의 반응이 퍽 흥미로웠다. 하나 안타깝게도 신전에서 소문을 퍼뜨려 주던 몇몇 귀족은 이미 그 기적을 목격했기에, 내게 더 관심을 가졌다. 그들이 알은체하며 내게 다가왔다.

그러나 가장 빨랐던 이는, 수년은 보지 않은 사람이었다.

"오오, 릴리!"

수도에 나를 애칭으로 부르는 사람이 남았던가. 당황하며 돌아보자, 익숙한 얼굴이 눈에 들어왔다.

두꺼비를 닮은 인상에, 듬성듬성 난 눈썹. 노무지 남매라고는 믿기지 않을 만큼, 어머니를 닮지 않은 숙부가 반갑게 웃고 있었다. 충분히 내게 다가올 만한 사람이지만, 예상 못 한 인물이기도 했다. 남작령에 있어야 할 사람이 왜 수도에?

"이게 몇 년 만인지, 정말 반갑기 짝이 없구나. 사랑스러운 내 조카야."

"……윈터글라스 남작님."

숙부라고 부르고 싶지도 않아 호칭으로 거리감을 뒀으나 그는 조금도 개의치 않았다.

"서운하구나, 릴리. 나는 네 숙부가 아니더냐! 아무리 오랜만이라고 한들, 그렇게 남처럼 부르다니."

그의 반응을 예상 못 한 스스로가 어리석었다. 내 아버지가 리한 공작이라는 소문이 온 제국을 돌아다녔을 텐데, 이 사람이 달라붙을 거란 생각을 왜 못했을까. 마지막으로 봤을 때 험하게 헤어지기는 했지만, 이자의 낯짝이 얼마나 두꺼운데.

그는 전형적인 기회주의자였다. 어머니를 북부에 팔아넘긴 선대 남작을 그대로 빼닮은, 이기적인 오라비. 어머니가 리한의 시녀로 자원하면서 윈터글라스는 황실에 막대한 대가를 받았다. 가문의 빚을 다 갚고 제법 떵떵거리며 살 정도로. 그 덕을 봐 놓고, 어머니가 수도에 돌아왔을 때 그는 입을 싹 씻었다. 기껏해야 모녀가 겨우 살 만한 자그만 집을 마련해 주면서, 생색만 끝이 없었다. 그조차 어머니의 소유로 넘긴 게 아니라 빌려준 거였지.

그걸로도 끝이 아니었다.

"남편도 없이 아이를 기르다니, 그래서야 되겠느냐? 너무 걱정되어, 너의 짝이 될 만한 사람을 몇 골라 왔단다."

내가 어렸을 때는, 어머니를 다른 가문에 팔아넘기려 기웃거렸고.

"릴리가 많이 컸구나. 이제 결혼을 해도 되겠어."

내가 자라서는 나를 팔아넘길 궁리를 했다. 내가 관리 준비를 한다고 했을 때는 코웃음 쳤고, 이따금 그 낡은 집에 대한 대가로 돈을 요구하기도 했다. 그 따위로 살았으면서 내게 얻어먹을 것이 있다고 생각한 걸까. 파렴치한 시궁쥐의 행태에 헛웃음이 났다.

그게 긍정적인 신호로 보였는지, 남작이 한층 느물거리게 웃었다.

"그건 그렇고, 왜 여태 연락이 없던 거냐. 내 사랑스러운 조카야. 내가 너희 모녀를 얼마나 보고 싶었는데."

"글쎄요, 전 숙부가 화가 나신 줄 알았거든요."

"응? 화가 나다니, 무슨······."

얼굴이 보이지 않아 까맣게 잊고 있었으나, 유일하게 제몬의 덕을 본 사건이 있었다. 숙부가 나를 팔아 치우겠다는 욕심이 극에 달했을 때, 나는 제몬을 만나기 시작했다. 그걸 보고는 이자의 생각이 이상한 방향으로 튀었다. 그는 내가 데이브릭의 안주인이 될 거라고 믿고, 과하게 치근덕거렸다.

그러나 여태 당한 일이 잊힐 리 없다. 내가 친하게 굴지 않고, 계속 싸늘하게 나오자 그는 금세 본색을 드러냈다.

"네가 계속 그런 식으로 나오면, 내가 이 집을 가만둘 거 같아?"

그래서 제몬이 나서서 도와줬냐 하면······ 그건 아니었다. 기우는 처지만으로 자존심이 상하던 때, 연인에게 내 숙부가 이 모양이란 것까지 드러내고 싶지는 않았다. 걱정과 불안과 분노와 짜증이 한데 뒤섞여 폭발했다. 그래서 나는 제몬의 위상을 조금 이용했다.

"어차피 가만두지 않으실 거라면, 차라리 제가 할게요."

"뭐? 너 그 양초는 뭐에 쓰려고······. 초에 불은 왜 붙이는 거냐!"

"왜긴요. 이 낡아빠진 집을 가만두면 안 되잖아요."

"당, 당장 그거 내려놔! 같이 타 죽을 셈이냐?"

"아니요. 전 안 죽어요. 전 몸이 날래서, 불이 나도 빠져나갈 자신이 있거든요. 그런데 숙부는 그 둔한 몸으로 도망칠 수 있으려나."

"미친 게냐? 살인은 중죄야! 평생 지하 감옥에서 썩으려고 그래?"

"이 와중에 제 걱정이라니 퍽도 친절하셔라."

"이런 또라이를 봤나! 으악! 불이 떨어지면 어쩌려고 그걸 기울여!"

"걱정하지 마세요. 숙부께서 계속 말씀하시던 대로 저는 데이브릭의 안주인이 될 거잖아요."

"뭐……?"

"이 정도는 제몬이 어떻게 감싸 주겠죠. 숙부도, 그렇게 생각하시죠?"

내가 벽에 양초를 가져다 대려는 순간, 쏜살같이도 문을 빠져나가 도망쳤었지. 혹 정말 그 낡은 집마저 빼앗겨 버리는 게 아닌가, 나중에서야 걱정이 들었지만 아무 일도 없었다. 빈말이 아니라 정말로, 숙부는 내가 데이브릭 후작 부인이 될 거라 믿은 것이다. 이제야 걱정하는 것도 우습지만, 내가 제몬에게 차이자마자 북부로 가지 않았다면 어쩌면 살 집마저 사라졌을지도 모른다.

그런 생각이 들자, 한층 분노가 치솟았다.

"왜긴요, 제가 숙부의 소중한 집을 불태우려 했잖아요."

당연하게도, 정말로 잊어버린 건 아닌지 그의 얼굴이 파랗게 물들었다.

"겨우 그런 걸로 화를 낼 리가 있니. 하하, 너는 이 숙부를 뭐라고 보는 게냐."

양심 없는 시궁쥐.

"그깟 집 같은 게 귀해 봐야, 내 사랑스러운 조카만큼 소중하겠느냐?"

"아, 그러시구나."

나는 감흥 없이 대답하며 주위를 둘러보았다.

보는 눈이 좀 많긴 한데, 사람 없는 데서 정리할까. 너무 대놓고 해도 좀 그런데.

"그래서 말인데 릴리, 나도 멀리서 소식을 들었단다. 정말 네 아버지가—."

"템그리아의 영원한 태양, 위대하신 황제폐하와 템그리아의 찬란한 달, 존엄하신 황후폐하께서 입장하십니다!"

타이밍 좋은 호명이 숙부의 말을 끊어 냈다. 남의 집 개싸움을 구경하던 사람들이 일제히 고개를 숙였다. 그건 윈터글라스 남작과 내 옆의 세시오도 마찬가지였으나 나는 알 바 아니었다. 마침 잘됐다 싶어, 난 숙부의 발등을 강하게 짓밟았다.

"윽!"

차마 황제가 입장하는 동안 아무런 소리도 내지 못하고, 그가 비명을 참았다. 고통이 심한 듯 휘청이기까지 해서, 나는 쓰러지려는 옷깃을 몸소 붙잡아 주었다. 허리를 수그려 숙부의 얼굴을 가까이하고, 나는 다정히 웃어 주었다.

"조심하셔야죠, 숙부님."

그러나 따뜻한 건 말뿐이다. 나는 와르르 기세를 일으켰다. 만티코어에게도 이 정도로 쏟아 내진 않았으니, 영광인 줄 알아.

숙부의 몸이 벌벌 떨리더니, 머잖아 그의 사타구니가 젖어 들었다. 나는 노골적으로 인상을 찡그리며 코를 움켜쥐었다.

"정말 급하셨나 보네."

"으, 으으……."

"할 수 없네요. 귀족들이 허리 숙여 인사하는 동안 서둘러 나가셔야겠어요."

누가 보기라도 하면 큰일이잖아요? 짐짓 생각해 주는 척하는 말에도, 그는 벌벌 떨 뿐 아무런 화도 내지 못했다. 다만 수치심에 새빨갛게 달아오른 얼굴로 허겁지겁 도망칠 뿐이다.

"안녕히 가세요, 숙부님."

멀어지는 뒷모습을 보며 나는 손을 흔들어 주었다.

"좋아, 이제 좀 속이 시원하네."

「저치가 윈터글라스 남작인가?」

"어머니랑 안 닮았지?"

「조금도.」

닮았다는 게 모욕이란 걸 아는지, 수첩에 적히는 글자가 유독 단호했다. 그러고는, 세시오가 주위를 살피더니 속삭였다. 워낙 작게 말한 탓에 알아듣지 못했으나, 직후 일어난 일로 그가 무슨 말을 했는지 알 수 있었다.

아직 무도회장을 빠져나가지 못한 남작이 우당탕 넘어졌다. 그 소리가 보통 요란한 게 아니라서, 허리를 구부린 와중에도 사람들이 입구 쪽을 흘금거렸다. 다행히 세시오가 말하는 건 들키지 않은 듯했지만.

"······사람들 한복판에서 간도 크지."

"약속한 게 있어서."

무슨 약속? 그 의미를 물어보려는 때.

"오오, 리한 소공작! 와 주었구나!"

황제가 손을 흔들며 아는 척을 하는 바람에 대화는 더 이어질 수 없었다. 얼마간 비생산적인 대화가 이어졌다.

"데이브릭 공자가 정말 걷게 되다니, 놀랍구나!"

이 말로 시작해서 이게 다 리한 덕이라고 우리를 치켜세우고는 고리짝 사냥 대회 이야기도 다시 꺼내 왔다. 그러고는 돌아가지 않고 무도회에 와 주어 고맙다는 말과 약혼을 축하한다는 말까지 하고서야 끝이 났다. 이렇게 안부를 다양하게 물을 수 있다니, 황제에게도 나름의 재주가 있었다.

그러나 황제에게 풀려난 뒤에도, 아까의 대화를 이어 갈 여유는 없었다. 다시 손님이 찾아왔기 때문이다.

"리한 소공작님! 앗 데이브릭 공자님도 안녕하세요!"

발랄한 말투만 봐도 알 수 있었지만, 롭티나 그레텔이다. 가면을 벗은 모습을 알고 있어서 그런지 위화감이 대단했다. 그러고 보면, 세시오는 이 영애의 실체를 알려나.

"그레텔 공작 영애시군요, 오래간만—."

"서운해요, 왜 티파티는 거절하신 거예요!"

이 사람도 초대장을 보냈다. 저택에 오는 초대는, 내게 보고할 것 없이 불쏘시개로 쓰라 했으니 내가 알 턱이 없다. 그렇게 솔직히 말할 수는 없었지만.

"죄송합니다, 일이 많아서."

"그렇다면 할 수 없지만요……."

그녀는 눈꼬리를 축 늘어뜨리며 노골적으로 실망한 기색을 드러냈다. 조금 소름이 돋았다. 진짜 연극배우라고 해도 믿겠는데.

"아, 이제 젬젬은 소공작님을 귀찮게 하지 않을 거예요!"

"네?"

"만약 귀찮게 하면 저한테 이르러 오세요! 저랑 약속했거든요! 다시는 먼저 소공작님께 말을 걸지 않기로."

오, 이 말을 해 주러 온 건가. 마음속에 세워지던 벽이 단번에 허물어졌다.

"신경 써 주셔서 감사합니다. 그레텔 공작 영애."

"롭티나요!"

"네?"

"애칭도 좋아요. 저희 아버진 로비라고 부르시지만, 타이니도 괜찮고."

"이름으로 부르라는 말씀입니까?"

"그래 주시면 좋을 텐데. 안 되나요?"

그녀는 동그란 눈을 몇 번이나 깜박였다. 퍽 토끼 같은 모양새다. 동생이 있다면 이런 기분일까, 알고도 속아 넘어갈 것 같은데.

"안 돼요? 안 되나요? 소공작님에게서 젬젬도 쫓아 줬는데."

"……알겠습니다. 어려운 일도 아니니까요."

"야호! 이제 소공작님과 친구다."

친구? 다소 당혹스러운 단어였으나, 그녀의 말은 끝나지 않았다.

"그럼 저도 이제 이름으로 불러도 되나요?"

"네, 뭐 편하실 대로 부르세요."

"와! 자랑하고 다녀야지!"

펄쩍펄쩍 뛰다가, 롭티나는 정중하게 ―세시오에게도 빼먹지 않았다.― 인사를 건네고 튀어 갔다. 설마 이렇게 쌓은 친분을 이용하려는 건가. 무도회장의 사람들이 다 봤는데, 이런 식의 친분을 써먹을 수 있다면 그것도 나름대로 재주겠지.

그녀가 떠나간 후, 나는 새삼 궁금해져서 주위를 두리번거렸다.

제몬을 찾기는 어렵지 않았다. 그는 먼발치에서 세시오와 나를 노려보고 있었다. 그러나 차마 이쪽으로 다가오지는 못했다. 혹시나 해서 한 발자국을 내밀자, 그는 흠칫하며 한 발자국을 물러났다. 두 발자국을 내딛자, 딱 그만큼 물러났다. 내가 절 놀리고 있다는 걸 알았는지, 그의 얼굴이 새빨갛게 달아올랐다.

"재밌는데."

롭티나가 좋은 선물을 줬다. 이미지상 겉으로 드러내지는 않았으나, 세시오도 즐거워 보였다. 그러나 즐거움은 한순간뿐이었다.

"저거 봐, 소후작을 보고 웃잖아!"

다소 높게 튀어 오른 수군거림이 내 귓가로 흘러들었다.

소후작이면 제몬……? 설마 내 이야긴가. 귀에 마나를 집중하자, 금세 그 소리를 잡아낼 수 있었다. 너덧 명의 남녀가 소리를 낮춰 쑥덕거리는 중이었다. 나이대는 조금 어린 듯했다.

"하지만 세시오 공자가 걸을 수 있게 만들어 줬잖아. 무슨 수를 썼는지는 몰라도, 보통 고생은 아니었을 텐데."

"상대가 누군지 몰라? 리한의 힘이면 그쯤은 아무것도 아니지."

"켈시 말이 맞아. 세시오 공자가 아니라, 소후작 쪽에 관심이 있는 거야."

"그럼 왜 다른 사람이랑 약혼한 건데?"

"자존심이 상하니까! 분명 데이브릭을 통째로 삼킨 다음 소후작을 마음대로 하려는 거겠지."

딴에는 진지한 대화 같으나, 아주 소설을 쓰고 있다. 데이브릭을 삼킨다는 추론은 엔하르트 백작과 같았으나 그 이유란 게 내가 제몬에 미련이 남아서 라고?

"너도 계속 봤잖아, 아이비. 약혼자라면서 손 한 번 안 잡더라니까?"

"들어올 땐 잡았는데."

"아씨! 그건 에스코트고!"

"만난 지 얼마 안 돼서 그런 거 아니야?"

"그렇게 서둘러 약혼할 정도면 한창 불탄다는 소린데 말이 돼? 분명 꿍꿍이 가 따로 있다니까."

"정말 그런 거면 세시오 공자가 불쌍해."

"누가 아니래. 리한 사람은 어쩔 수 없나 봐."

세시오와 약혼식까지 치렀는데도 왜 내 악명이 실시간으로 불어나는 걸까. 생각보다 리한에 편견이 심했다. 그래도 성인도 되지 못한 어린아이들 같아, 나는 그들의 상상력을 그냥 웃어넘겨 주기로 했다.

그러나 곧, 나는 웃을 수 없게 되었다.

내가 무도회장에 온 것은 세시오의 평판이 올랐나 확인하기 위함이었다. 다른 이들의 생각이 어떨지 궁금해 나는 주변을 느리게 돌며 수군거리는 소리를 주워들었고 그 결과.

"데이브릭을 삼키면, 세시오 공자를 버리려는 게 아닐까요?"

라든가.

"가문의 힘을 이용해 소후작을 어떻게 하려는 게 틀림없소."

라든가.

"그냥 저 남자를 가지고 놀려는 거 아니야? 잘생겼고 순진하잖아."

심지어 이런 말까지.

내 이야기를 하는 사람 중 세시오와 내 사이를 좋게 해석하는 사람은 아무도 없었다. '그' 리한 소공작이 정말로 세시오를 좋아할 리 없다. 악마에게 바치려는 거다. 제몬에게 복수하려는 거라는 진실에 가까운 추측까지. 안 본 새, 다들 상상력이 는 건지 리한의 악명 때문인지. 내가 테릴 윈터글라스일 때는 그렇게 얕보던 인간들이, 이번에는 안 좋은 쪽으로 추어올리기 바빴다. 평판에 신경 쓰지 않는 편이었으나, 이런 상황조차 무시할 수는 없었다.

도대체 세시오에게 일어난 기적은 왜 아무도 이야기하지 않는 거지. 마음이 조급해졌다.

내가 무도회장을 도는 동안, 세시오는 발코니에서 와인 잔을 기울이는 중이었다. 나는 서슴없이 커튼을 열고 발코니로 들어갔다. 갑자기 들이닥쳤는데도, 그는 별로 놀라지 않았다. 커튼을 치며 나는 마나로 소리부터 틀어막았다.

나는 세시오의 잔을 빼앗아 몇 모금을 삼키고 물었다.

"사람들이 우리더러 뭐라는 줄 알아?"

"악마와 제물이라고?"

"요약 잘하네."

젠장.

"어떻게 좋게 보는 사람이 아무도 없지? 나는 그냥 순수하게 제몬을 지옥의 구렁텅이로 밀어 넣고 싶을 뿐인데."

"세 살 난 아이보다 순수한 바람이로군. 과연, 대중의 안목이 정확해."

"웃기지 마, 당신을 후작 만드는 계획도 망가지고 있거든."

"그대가 어떻게든 해 주겠지, 믿고 있어."

그렇게 즐겁다는 듯 웃으며 하는 말이 퍽도 믿기겠다.

나는 길게 한숨을 내쉬었다.

"필요한 게 뭔 거 같아."

"리한이 아닌 다른 성?"

"농담하지 말고."

"그렇다면 사랑이겠지."

"역시 그것뿐인가."

"이번이야말로 농담—."

시답잖은 말을 주고받다가, 세시오가 입을 다물었다.

누군가 발코니의 커튼을 열어젖히고 문을 열었다. 안에 사람 있는 거 훤히 알 텐데, 도대체 무슨 매너야. 나도 조금 전에 같은 일을 벌이긴 했지만, 그건 안에 있는 사람이 세시오란 걸 알기 때문이었다.

어이가 없어 인상을 쓰는 동안, 웬 남자가 안으로 들어왔다.

"발코니가 다 찼으니, 당장 나……."

말을 흐리는 이의 얼굴이 낯이 익었다. 어디서 봤더라, 잠시 고민하자 곧바로 답이 나왔다.

"저번의 주정뱅이?"

"너, 저번의 그 미친……!"

동시에 상대도 나를 알아본 모양이었다. 그는 저번 무도회에서, 세시오에게 시비를 걸다 발코니 너머로 떨어진 주정뱅이였다. 오늘은 술에 취해 있지는 않았지만.

사내는 나와 세시오를 번갈아 쳐다보고는, 눈을 가늘게 뜨며 말했다.

"오호라, 둘이 붙어 있는 걸 보니 네가 리한 소공작이구나?"

네가? 이렇게 노골적인 하대를 들어 보기도 오랜만인데.

나는 팔짱을 끼고 고개를 기울였다.

"넌 뭔데."

"수도에 온 지 한 달은 넘었을 텐데 나를 모른다고? 역시 북부 것들은 건방지기 짝이 없군."

"그래서 수도 것인 네 이름은 뭐냐고."

"잘 기억해라, 이 몸은 아드윈 그레텔이다."

그 말을 듣고 나니 상대의 눈동자가 분홍색인 게 눈에 들어왔다. 롭티나와 같은 빛깔이다.

그 이름을 듣고, 나는 몇 가지 사실을 떠올렸다. 아드윈 그레텔은 그레텔 공작가의 소공작이었다. 그러나 빈말로도 유능하다고는 할 수 없는 치였다. 운이 좋게 첫째로 태어났고, 또 운이 좋게도 그레텔 공작이 몹시도 보수적인 사람이라 그 덕을 봤을 뿐. 제일 잘하는 건, 온종일 술을 붓는 것이고 못하는 건 술을 끊는 것이다. 얼굴이 벌게져 사방을 돌아다니며 시비 걸 사람을 찾아다닌다니 여간 망나니가 아니었다. 물론 이 사람도 롭티나처럼 연기파가 아닐 경우의 이야기지만.

"저번에 뼈가 부러져, 내가 얼마나 고생했는지 알기나 해!"

"뭐라는 거야. 혼자 땅바닥에 떨어져 놓고 누굴 탓해?"

"흥, 내가 술에 취해 기억을 잊었다고 뒤집어씌울 요량인가 본데, 스스로 땅에 처박히는 얼간이가 세상에 어디 있단 말이냐."

오, 그래도 원숭이보단 머리가 좋은가 본데.

"분명히, 네가 사람들을 협박해 꾸며 낸 말이겠지."

"그렇게 생각하면, 그레텔에서 공식적으로 항의 서신 보내든가."

물론 그레텔 공작이 응해 줄 리는 없었다. 공작은 보수적인 거지, 멍청한 사람이 아니다. 제 후계가 얼마나 망나니인지 알고, 고쳐 보려고 다리몽둥이를 다섯 번은 부러뜨렸다고 들었다. 그럼에도 아직껏 망나니인 이치가 대단했지만.

어쨌거나 그레텔 공작은 이 주정뱅이의 추측만 믿고 리한에 항의를 할 만큼, 덜떨어진 팔불출은 아니었다. 그리고 이 주정뱅이도 그걸 아는 모양이었다. 분노로 얼굴이 흉하게 일그러졌다.

"제 가문의 위신에 기대어 유세를 떠는 꼴이라니. 남들이 리한이라고 치켜세우니 주제를 모르지."

"자기소개? 그보다 어려운 말도 쓸 줄 아는구나."

"반반한 얼굴 가지고 사내놈 하나 붙잡아 인생을 피려 하더니, 리한이 됐다고 네 꼴이 나아진 줄 알아? 약혼자라고 고른 것까지 저깟 놈이라니, 볼품없는 것끼리 붙어먹는군."

"뭐, 다 좋은데. 볼품의 뜻이 겉모습이란 건 알지?"

"뭐?"

"여기서 제일 볼품없는 게 누굴까."

1번. 무가치하다고 깎아내린 사람들도 외모만큼은 훌륭하다고 인정한 세시오 데이브릭.

2번. 쥐뿔 가진 것도 없으면서 얼굴만으로 인생을 펴려 하던 테릴 리한.

3번. 아드윈 그레텔.

질문 하나를 던졌을 뿐인데, 아드윈 그레넬이 목에 핏대를 세우고 소리쳤다.

"얼굴만 반지르르해서 뭐에 쓴단 말이야!"

"그렇지! 당신처럼 뇌도 반지르르해야 하는데."

"뭐라고!"

이야기가 길어질수록 화가 나기보다는 좀 재미있었다. 반응이 바로바로 오는 게, 놀리는 맛이 있다. 하나 상대는 나처럼 즐겁지는 않았는지, 아드윈 그레텔이 내게 달려들었다. 차라리 말싸움을 계속했더라면 승산이 있었을 텐데.

나는 안타까워하며 주먹을 움켜쥐었다가, 아드윈의 등 뒤를 보고 멈칫했다. 이자의 조심성이 워낙 뛰어난 탓에, 커튼이 다 닫히지 않았다. 그 틈새로 힐금거리는 사람이 한둘이 아니다. 한 대쯤 맞아 주고 때리면, 그레텔에서 뭔가 얻어 낼 게 있으려나.

고민하는 새, 아드윈의 주먹이 빠르게 가까워졌다. 그러나 나는 맞지 않았다. 내내 조용하던 —그럴 수밖에 없었지만— 세시오가 내 앞을 막아선 덕이었다.

"세시오?"

후작부인 때와 달리 그가 대신 맞아 준 것은 아니었다. 세시오는 무난하게 아드윈의 주먹을 쳐내고, 그의 멱살을 붙잡아 난간 밖으로 던져 버렸다.

"으아아악!"

"……야."

"악명은 좀 나눠 가져야 공평하지 않겠나."

더러운 것을 만진 듯 손을 털며 그가 눈을 휘었다. 무도회장을 등지고 있어 말하는 게 보이진 않겠지만 그렇더라도 대담한 행동이었다.

"당신 평판은 어떡해."

"어차피 그대의 예상대로 되진 않았어. 그래도, 수도 귀족들의 의견이 중한 건 아니잖나."

"그렇긴…… 하지."

평판이 좋아 나쁠 건 없다. 그러나 그것만으로 커다란 이익을 볼 수 있는 것도 아니었다. 데이브릭 후작이 되는 데, 외부인의 지지가 얼마나 의미가 있겠는가. 그걸 알면서 내가 수도에서 세시오의 평판을 신경 쓴 건, 후작령에 미칠 영향 때문이었다. 좋은 소문이 들어가면 좋겠지만, 그게 아니라도 최소한 나쁜 소문은 흘러들지 않길 바랐다. 수도 귀족과 달리, 영지민들은 이미지에 영향을 받을 테니까. 그러니 수도 사교계의 평판이 원하는 대로 안 되었다고 크게 아쉬울 일은 아니었다. 영지에서도 악마와 제물 소리가 나오지 않는 한은.

그보다.

"의외로 힘이 좋다. 아드윈 그레텔도 체격이 좀 있던데."

"정말 언령으로 만든 근육이라 생각했나?"

"제대로 단련했다고? 몰래 하더라도 한계가 있잖아."

"내가 굳이 저택에만 머물러야 하는 건 아니니까."

아예 밖으로 나돈 건가.

나는 고개를 끄덕이다가, 여전히 조금 열린 커튼을 발견했다. 아드윈 그레텔이 난간 밖으로 떨어지며 커튼을 닫고 갈 리도 없으니, 당연한 일이다. 안쪽이 잘 보일 정도는 아니고 세시오도 바깥에서 입 모양이 보이지 않을 각도로 서 있지만 아무래도 신경 쓰였다.

"커튼 좀 닫고 얘기해. 남의 사생활에 관심들이 많네."

"잠시."

몸을 돌리려 했으나, 세시오가 나를 잡았다. 그는 발코니의 난간에 걸터앉은 채 날 내려다봤다. 역광이 진 얼굴에 눈동자가 묘하게 빛났다.

"이왕 이렇게 된 거 이용해 보면 어때."

세시오가 손을 뻗었다. 바깥바람에 서늘해진 손가락이 머리칼 사이를 헤집고 들어와 내 얼굴을 끌어당겼다. 그 감각에 목덜미의 솜털이 오스스 곤두섰다.

순간, 마른침이 넘어갔다. 그는 오른손으로는 내 머리를, 왼손으로는 내 얼굴을 감쌌다. 정확히 말하자면 마디가 도드라진 손가락 넷이 내 뺨을 감싸고 기다란 엄지가 입술 위를 가로질렀다. 그 때문에, 세시오가 내게 얼굴을 가까이 가져와도 숨결이 섞이는 일은 없었다. 사이에 손가락 하나만을 둔 거리에서, 그가 나지막이 속삭였다.

"사랑이 필요하다 하지 않았나."

나는 세시오의 목소리를 처음 들었을 때의 감상을 다시 한번 떠올렸다. 얼굴은 천사같이 선량해서, 입에서는 악마의 목소리가 나온다고 생각했던가.

단단히 착각했지. 눈매가 휘어진 모양새도, 살갗을 간질이는 숨결도, 피부에 잠겨 드는 그 목소리도. 어느 하나 천사 같은 건 없었다. 세시오 데이브릭은 그야말로, 사람을 홀리는 악마 같았다. 나는 헛웃음을 흘렸다. 그런데 사람들은 왜 나더러 악마라고 하는지.

"연기라도 하자고?"

"그대에 대한 곤란한 소문은 사라지겠지. 나도 순진하고 이용만 당하는 제물 역은 달갑지 않아서."

"당장 당신이 입만 열면, 그 이미지는 싹 사라질걸."

지금껏 사람의 인상은 청각보다는 시각적 요인에 좌우된다고 생각했는데, 아니었다. 이 남자의 목소리를 들으면 천사같이 선량한 이미지의 절반은 조각 날 게 분명했다.

조금 전 마신 와인 때문인지, 입 안이 말랐다. 나는 그의 눈을 똑바로 보고 물었다.

"다시 물어볼게, 세시오. 지금 만나는 사람 없는 거 확실해?"

"있으면 애당초 약혼을 할 리가 없지."

"제몬을 저격하는 말 같네."

"상식이니까."

"이 손가락은 뭐야?"

"배려라고 해 두지. 그대는 신경 쓰일 테니까."

"당신은 상관없다는 거구나. 그럼 어설픈 시늉은 됐어."

입술에 닿은 그의 손가락을 깨물자, 세시오가 움찔하며 손을 비켰다. 동시에, 나는 그의 옷깃을 잡고 아래로 당겼다.

"할 거면 제대로 하라고."

이번에는 아무것도 걸리는 것 없이 온기가 온전히 맞물렸다. 귀에 마나를 집중하지 않아도, 뒤쪽에서 어수선을 떠는 게 느껴질 정도였다.

그러나 내게도 그걸 신경 쓸 여유는 없었다.

"소문이 바뀌었습니다."

아침이 조금 지났을 무렵, 그리넬 경이 나를 찾아왔다. 내가 지시한 일에 보고를 올리기 위함이었다.

"어떤 식으로?"

"소공작님께서 데이브릭 후작 영식에게 반해서 억지로 약혼을 진행했다는 식입니다."

"……별로 좋아지진 않았네."

"제몬 데이브릭의 이름이 빠졌습니다."

"아, 그건 잘됐다."

"소문을 퍼뜨리는 사람들을 벨까요?"

"그런 살벌한 농담은 됐어."

농담이 아닌 것 같았지만, 내 심신의 평화를 위해 그런 걸로 해 두었다.

아무튼.

"세시오가 아드윈 그레텔을 던져 버린 일은 문제 되지 않았나?"

"예, 제대로 본 사람이 없어, 소공작님이 한 일이라 생각하는 분위기입니다."

"본인은 알잖아."

"공자에게 당한 게 창피했는지, 아무것도 기억나지 않는다고 잡아떼고 있습니다."

"술에 취하지도 않았으면서."

"그리고 극심한 알코올 알레르기가 생겼다고 합니다."

갑자기? 알코올 중독자에게 알레르기라니, 벌 같기도 하고 상 같기도 하고 묘하네. 중독된 당사자는 지옥이겠지만, 주정뱅이에게 당하던 주변인에겐 천국일 것이다. 그레텔 공작의 입꼬리도 찢어지겠군.

"언제부터?"

"어젯밤, 부상 때문에 화가 난다고 술을 들이켠 순간 증상이 나타나 진찰을 받았다고 합니다."

잘못 떨어졌다고, 알레르기가 생길 수도 있는 건가. 설마 세시오가 짜증이 나서 언령으로 화풀이한 건 아니겠지. 조금 신경 쓰이긴 했지만, 어쨌거나 나쁜 일은 아닌 듯해 나는 고개를 끄덕였다.

"그리고 수도의 소문이 북부로도 전해진 모양입니다."

뭐?

당황하는 내게 그리넬 경이 두 장의 서신을 내어 주었다. 하나는 어머니, 다른 하나는 아버지가 보낸 서신이었다. 각 내용을 요약하자면 이랬다.

「너를 믿는단다, 릴리. 함부로 난 소문에 너무 마음을 다치지는 말렴.」
「결혼하지 않는다며.」

하단의 서명을 잘라 버리더라도 발신인이 누군지 명확히 구분되는 편지였다. 나는 마음이 따뜻해지는 편지는 서랍 안에 보관했고, 마음이 차가워지는 편지는 대충 아무 데나 던져두었다.

"두 분이 입을 맞춘 게 사실이냐고 꼭 확인하라고 하셨습니다."

"시늉만 한 거라니까. 그보다 아버진 왜 이렇게 남의 연애사에 관심이 많으시대."

"……연애사라니요."

"아니, 겉보기엔 그렇잖아. 약혼이니, 결혼이니……."

그녀의 목소리가 심상치 않아 순간적으로 변명하다가 뒤늦게 이상한 기분이 들었다. 뭐지, 방금 그리넬 경이 어쩐지 아버지처럼 느껴졌는데. 고개를 들자, 나보다 서너 살이 많을 뿐인 내 기사는 여느 때와 다름없는 표정을 짓고 있었다. 방금 아버지 서신을 읽어서 다르게 들렸나 보다.

"그러시군요."

"지시한 건 어떻게 됐어?"

"무사히 신병을 확보했습니다. 후작은 눈치채지 못한 것 같습니다."

"신경도 안 쓰고 있었겠지. 브루넬 멀든이 죽은 줄 알 테니까."

쇠뿔도 단김에 빼라고, 나는 오늘 일정을 바꾸기로 했다.

"그러면 얼른 경한테 식사나 같이하자고 전해 둬. 가능하다면, 시간도 좀 당기면 좋겠군."

"알겠습니다."

"수고했어, 그리넬 경. 이만 나가 봐."

그리넬 경은 내게 고개 숙여 인사한 뒤 방을 나섰다.

그녀를 보내고, 나는 창문 앞에 섰다. 창밖을 보니 세상이 온통 재색이다. 시끄러울 만치 비가 쏟아지고 이따금 번개가 먹구름 사이를 가로질렀다. 그 모습을 가만히 바라보며 나는 멍하니 중얼거렸다.

"아주 하늘이 다 쏟아지는구나."

창문을 조금 열자, 비가 내릴 때 특유의 쿰쿰한 냄새가 났다. 내 미묘한 심경을 대변하기라도 하는 것 같다. 그런 생각이 늘자, 새삼 가슴이 답답해져서 나는 크게 한숨을 내쉬었다. 그리넬 경의 앞에서는 내색하지 않았으나, 마음이 영 싱숭생숭했다.

그렇게까지 할 생각은 없었다. 반드시 세시오의 평판을 올려야 하는 상황이라고 해도, 대충 사이좋은 척이나 하고 말았을 것이다. 사람들이 나를 악마로 생각하든 마왕으로 생각하든. 세시오를 희생양으로 생각하든, 제물로 생각하든 크게 문제 될 일도 아니니까. 정 안 풀리면, 그냥 힘으로 밀어붙여도 괜찮고.

그랬는데.

"미쳤지, 정말."

나는 닫힌 창문에 쿵 소리가 나게 이마를 받았다. 창에 닿은 피부가 축축하고 차가웠으나 조금도 신경 쓰이지 않았다.

충동적으로 벌인 일이다. 그때의 상황에, 분위기에, 세시오의 눈빛에, 목소리에 홀려서. 입술 사이를 가로막고 있는 그 손가락이 신경 쓰여서. 말할수록 어쩐지 창피해졌지만, 그 순간에 취했다는 말밖에 할 수 없었다. 합리적인 이유가 있어서 한 일이라면, 감정도 아무렇지 않았을 것이다. 그러나 그게 아니란 걸 알기에, 나는 창에 몇 번 더 머리를 받아야 했다.

이마를 창에 댄 채, 나는 눈을 질끈 감고 중얼거렸다.

"정신 차려라, 테릴 리한."

가슴 안쪽을 깃털로 문지르는 것처럼 간질거리는 기분이 들었다. 나는 이 감정이 뭔지 안다. 설렘인지, 호감인지. 뭐라고 이름 붙이든 간에, 사랑으로 가기전 단계였다.

홀렸다. 정말로 그렇게밖에 말할 수 없었다.

전부터, 이상하다고 생각했어야 했다. 말로는 도움을 받아서 어쩔 수 없니, 직감이니 여러 그럴싸한 이유를 갖다 붙였지만, 그게 아니었던 거다.

솔직히 내가 성격이 좋은 편은 아니다. 이성적으로 생각할 수는 있으나, 감정이 머리를 따라가는 스타일도 아니었다. 내 목숨을 구했어도, 어머니를 도왔어도, 도움받을 일이 있었어도. 그 누군가라도 재수 없이 굴면 감정이 상해야정상이다. 머리로는 도움받았으니 갚아야 한다고 생각해 그렇게 행동하더라도, 표정은 일그러진 채여야 맞았다. 그런데도 완전히 얼이 빠져서는.

"홀리면 안 돼. 저기에 홀리면 순식간에 빈털터리가 될 거야."

좋아한대도 다른 사람이어야지 세시오는 안 된다. 당장, 사냥대회 때 들은말만 떠올려도 그랬다.

"그대가 날 사랑하면 좋을 텐데."

"이상하게도, 리한에게는 먹히지 않는 힘이지. 안타까운 일이야."

그는 농담처럼 말했으나, 그 말에 밴 아쉬움은 진짜일 것이다. 언령이 안 통해서 농담이 됐을 뿐.

왜? 리한한테도 통하는 힘이면 노예로 만들어서 노동력을 쫙 뽑아 먹으려고? 황제가 되는 게 목적이라면 충분히 그럴싸한 이야기다. 주기적으로 선행을 해야 한다곤 하지만, 막말로 선행의 대상이 정해져 있는 것도 아니다. 아드윈 그레텔을 떨어뜨렸을 때처럼, 누군가에게는 나쁜 짓도 할 수 있겠지. 선인을 상대로는 조심스럽다고 했지만, 냉정하게 말해 내가 선인도 아니니까.

그런 걸 훤히 알면서 세시오를 좋아하게 되는 건, 방패 하나 없이 전쟁터에 나가는 것과 다름없었다. 그러니까 정말 조심해야 했다.

"아무리 생각해도 빨리 끝내고 멀어져야 해."

얼굴을 마주한 지 얼마나 됐다고, 이 모양이라면 시간을 오래 끌수록 더욱더 흘러 버릴 것이다.

창문에 퀭한 내 얼굴이 비쳐 보였다.

"제정신이 아니야."

세시오는 창밖으로 주르륵 흐르는 비를 보며 멍하니 중얼거렸다. 숨겨야 한다는 강박 때문에, 그는 혼잣말을 거의 하지 않는 편이었지만 오늘은 달랐다. 마음속의 말이 멋대로 새어 나왔고, 혼자 중얼거리고 있다는 자각도 없었다.

의식을 사로잡은 일을 떨쳐 내려 해도, 쉽지 않았다. 그때의 상황과 그 감촉과 그 감정, 모든 것이 지독하게 그의 머릿속에 달라붙어 있었다. 가짜 키스를 제안할 때까지만 해도 이성적이었다. 아니, 생각해 보면 그것도 아닌가.

커튼을 닫으려는 테릴의 팔을 붙들고 세시오가 그런 제안을 했던 것은, 들려오는 말들이 신경 쓰였기 때문이다. 그녀를 안 좋게 표현하는 말. 제몬을 되찾기 위해 그를 이용한다는 말. 그래서 반쯤은 충동적으로, 흐름을 바꾸어 보자고 생각했을 뿐인데.

"할 거면 제대로 하라고."

문제는 테릴 리한이 지나치게 대담하다는 데 있었다. 그래, 테릴 때문이다. 아니, 저 때문이다. 그녀의 성정을 모르던 것도 아니면서.

아무런 맥락도 없이, 세시오의 생각이 몇 초에 한 번씩 바뀌었다. 그는 억눌린 숨을 토해 냈다. 중요한 건, 원인이 아니라 이미 벌어진 결과였다.

"어떻게 한 번도 아니고 두 번이나."

세시오 데이브릭은 믿을 수 없었다. 테릴 리한의 복수를 들여다보고 싶을 뿐이라고. 감정이 되살아날 리 없다고. 한때의 충동이었으니 지금은 괜찮다고. 그렇게 자신하던 이가 누구였단 말인가. 돌이켜 보면, 그렇게 믿었던 스스로가 바보 같을 지경이다.

옛정으로 타인의 복수를 돕기로 한 것까진 좋았다. 그런데, 마법 계약서는 왜 썼고 테릴에게는 왜 쓰지 말라 했던가. 약혼했으면 됐지, 순순히 공작저로 거처를 옮긴 이유는 뭔가. 애당초. 그녀가 이미 철회한 계약 약혼을 굳이 주워 다시 약혼을 청한 이유는 뭐였나.

테릴의 앞에서 세시오는 유리한 거래라 손해를 감당하겠다고 떠들어댔지만, 파넬로의 말대로 데이브릭 후작위를 꼭 거쳐야 하는 건 아니었다. 데이브릭 후작에게 품은 복수심은 나중에 해결해도 될 일이니까. 리한 공작부인을 도운 것도, 그로 인해 오히려 의심받았음에도 리한 공작에게 고분고분하게 군 것도. 명시적으로 정리해 보니, 하나하나가 모두 같은 결론을 내고 있었다.

그래 놓고, 세시오는 객관적으로 대단치 않은 테릴의 소소한 호의에는 짐승처럼 털을 세우고 경계했다. 그녀가 황당해하며, 손해 보는 게 취미냐고 물은 것도 당연한 일이었다. 그가 한 일은 별게 아니고, 테릴 리한이 한 일은 몹시 중한 일이다. 그 비중의 차이만으로 그의 감성이 훤했는데, 그 자신만 몰랐다.

세시오는 몇 번째인지 모를 한숨을 내쉬고 재차 중얼거렸다.

"하루라도 빨리 후작이 돼야겠어."

여유로운 척 자신하고 있을 때가 아니었다. 테릴의 도움을 받는 데 그치지 않고 다소의 패널티를 감안하더라도 그의 힘을 써서, 되도록 빨리 목적을 이루고 그녀와 멀어져야 했다.

그녀를 사랑하게 된다고 세시오가 잃을 건 없었으나, 그는 사랑이라는 말만으로 거부감을 느꼈다. 감정적 교류는 언제나 세시오의 가슴에 커다란 흉을 남겼으니까. 그렇게 결론지은 순간, 그는 저도 모르게 눈가를 찡그렸다.

그때, 누군가 문을 두드렸다. 그제야 세시오는 제가 뭐에 홀린 사람처럼 중얼거리고 있었다는 사실을 깨닫고 입을 다물었다. 다행히 상대는 그의 말을 듣지는 못한 모양이었다.

리한 저택에서 그의 시중을 들어주는, 시종이 말했다.

"공자님. 소공작님께서 식사를 좀 이르게 해도 괜찮을지 여쭈라 하셨습니다."

세시오는 고민하는 기색도 없이 즉각 고개를 끄덕였다가 곧 쓴웃음을 지었다. 확실히, 마음이란 게 뜻대로 되지는 않는다.

세시오를 공작저에 데려온 이후, 나는 거의 모든 식사를 그와 함께했다. 그러나 오늘은 처음으로 한 사람이 더 섞여 있었다.

쭈뼛거리며 안으로 들어오는 사내는, 전에 봤던 기사 제복이 아니라 평상복을 입고 있다. 브루넬 멀든이었다.

"소공작님을 뵙습니다. 공자님도 잘 지내셨습니까."

"오랜만이야, 멀든 경. 식사나 하자고 불렀어."

사용인들이 의자를 빼 준 뒤 식사를 내어 왔다. 주방장이 열심히 솜씨를 부린 바닷가재 요리였다.

시간이 좀 지나기를 기다렸다가, 나는 느리게 말문을 열었다.

"요즘 불편한 데는 없나."

"아, 예. 신경 써 주신 덕분입니다."

진에 봤을 때 비해 브루넬 멀든은 많이 위축되어 보였다. 이유가 뭐든, 내게는 나쁘지 않은 상황이었다.

"실은, 듣고 싶은 말이 좀 있어."

"제가 아는 거라면 이미……."

나는 나이프를 내려놓았다.

"신분이 낮은 기사는 다 버리는 패 취급을 받는다고 했던가?"

"예? 예."

"사직하겠다고 서신만 남기고 사라지는 기사도 제법 된다고 했지."

"맞습니다."

"그들이 왜 떠났는지 캐 보려는 자는 없나?"

"동료들은 막연하게 추측하는 정도였습니다. 각하께서 지시하시는 사항을 이행하지 못해, 처리된 거라고요."

"거기까지 추측했으면서, 떠나지 않았다고?"

"그 정도도 각오하지 않으면, 저희 같은 사람들은 기사로 살 수 없는 시대입니다."

내 말이 억울했는지, 그는 좀 구슬픈 목소리로 답했다.

지어낸 말은 아니다. 황권의 약화는 단순히 황실 문제로 끝나지 않았다. 우두머리의 힘이 약해지자 승냥이 떼돌이 설치기 시작했다. 돈과 무력, 권위와 명예. 되도록 많은 것을 갈취하기 위해 그들은 황실이 세운 질서를 입맛대로 어겼으나 황제에게는 그걸 바로잡을 힘이 없었다. 그러다 보니 힘이 없는, 가문이 약하거나 혹은 귀족조차 아닌 이들에게 가장 큰 피해가 갔다. 그런 시대였다. 없는 이들에게는 더 가혹하고 잔인한.

"어디를 가든 마찬가지입니다."

"명령에 따르지 않으면, 가족마저 위험해지는 상황에서도?"

"그건…… 말씀드렸지 않습니까. 각하께서 그렇게까지 하실지는 몰랐습니다. 그걸 알았다면!"

"데이브릭을 떠났다고?"

그가 이를 악물고 말했다.

"제가 각오한 건 제 목숨까지입니다."

"경이 그렇다면 사실을 드러냈을 때, 같은 판단을 할 기사들이 제법 되겠군."

"예?"

"그런 이들이 얼마나 되나?"

"……후작가 기사의 40퍼센트를 약간 넘습니다. 영지에서 일하는 이들은 70퍼센트가량으로 알고 있습니다."

"40퍼센트라. 그 반절만 빠져나가도, 타격이 대단하겠어."

"설마 진실을 폭로하실 생각입니까?"

"참고로 증언은 경의 몫이야."

"저, 저더러 증언하라는, 그런 말씀입니까? 제 아내를 살려 준다고 하셨잖습니까!"

낯빛이 파랗게 질린 사내가 자리에서 벌떡 일어났다. 식기와 나이프, 포크 같은 것들이 마구 떨어져 요란한 소음이 났다.

"배신이 드러나면 저는 물론 아내도 죽을 겁니다!"

"내가 바보로 보이는 거야, 아니면 경이 바보인 거야? 경의 아내는 이미 빼돌려 놨어."

"그, 그게 무슨……."

"딱히 협박하려는 건 아니야. 내 뜻대로 움직이지 않더라도 경의 아내를 어떻게 할 생각은 없거든."

"그러면 왜 언급—."

"하지만 본인의 목숨은 다르지."

"아……."

"나는 대회 때 경을 살려 주었지만, 이후로도 보살펴 줄 의무는 없어."

브루넬 멀든의 얼굴이 와락 일그러졌다. 참담하기까지 했으나, 별로 동정이 일지는 않았다.

"대회장을 살아서 빠져나가게 해 주었으니 그때의 거래는 이미 끝났어."

내 말을 이해한 듯, 그가 고개를 푹 수그렸다.

"새로운 거래에 응하든가, 아니면 내 저택을 나가 숨어 살든가. 그게 경에게 주어진 선택지야."

"……."

"어차피 후작은 경이 죽은 줄 알 테니, 생명에 지장은 없겠지만."

숨어서 할 수 있는 일거리도 변변찮을 테니, 여유롭고 안락하게 살진 못할 것이다. 데이브릭 후작이 죽기 전까지는 계속.

브루넬 멀든은 선뜻 답하지 못하고 입술을 달싹였다. 그의 표정은 어두웠고, 눈 밑까지 근심의 그늘이 드리워 있었다.

"데이브릭 후작이 실각하지 않는 한, 평생 맘 편히 살긴 힘들겠지. 세시오에게 사죄하기 위해서라도, 나서는 게 좋지 않겠나."

"……공자님을 후작으로 만드실 셈이란 건, 서도 짐작했습니다. 하지만 실패하면요."

브루넬 멀든의 얼굴이 젖어 들기 시작했다.

"소공작님께서 실패하시면 저는 죽을 겁니다. 제 아내는 혼자가 될 거고, 아무도 도와주지 않겠지요."

"그러면."

"차라리 음지에서라도, 숨어서라도 살아남는 게 맞지 않습니까."

눈물범벅이 된 얼굴로, 그는 이따금 숨을 헐떡거리면서 말을 이어 갔다. 벌게진 눈에서 참담함이 툭툭 떨어졌다.

"저도 옳고 그른 일이 뭔지 알지만, 제 목숨을 걸면서 동료들을 돕고 싶진 않습니다."

이기적인, 그러나 인간적이고 통상적인 답이다. 브루넬 멀든은, 제가 모든 사실을 드러내는 즉시 살해당할 거라고 확신하고 있었다.

그걸 깨기 위해, 나는 막 입을 열었다. 그러나 나보다 먼저.

"경이 음지에 숨어 살아야 하는 건, 죄의 대가가 아니라 두려움의 대가지."

나는 놀란 눈으로 고개를 돌렸다. 나와 눈을 마주친 세시오는 아무렇지 않게 웃으며 말을 이었다.

"용서를 해 주었더니, 결백한 피해자가 된 줄 아는군."

"공, 공자가 어떻게……!"

귀신이라도 본 것처럼, 브루넬 멀든의 얼굴이 창백하게 질렸다. 말도 제대로 잇지 못했다. 그쪽의 심경은 이해할 수 있었지만.

나는 한숨을 내쉬었다.

"……세시오."

"염려할 것 없어. 사실을 드러내지 못하도록 제대로 말해 둘 생각이니까."

저렇게 언령을 남발해 대니까, 몸에 부담이 간다는 말도 잘 안 믿긴단 말이야.

"공자님께서 어떻게 말할 수 있는 겁니까? 걸을 수 있게 된 것처럼 소공작님께서 무슨 수라도—."

"글쎄, 내가 경에게 그간의 사정을 일일이 읊어 줄 의리는 없지."

차갑게 잘라 내는 말에 브루넬 멀든의 얼굴이 굳었다. 경악이 가신 자리에 조금 전보다도 무거운 불안감이 내렸다.

"왜 제게…… 공자님의 비밀을 드러내시는 겁니까?"

"왜라고 생각하나."

"거절하면, 저를 죽이려 하시는 거군요."

브루넬 멀든은 얼굴을 귀신같이 일그러뜨리고 벌떡 일어났다.

"이 거짓말쟁이, 이 사기꾼들! 날 살려줄 것처럼 굴더니 전부 거짓말이었어!"

가지가지 하는군. 죽인다는 말도 하지 않았는데 지레짐작하여 소리치는 꼴에 기가 찼다.

"데이브릭 후작이, 내 아버지께서 그리 멍청한 사람은 아니야."

세시오가 알 수 없는 말을 꺼냈다.

"인질이 통하는지 확인하지도 않고 이런 일을 맡길 리 없지."

이어진 설명에, 나는 그가 무슨 말을 하려는지 조금은 알았다. 맞는 말이다. 아무리 피가 섞이지 않았다고 한들 제 아들을 죽이려 괴물을 풀었다. 내가 만티코어를 잡지 않았다면, 적지 않은 희생자가 났을 터. 목적도, 수단도, 도의를 한참은 넘어섰다. 겨우 인질 하나로 안심하여, 이 정도 일을 벌였을 리 없다.

그러니까 후작은, 어떤 의미로는 브루넬 멀든을 믿고 있던 거다. 아내를 인질로 걸면 이자는 따를 수밖에 없다는 것을.

"그…… 건, 제가 아내를 너무 사랑하는 걸 각하도 아셔서……."

"처음이 아니었군."

작은 일부터 시작해서 점점 커다란 일을 맡긴다. 나중에는 거부할 만한 일을 시켜 보고, 어떻게 하면 따를지 시험한다. 그러면서 확신하게 된 것이다. 인질이 있으면, 브루넬 멀든은 무슨 일이든 한다고.

"생각해 보면, 정말 당연한 이야기네."

헛웃음이 나왔다. 왜 여태 생각하지 못했나, 스스로가 어리석을 정도였다. 그렇다면, 멀든이 이전에 해 온 일은 무얼까.

세시오는 얼굴이 창백해진 브루넬 멀든을 바라보며 말을 이어 나갔다.

"사직하겠다는 서신만 남기고 사라진 이들이 제법 된다, 그들은 다 죽었을 거다. 그렇게 말했었지, 경은."

"거, 짓말이 아닙니다. 진짜로—."

"추궁하려는 게 아니야. 다만 좀 궁금하군."

"예?"

"다른 곳으로 가도 마찬가지라 데이브릭을 떠나지 않는다. 경의 생각은 잘 들었어. 하지만 경의 생각일 뿐이지 않나."

"예? 그게 무슨……."

"다른 기사들은 다르게 생각할 수도 있지. 더 좋은 환경을 찾아서, 하지만 후작의 보복이 두려워서 서신만 남기고 사라졌을 수도 있잖나."

브루넬 멀든은 어떻게 그 기사들이 다 죽었다고 확신했는가. 여기까지 오면 답은 간단했다.

"그 기사들을 죽이고 사직 서신을 꾸민 게, 그쪽의 일이었나."

브루넬 멀든은 후작의 은밀한 지시를 따르던 기사들을 뒤처리하며, 여태 동료들의 목을 베며 살아온 거다. 기사는 답하지 않았으나, 그의 몸은 발작이라도 온 듯 떨리고 있었다.

나는 자리에서 일어나 검을 뽑았다.

"여태, 동료를 잡아먹고 산 놈이었단 말이지."

"저, 저는…… 전, 어쩔 수 없었, 그렇게 하지 않으면 각하께서……!"

"똑같은 이유로 살해당했으면, 경은 상대를 용서할 수 있나?"

"그건……!"

"본인도 알면서, 왜 쓸데없는 변명을 하는 거야. 기분 더럽게."

"살, 살려 주십시오! 살려 주십시오, 리한 소공작님!"

그는 내 발치에 매달려 애걸했으나 나는 그대로 사내를 걷어찼다. 그러나 브루넬 멀든은 포기하지 않고, 이번에는 세시오의 바짓가랑이를 붙잡고 늘어졌다. 세시오는 퍽 무감하게 기사를 내려다봤다.

"그 사실을 짐작하면서, 내가 왜 경을 살려 달라고 말했을까."

"살려 주십, 예?"

"내 약혼자가 그러길 바랐거든."

무슨 소리야? 뜬금없는 대답에, 나는 인상을 찡그리고 세시오를 쳐다봤다.

그가 자리에서 일어나며 말했다.

"내가 경을 살리길 바란다고, 그렇게 답하길 바랐단 말이야."

순간적으로, 나는 분노도 잊고 움찔했다. 그야…… 맞는 말이긴 했다. 그가 한 말을 스스로 번복하는 꼴을 보고 싶었으니까.

어떻게 안 거지.

"그러니 내게 애걸해도 소용없어."

그는 퍽 자연스럽게도 내 손에서 검을 가져가 발치에 매달린 이를 겨누었다.

"살고 싶다면, 내 약혼자를 기쁘게 해 봐."

웃음기 어린 목소리에, 브루넬 멀든은 결국 내가 바라는 답을 꺼낼 수밖에 없었다.

브루넬 멀든을 내보내고, 다이닝룸에는 다시 나와 세시오만 남았다. 기분이
썩 좋지 않았기에, 나는 시종을 시켜 와인을 가져오게 했다.

"내가 부족하긴 한가 봐. 전혀 눈치채지 못했어."

"후계 수업을 받은 지 겨우 3년이니 당연하지. 몇 년만 지나도 훨씬 성장할
거야."

"위로 안 해도 돼. 자괴감만 커지거든."

농담으로 한 말은 아니었는데 그는 웃었다.

나는 와인잔을 빙글빙글 돌렸다. 붉은 액체에 뚱한 얼굴의 여자가 비쳤다.

"어쨌거나 원하는 대로 되긴 했네. 덕분이야."

"그렇게 말해야 하는 건 내 쪽이 아닌가."

"아, 당신한테 후작위를 주려고 하는 일이었지."

"데이브릭을 뒤집고 나면, 기사들은 어떻게 할 거지? 리한에 데려갈 셈인
가?"

"아니. 북부에 데려가 봐야 쓸모도 없어. 추위 때문에 제대로 힘도 못 쓰거
든."

그 환경에 버텨 낼 리 없었다. 어찌어찌 적응하더라도 유용하지 않을 가능성
이 컸다. 북부의 수준은 상당히 높은 편이니까.

"게다가 수도 기사들을 북부로 데려가는 건, 정치적으로도 좀 민감한 문제잖
아."

"그렇긴 하지."

"그러니 엔하르트에 잠시 맡겨 두자."

나는 엔하르트 백작의 얼굴을 떠올렸다. 언젠가 써먹을 생각이었는데, 생각

보다 시기가 이르게 왔다. 세시오가 후작이 되는 날까지, 잠깐만 기사들을 맡아 달라는 정도면 그녀도 거절하지 않을 것이다. 데이브릭과 갈등을 빚더라도 잠깐뿐이고, 그렇지 않더라도 데이브릭을 무서워하는 사람은 아니었으니까.

"당신이 후작이 된 다음 찾아오면, 전력도 보존되고 좋잖아."

"과연, 영리한 판단이야."

"위로하지 말라고 했잖아. 다 티나."

"……."

세시오는 말없이 눈을 깜박이더니, 냅킨을 접기 시작했다. 억지 위로도 지겨워진 모양이지. 나는 와인을 홀짝거리며 혼잣말처럼 중얼거렸다.

"생각해 보니, 아버지가 당신이 이상하다고 생각했을 때도 난 아무것도 몰랐네."

"……."

"숙부가 질척거리러 올 것도 예상 못 했으니 말해 뭐하겠어."

"……."

"아무것도 모르다가, 누군가 말하거나 일이 터진 다음에야 그러고 보니 그랬다고 생각하는 것도 지겨워."

"……."

"부모님이 동생 낳아 주시면 좋겠다. 난 역시 공작의 재목이―."

"선물."

내가 혼자 주정 부리는 소리를 끊어 내고 세시오가 내게 뭔가 내밀었다. 별다른 기대 없이 고개를 돌렸으나, 곧 시선을 빼앗겼다.

"뭐야, 눈꽃이야? 이거 당신이 접은 거야?"

"바로 앞에서 보지 않았나."

"아니, 나는 혼자 삽질하느라 바빠서."

그가 내게 건넨 건 냅킨으로 접은 눈꽃이었다. 어떻게 냅킨이 눈꽃이 되지? 눈으로 보고도 믿기지 않아 나는 그것을 자세히 들여다보고 싶었으나 천이 풀어질까 그러지도 못했다. 그걸 어떻게 알아차렸는지, 세시오가 웃으며 말했다.

"이 모양 그대로 고정될 거야."

"아니, 앓은 지 얼마나 됐다고 또 언령이야."

"이 정돈 별로 부담되지도 않으니, 허약한 취급을 할 필욘 없어."

"종이접기는 언제 배운 거야?"

"환경상, 혼자 있어야 하는 때가 많아서 이것저것 취미로 해 봤지."

"손재주가 대단하네."

나는 감탄하며 눈꽃 냅킨을 들어 올렸다. 여기저기에서 살펴볼 수 있으니 더 대단해 보였다. 내가 감탄하는 걸 보며 세시오가 턱을 괴었다.

"처음에는 돛단배도 제대로 못 접었어. 하지만 지금은 용도 접을 수 있지."

"뭐……?"

"위로가 아니라 개인적인 자랑이야. 이 정도는 봐주지 않겠나?"

그가 눈을 휘며 능청스럽게 하는 말에, 나도 따라 웃을 수밖에 없었다. 어느새 내 기분은 한결 좋아져 있었다.

"그래서. 그대로 약혼을 허락했단 말인가!"

타니타르 공작은 분기를 참지 못하고 찻잔을 집어 던졌다. 데이브릭 후작의 옆을 스쳐 지나간 잔이 요란한 소리를 내며 조각났다.

"어쩔 수 없었습니다. 대신관이 약혼에 축복까지 내린 상황이고, 수도 전역에도 소문이ㅡ."

"그게 뭐 어떻단 말인가! 결국 리한이 데이브릭에 손을 대기 시작했는데."

"……."

"30년이 지나 좀 달라졌을 줄 알았는데, 여전히 미련하기 짝이 없어!"

모욕적인 언사에, 후작이 이를 악물었다.

"혼담을 거절해도 무슨 의미가 있습니까. 이미 같은 저택에 살고 있는데. 오히려, 거절했다면 다른 이들의 의심이나 샀을 텐데요."

"의심 좀 받으면 어떤가. 적을 내부로 끌어들이지 않을 수 있으면, 그깟 의심이 어때서!"

노기를 가라앉히려는 듯, 공작은 몇 번이나 심호흡을 하다가 자리에 앉았다. 그가 차갑게 말했다.

"리한이 그 약혼을 한 이유는 뻔해. 제 약혼자를 가주에 앉힌 다음, 데이브릭을 삼키려는 거겠지. 그러니 이제 왈릿으로 가겠군."

"피가 섞이지도 않고 말할 줄도 모르는 이를 후작으로 삼을 만큼, 형편없는 가문이 아닙니다."

"원래는 그 수식어에 '걸을 수도 없는'도 붙어 있었지. 무슨 수를 썼는지는 몰라도, 말문도 열어 버리면, 그땐 어찌할 텐가."

"말을 못 하는 건 다리와는 다른 문제입니다. 리한도 그건 해결할 수 없을 겁니다."

"허허, 도대체 다를 게 뭐란—."

"세시오의 다리는 제가 못 걷게 만든 겁니다."

서늘한 말에, 공작이 말을 멈추었다.

"황족을 데려다 기르는 대신, 제가 직접 아킬레스건을 베었습니다. 후천적인 장애니, 교황에게 연락이 닿았다면 고칠 수 있었을 겁니다."

"허……."

"그러나 성대는 다릅니다. 선천적인 장애는 교황이라고 해도 손댈 수 없으니까요."

그 말에, 공작의 얼굴이 한결 침착하게 가라앉았다.

"장애는 문제가 되지 않을 수 있어. 막말로 리한에게 협박당하면 어느 원로가 무시할 수 있겠나. 대원로를 빼면, 자네가 쭉정이로 꾸려놓은 그 원로회에서 말일세."

"협박할 수 없게 만들면 됩니다."

"어떻게."

"가주 직속의 암살단을 풀겠습니다."

"자네……."

"만티코어를 잡은 걸 보면 마스터는 되었겠지요. 하지만 괴물의 미간을 노린 거로 보아, 아직 초입일 겁니다."

만티코어의 약점은 미간이다. 정확히는 거기뿐이었다. 미간 외의 모든 거죽은 보통 질긴 게 아니라 검의 극의에 달한 마스터라 하더라도 찔러 넣기가 힘들었다. 그래서 그 괴물의 약점을 파악하지 못한 많은 마스터가 마수에 잡아먹혔다. 이 말은 반대로 이야기하자면, 약점을 아는 채로는 충분히 잡아낼 수 있다는 의미였다.

"약점을 이미 알고 있던 거겠지요. 그 정도면, 제 사람들로 처리할 수 있습니다."

"……깔끔히만 해결할 수 있다면 문제 될 건 없겠지."

"그래서, 한 가지만 부탁드리겠습니다."

부탁? 단어의 무게에, 타니타르 공작이 조금 미간을 찡그렸다.

그러나 후작이 내뱉은 요구 사항은 싱겁기까지 했다.

"윈터글라스 남작이 필요합니다."

"소공작의 숙부인, 그 두꺼비 말인가? 어디에 쓸 데가 있다고."

"각하께서 그자와 연을 터 두셨다고 알고 있습니다."

"그렇긴 했지. 혹, 혈육의 연을 이용할 수 있지 않을까 해서."

그러나 그런 바람은 무도회장에서 조각났다. 윈터글라스 남작이 톡톡히 망신을 당해 도망치듯 회장을 빠져나갔다는 소문이 그의 귀에도 들어왔으니까. 황제가 입장하는 동안이라, 대부분의 귀족이 허리를 숙인 채였으나 그렇더라도 그들에겐 눈이 있었다. 같은 공간에서 벌어진, 재미있는 구경거리를 놓칠 리 없다.

"하지만, 아무짝에도 쓸모가 없겠더군. 자네도 알다시피―."

"무도회장에서 제 조카에게 망신당했다는 말이요. 그러니 이용할 수 있지 않겠습니까?"

"남작이 죽인 거라 누명을 씌우려고? 한낱 남작가의 힘 따위로?"

"20년 전, 리한 공작가에 시녀를 지원해 주느라 지원받은 재산이 상당합니다."

"돈이 있으면 뭐 하나, 힘이 없는 것을."

"잊으셨습니까? 최근 급성장한 암살단 중 마스터도 죽일 수 있다고 선전하는 곳이 있잖습니까."

후작의 말에, 공작은 뒤늦게 떠올렸다.

돈을 주면 사람을 죽이는, 청부 단체의 하나였다. 마스터도 죽일 수 있다고 선전하는 통에 많은 이들이 코웃음 쳤으나 제법 실력이 있는 편이긴 했다. 돈만 주면 무슨 일이든 하는 조직을 믿을 수 없어, 제가 일을 시킬 생각은 없었으나 누명을 씌우긴 괜찮았다.

"그들의 흔적을 조작해 놓겠습니다. 공작의 눈을 가릴 수 있을 겁니다."

"그렇게까지 말한다면 알겠네, 되도록 빨리 연결해 주지."

"아니요, 당분간 그자를 목격한 사람이 없는 정도면 충분합니다."

"소공작이 왈릿으로 떠나 있는 동안만 말이지."

"각하의 말대로 머지않았을 테지요. 그때 정리히 겠습니다."

"부디 잘되길 바라네. 리한이 더 많은 힘을 삼키는 건 바라지 않으니."

이야기를 마치고 후작이 자리에서 일어났다.

5장

영지의
주인

오늘날, 권세가 대부분은 영지에 관리인을 두고 수도에 머물렀고 영주라는 지위도 가주와 구별되었다. 그럼에도 그들의 힘은 여전히 땅에서 나왔다.

데이브릭 후작의 기반은 후작령, 왈릿이다. 세시오가 작위를 잇기 위해서는, 그 땅의 지지가 필요했다.

그래서 우리는 왈릿으로 내려왔다. 양가가 결합하기 전 영지를 소개받고 싶다는 명분이었으나, 새카만 속내가 있단 것쯤은 모두가 짐작할 것이다. 일단은 손님의 입장이라, 그곳에 많은 인원을 대동할 수는 없어서 나는 일행을 전부 기사로 채웠다.

나와 세시오, 그리고 열 명이 조금 넘는 정도의 무리가 후작성 앞에 도착했다.

"어서 오십시오, 리한 소공작님. 왈릿에 온 걸 환영합니다. 저는 영주직을 위임받은 에릭슨 데이브릭 백작입니다."

마차에서 내리자 마중을 나온 누군가 내게 인사를 건넸다.

데이브릭 후작의 동생인 에릭손이었다. 그의 뒤쪽으로는 수십 명의 환영 인파가 서 있었다. 세시오는 찾지도 않는 걸로 보아, 그저 리한의 체면을 맞춰 주러 나온 모양이다. 그래도 예상한 것보다는 정중한 태도였다. 후작과 트러블이 있던 걸 모르지도 않을 텐데.

속으로는 미심쩍었으나, 일단은 나도 웃으며 인사를 건넸다.

"안녕하세요, 백작님. 테릴 리한입니다. 그리고 아시겠지만─."

내 뒤를 이어 세시오가 마차에서 내렸다. 누구의 도움도 받지 않고 제 발로 걸어서.

내 앞에 자리한 이들의 관심이 한순간 세시오에게로 쏟아졌다. 대다수는 노골적으로 놀란 낯을 했으나, 데이브릭 백작은 입꼬리만 한 번 움찔할 뿐이었다.

"제 약혼자인 세시오입니다."

"소문이 사실이었군요. 리한 소공작님의 은혜에 감사드릴 뿐입니다."

백작은 더없이 경사스러운 일이라는 듯, 밝게 웃었다.

다행히 후작령은 수도와 그리 멀지 않았으나, 등록된 포탈이 없어 일곱 시간은 꼬박 마차를 타야 했다. 오전 중 출발했음에도, 목적지에 도착한 지 얼마 되지 않아 해가 기울었다.

저녁 식사를 대접받고, 백작은 몸소 우리가 머물 곳을 지정해 주었다.

"아그리마, 기사분들을 모시게."

"예, 영주님. 기사님들은 이쪽으로 따라와 주십시오."

"소공작님과 공자님은 제가 안내하겠습니다."

백작의 아들은 기사들을 서쪽으로 안내하려 했고, 백작은 우리를 동쪽으로 이끌었다. 그 뻔한 술수에 그리넬 경이 눈썹을 까딱했으나 나는 고개를 저었다.

"이 방을 쓰시면 됩니다. 리한 소공작님께는 조촐할 수 있지만, 성에서 가장 좋은 방이니 양해해 주시길 부탁드립니다."

"네, 감사합니다."

"그럼 전 이만 가 보겠습니다. 편하게 쉬십시오."

"잠시. 사람은 둘인데 침실은 하나라니요."

"예? 하지만……."

세시오를 박대하는 건가 싶었으나, 아무리 그래도 약혼자 앞에서 대놓고 그럴 리가. 데이브릭 백작이 곤혹스럽게 눈썹을 찡그렸다.

"두 분은 약혼하시지 않았습니까?"

그게 무슨 상관인데.

"듣기로는, 수도에서도 같은 저택에 머무르신다고 들었습니다만."

"같은 저택이지 같은 침실은 아닙니다. 결혼도 아니고 약혼인데, 혹 왈릿에서는 그렇습니까?"

"아, 죄송합니다. 제가 무심코 착각한 모양입니다. 그럼 리한 소공작님께는 제 침실을 내어 드리겠습니다."

"영주님의 침실을 뺏을 순 없지요. 잘 수 있는 곳이면 아무 침실이나 괜찮습니다."

"손님의 격에 맞춰 방을 내어 드리는 건 가장 기본적인 예의입니다. 소공작님의 격에 맞는 방은 이곳이 아니라면 제 방뿐입니다."

난감한 듯하면서도 그의 목소리는 퍽 단호했다. 무슨 꿍꿍이인지는 모르겠으나, 첫날부터 갈등을 빚기도 곤란했다. 제대로 된 항의는 나중에 하더라도 당장은 백작의 침실을 뺏든 세시오와 동침하든 하나는 택해야 했다. 조만간 갚아 줄 수 있을 테니까.

하는 수 없지. 오늘 처음 본 중년 남자가 어제까지 몸을 누인 곳에서 지내고 싶진 않았다.

"그렇다면 됐습니다. 세시오와 같은 방을 쓰겠습니다."

내 말에 만족한 듯 고개를 끄덕이고 백작은 돌아갔다.

그가 마련해 준 침실은 확실히 크고 격조 있었다. 배치도 깔끔하고 눈길 닿는 것 하나하나가 수준 있어 보였다. 이런 게 두 개가 있었으면 좋았을 텐데.

"대체 무슨 생각이래."

이 큰 성에, 정말로 남는 방이 없을 리는 없다. 후작의 꿍꿍이를 몰랐으면, 약혼을 굳히려고 무리해서 한방에 몰아넣는다고 생각했을 것이다. 소문이 나면 혹 관계가 어긋나더라도 파혼이 쉽지 않을 테니까. 그러나 데이브릭은 이 약혼을 달가워하지 않았다. 게다가 백작의 태도는 은근히 강압적이어서, 내가 소란을 피하고 있다는 걸 아는 듯 보였다.

아니, 그건 당연한 건가. 내가 세시오의 평판에 신경 쓰고 있다는 건 조금만 주의하면 알 테니까. 겨우 이런 데 대단한 음모가 숨어 있진 않겠지만, 알게 모르게 신경 쓰였다. 그러나 세시오는, 백작의 저의에 조금도 관심을 보이지 않았다.

"침대도 하나군."

"여관이 아니면 보통 그렇지."

"그대가 쓰도록 해."

"뭘 자연스럽게 받아들이고 있어. 당신은 이게 이상하지도 않아?"

"성에 올 때마다 박대받는 건 새삼스럽지도 않아서."

"아니. 당신뿐 아니라 나까지 왔는데, 괴롭히려는 건 아니겠지."

"그럼 뭐라고 생각하나."

"글쎄. 기사들과 떼어 놓고 거치적거리는 사람과 한방에 몰아넣었으니, 단순히 생각하면 암살인데."

나를 도울 사람들을 멀리 보내고, 내가 지켜야 할 이를 옆에 두었다. 다른 상황이었으면, 나를 암살하기 위해 손발을 묶었다고 생각했을 것이다. 그렇지만.

"상식적으로 성에서 저지르진 않겠지."

왈릿이라는 영지 전체가 데이브릭의 것이나 개중에서도 이 성은 좀 더 직접적이었다. 만약 성에서 나를 암살하려다가 발각되면, 데이브릭은 그 책임을 회피할 수 없으니까. 궁지에 몰린 상태라면야 말이 좀 다르겠지만.

"굳이 꿍꿍이를 찾을 필요는 없지."

세시오는 대수롭지 않게 말하고는 침실 가운데를 가로질렀다.

"뭔가 계획이 있다면 조만간—."

창문을 열다가 돌연 그의 얼굴이 무섭게 굳었다. 심상치 않은 반응에 나는 기감을 확장했으나, 감각에 걸리는 게 없었다.

"왜 그래."

세시오는 가만히 검지를 입가에 대고는 내게 와 보란 듯 손짓했다. 난 되도록 기척을 죽이고 다가가 창밖을 내다봤다. 해가 지고, 불이 켜진 방이 적어 거무룩한 땅에 사용인 몇이 오가는 게 보였다. 별로 수상해 보이지는 않는데.

"그쪽이 아니라 위."

그의 속삭임에, 나는 조금 고개를 들었다. 맞은편 지붕에 누가 숨어 있기라도 한 건가 싶었지만, 아무도 보이지 않았다.

"더 위."

시선을 더 올리자, 이제 보이는 건 새까만 하늘뿐이다. 공중에서 누가 날아와 습격하는 건 아닐 텐데?

뭔가 이상해 눈가를 찡그린 순간, 그가 재차 말했다.

"어떤가."

"뭐가?"

"왈릿의 밤하늘은 아름답지."

"야."

속았다. 울컥해서 주먹을 쥐었으나 세시오는 아무렇지 않게 웃었다. 명치에 주먹을 내리꽂아도 웃고 있을 얼굴이다. 진지하게 상대한 내가 바보지.

그 순간 밤바람이 밀려들었다. 세시오의 백금빛 머리칼이 부드럽게 흩날렸다. 달빛이 녹아든 그 빛깔이, 장난스럽게 휘어진 그 눈매가 새삼스럽게…….

심장이 덜컹하는 느낌에, 나는 급하게 고개를 틀었다.

홀리면 안 된다. 나는 서둘러 분위기를 바꿨다.

"이렇게 창문을 열어 놓은 채로 말해도 돼? 누가 보면 어쩌려고."

"괜찮아, 성에는 이미 마법을 걸어 두었으니 다른 사람들은 내 존재 자체를 인지하기 어려울 거야."

"성에 마법을 걸었다고?"

"저택의 사용인들보다 극성스러워서 피곤했거든."

그는 가벼운 투로 말했으나, 나는 조금 얼굴이 일그러졌다. 후작저의 사용인들도 보통은 넘던데 그것보다 극성스러운 거면 칼이라도 빼 들었나.

"그래도 성 자체는 제법 좋아하는 편이야."

"밤하늘이 예뻐서?"

"위에서 보면 더 아름답지."

"여기가 최상층이잖아."

"지붕 위가 남았거든. 가 보겠나?"

"그 뾰족한 곳에? 나는 괜찮지만, 경사가 심해서 당신은 서 있기 힘들 텐데."

"불편하진 않을 거야."

그리 말하고, 세시오는 아무렇지 않게 창틀을 타 넘었다. 발코니도 없는 허공이라, 나는 놀라 손을 뻗었다.

"세시오!"

하나 그는 곤두박질치지 않았다. 세시오. 데이브릭은 아무것도 없는 공중에 서서 태연히 미소 지었다. 그 기가 막힌 광경에 나는 한숨을 내쉬며, 반대쪽 손으로 창틀을 움켜쥐었다.

"뭔가 할 때는, 말을 좀 해."

"놀라게 해서 미안하군."

"당신이 언령 쓰는 거 못 봤는데."

"전에 만들어 둔 길이니, 다시 할 필요는 없지."

세시오는 내가 내뻗은 손을 에스코트라도 하듯 가벼이 붙잡았다. 그러고는 와 보란 듯 위쪽을 향해 눈짓했다. 지붕 위의 광경에 크게 관심이 가는 건 아니었으나, 허공에 선 기분이 어떨지는 궁금했다.

나는 망설이지 않고, 그가 이끄는 대로 창틀을 넘었다. 사내가 지나간 자리 위에 그대로 내 걸음을 새겨 넣었다. 얇은 빙판 위를 걷는 것처럼 불안정한 느낌이었지만, 밟은 곳이 흔들리지는 않아 나아갈 수 있었다.

보이지 않는 계단을 올라가자 도착한 곳은 성의 지붕 위. 그는 그 한가운데쯤에 멈추어 서서 지붕에 걸터앉았다. 뒤따르면서도, 보이는 것이 영 허무맹랑하게만 느껴져서 나는 헛웃음을 지었다.

"완전히 귀신놀음이네."

세시오가 내 손을 당겨서, 나는 그의 옆자리를 차지했다. 그러고는 그를 따라 고개를 들었다.

짙은 색의 장막 아래, 쏟아질 것처럼 많은 별이 보였다. 각각 밝기는 달라도 그 하나하나에 저마다의 빛이 담겼다. 확실히, 자랑스러울 만한 광경이다. 보고 있으니 왠지.

"뭐 좀 가져올걸."

"와인 같은?"

"생각이 좀 통하네."

나는 킬킬 웃었다. 그러나 행동력이 지나치게 좋은 이 남자는, 단순히 웃는 것으로 그치지 않았다.

"와인 한 병, 두 개의 잔."

문장조차 되지 못하는 단어의 나열에, 그가 말한 것들이 눈앞에 바로 나타났다. 세시오는 태연히 마개를 열고 잔에 와인을 따랐다. 나는 기가 막혀, 잠시 말을 잃었다.

"아무리 생각해도 언령이 몸에 부담이 간다는 거 거짓말 같은데."

"필요할 땐 써야지."

굳이 지금 와인을 만들어 내는 게 도대체 왜 필요한지는 모르겠지만 그래, 응접실에서 노래를 트는 것보다야 낫겠지.

나는 그가 건네는 잔을 사양하지 않았다. 와인을 한 모금 머금자, 코에선 단 향이 나고 혀에선 씁쓰레한 맛이 났다. 괜찮은 술이었다. 이런 능력이 있으면, 확실히 굶어 죽지는 않겠군.

나는 세시오와 잔을 부딪치며 하늘을 올려다봤다. 서늘하고 적막한 공기에, 취기가 도니 기분이 좋았다. 서로 말이 오가지는 않았지만, 같은 공간을 공유하고 있다는 동질감은 분명했다. 겨울을 내다보고 있는 바깥바람이 나와 세시오의 그림자를 하나로 묶었다.

얼마나 그러고 있었을까, 품에 넣어 둔 통신구가 진동했다. 웬만큼 거리가 멀어지면 쓰기 어려웠으나, 단거리용으로는 이만한 게 없어 챙겨 온 물건이었다. 신호를 보낸 이는 그리넬 경이었다.

[괜찮으십니까, 소공작님.]

"첫날부터 무슨 일이 있으려고. 그쪽은?"

[마찬가지로, 방을 내어 준 뒤로는 아무런 움직임이 없습니다.]

하기야, 일이 생긴다고 해도 기사들 측에서 생길 리는 없겠지. 공격받는다면 분명 내 쪽이다.

[혹시 모르니 엄습에 유의하십시오.]

"우위를 점하려면 차라리 그편이 낫겠는데. 지금은 무슨 생각인지 몰라서 찝 찝하거든."

[소공작님이라면 안위에 문제가 없겠지만, 공자는 다르지 않습니까.]

"그렇긴 한데 세시오도 괜찮아, 같은 방이라 보호하기 어렵지 않아."

[예?]

"무슨 생각인지 한 침실에 몰아넣었더라고."

[…….]

"그리넬 경?"

[그쪽으로 가겠습니다. 아무리 생각해도, 소공작님의 호위가 하나 없다는 건 말이 되지 않습니다.]

"뭐하러 헛고생을 해. 어차피 성에서는 아무 일도 없을 텐데."

[하지만—.]

"아무 일도 없을 거야, 경."

뭘 걱정하는지 알 것 같아, 나는 거듭 같은 말을 반복했다. 그녀는 잠시 침묵하다가 곧 내 말을 받아들였다. 알게 된 지 3년이 됐을 뿐인데도 이따금 그리넬 경은 내 수하라기보다는 언니 같을 때가 있었다.

통신을 끝내자, 흥미로운 얼굴로 말을 듣던 세시오가 입을 열었다.

"충성스러운 부하군."

"걱정이 좀 많지만."

"백작의 꿍꿍이가 많이 신경 쓰이나?"

"왜. 보여 주게?"

"못할 건 없지."

장난스럽게 내뱉은 말에, 세시오가 선선히 답했다. 천리안?

"전부터 궁금했는데, 그거 도대체 뭘 어떤 식으로 보는 거야?"

"보여 주지."

세시오의 말과 함께, 눈앞의 공간이 아지랑이가 핀 것처럼 격하게 일렁거렸다. 그러다가 차츰 흔들림이 잦아들더니 허공에 백작의 얼굴이 비쳤다.

그는 통신구를 들고, 누군가와 이야기를 나누는 중이었다. 상대는 데이브릭 후작이었다. 왈릿에서 수도까지 이어지는 장거리 통신구라니, 저 비싼 걸 어떻게 구한 거지.

"말씀하신 대로, 기사들을 뜯어 놓고, 둘을 같은 침실에 몰아넣었습니다."

[경험이 일천하니 엄습을 걱정하겠지.]

"확실히 의심하는 눈치였습니다. 시간이 지나도 아무 일이 없으면 느슨해지겠지만요."

[뻣뻣이 긴장하고 있으면 더 빨리 지칠 게다.]

"되도록 오래 긴장해서, 체력을 소모해 주면 좋겠습니다. 그들은 언제쯤 도착합니까, 형님."

[이미 왈릿으로 보내 두었어. 적당한 장소를 물색 중이니 정해지면 말하마. 소문을 내는 것도 잊지 마라.]

"아무렴요. 내일이면, 무리해서 한방에 몰아넣으려 했다는 소문이 수도까지 퍼질 겁니다."

백작은 자신만만하게 말했다.

"소공작이 여기서 죽더라도, 리한 공작은 의심조차 못 할 겁니다."

그러고는, 눈앞의 환영이 흐트러졌다.

세시오가 보여 준 것은, 내가 궁금해하던 것의 답이나 다름없었다. 생각한 것 이상으로 노골적이고 직설적이어서 뭐라고 할까.

"내가 엿볼 걸 알고 요약해서 답해 준 것 같네."

"요약은 내가 했지. 실제 이야기는 더 길었어."

"어쩐지 대화가 작위적이더라니."

약간의 찝찝함마저 사라져서 나는 고개를 끄덕였다. 결국, 어설픈 심리전이 목적이었다는 말이다. 궁금증은 해소됐으나, 대단한 이유가 있던 것도 아니다 보니 김이 샜다.

"당신은 인생 사는 게 재미없겠다."

"음?"

"하고 싶은 거 다 하고, 보고 싶은 거 다 보면서 살면 말이야."

원하면 언제든 보고 이룰 수 있다. 대단한 능력이지만 반대로 생각하면 재미없는 힘이다.

멀리 갈 것 없이, 나도 그랬다. 처음에는 신격화된 리한의 위상 때문에 내가 과대평가를 받는 줄 알았다. 그러나 오래지 않아, 나는 내 검에 대한 재능을 바로 볼 수 있었다. 내가 마스터가 된 건, 검을 든 지 1년 만의 일이었다. 알아차렸을 땐 내게도 천재성이란 게 있구나, 기뻤다. 하나 잠시뿐이었다.

검은 너무 쉽게 늘어서 어느 정도를 넘어서는 성취감마저 사라졌다. 내가 원해서 잡은 것도 아니다 보니 가끔은 지루할 때도 있었다. 아버지를 때려눕히게 되면 그땐 또 새로운 성취감이 들겠지만, 그건 인생 최후의 과제일 테니까.

너무 쉽다는 건, 싫지는 않아도 마냥 즐거운 일도 아니었다. 그래도 나는 검뿐이었지만 언령과 천리안이라. 세시오는 만사가 재미없지 않을까.

그러나 내가 추측한 것과 달리, 그는 선뜻 동조하지 않았다.

"글쎄. 하고 싶은 게 뭔지도 모르겠군."

"뭐? 바라는 게 아예 없었어? 갖고 싶은 거라든가."

"바라는 거라면, 있었지."

"과거형……?"

"사람이었어."

덤덤한 투의 말에 나는 멈칫했다.

세시오는 눈을 내리깔고, 성 아래에 깔린 어둠을 내려다봤다. 기다란 속눈썹이 그의 눈동자에 그림자를 드리웠다.

"언령으로는 너무 많은 걸 할 수 있어서 가끔은 어디까지 해도 좋은지 가늠하기 어려워."

"어디까지…… 라니?"

"비를 내리고 천둥을 부르는 행위엔 선악이 없어. 그리고 사람을 살리는 건 선한 일이지."

"윤리적인 기준 이야기였군."

"그러면 사람의 마음을 바꾸는 건? 그대는 어떻게 생각하나?"

"나쁜 일이잖아."

이걸 고민할 필요가 있나, 나는 즉답했다. 세시오는 웃는지, 혹은 나를 가늠해 보는지 모를 느낌으로 눈을 가늘게 떴다. 와인 한 모금이 그의 목 뒤로 넘어갔다.

"현실을 견디지 못하고, 당장에라도 죽을 것 같은 이의 고통을 지워 버리는 건."

"뭐?"

"그래서 그 사람의 자살을 막는다면, 그 또한 나쁜 일인가? 사람을 살리는 일이잖나."

"그건."

"누군가를 사랑하는 마음을 억지로 지워 내는 건. 악한 일인가?"

"당연히······."

"질 나쁜 이를 사랑하고 있다면? 사랑 때문에 오히려 불행해지는 삶이라면 어떻게 생각하나."

"전제 조건이 그렇게 명확하면, 판단이 달라질 수도 있겠지."

세시오의 눈이 묘하게 빛났다.

"그럼 그런 극단적인 전제 없이 우정을 사랑으로 바꾸어 버리는 건 어떤가. 그로 인해, 그 사람이 행복해질지 불행해질지 가늠할 수 없는 상황이라면."

"······."

"결과에 달린 일이지만, 미래의 일은 아무도 모르지."

"그런 경우엔 그냥 내버려 둬야······."

무심코 답하다가, 나는 눈을 찡그렸다. 왜 이렇게 선문답 같은 말로 흘러든 거지.

"아니, 그냥 마음은 건들지 마. 어떤 상황이라도, 남이 내 마음 건드는 거 기분 더러울 것 같아."

"맞아."

짜증스레 내뱉은 말에, 세시오는 선선히 고개를 끄덕였다.

"사람의 마음은 그냥 내버려 두는 게 옳아. 그래서 가질 수 없었어, 내가 바라는 건."

세시오의 입가에 쓴 웃음이 걸려 있었다. 사람의 마음을 얻지 못했다······. 인재를 말하는 건지, 연정을 말하는 건지, 분간하기 다소 모호한 말이었다.

그는 잔을 한 번 더 기울이고, 다시 입을 열었다.

"그럼 다른 일들은 어떤가. 세상에 내버려 둬서 좋을 게 사람의 마음뿐일까."

"뭐?"

"사냥대회 날, 하늘은 비도 천둥도 내리고 싶지 않았을지 모르지."

제가 언령으로 비를 내리고 천둥을 부르던 때를 말하는 모양이었다.

"신의 힘이란 건 무얼 위해 존재하는 걸까."

"……의외로."

나는 한숨을 내쉬며, 세시오의 와인을 첨잔해 주었다.

"당신은 삽질을 잘하네."

"삽질?"

"이 와인은 왜 있을까? 당신이 좋아하는 저 하늘은. 별은. 이 성은, 그리고 나는 왜 있을까?"

제가 말할 때는 잘도 떠들어대더니, 비슷한 질문을 되돌리자 입이 붙어 버렸다.

"사색하는 걸 좋아하면, 그런 걸 계속 생각할 수도 있겠지. 그런데 별로 즐겁지도 않으면서 왜 그리 궁상이야."

말 몇 마디로 단언할 수는 없었으나, 그의 목소리에서는 회의감이 느껴졌다. 언령에 대한, 그리고 그 주인인 스스로에 대한. 그저 착각일 수도 있겠지만 그리 공감되는 고민은 아니었다.

"솔직히 말해서, 좀 간편하긴 해도 그렇게까지 대단한 힘인가?"

나는 지붕에 올려 둔 와인 병을 들고 말했다.

"이 와인? 당장 밑으로 내려가서, 가져다 달라고 하면 생겼을걸."

그저 와인뿐이랴. 산해진미를 다 차려 왔을 것이다.

"비를 내리고 천둥을 치는 것도, 마법사 몇 모으면 할 수 있어. 마법사를 불러 모을 능력이 없으면, 그냥 비가 오길 기다려도 괜찮고."

저주받아 말라붙은 땅도 아닌데, 아무렴 그냥도 오겠지.

"사람을 살린 거. 그래, 그건 기적이라고 할 만하지만. 막말로 죽은 사람을 살려 낸 것도 아니잖아."

"……."

"그 힘이 대단한 건, 다른 사람들이 할 수 있는 일을 더 빠르고 간편하게 할 수 있어서지."

세시오, 본인도 말하지 않았던가. 불가능한 것을 바라면, 바람은 이루어지지 않고 목숨이 위험해진다고.

"그냥 당신은, 손이 빠른 만능 재주꾼이라고 생각해. 뭘 존재 이유까지 파고 들어. 누가 시킨 것도 아닌데."

"언령에 대한 평가가 야박해졌군."

"자괴감 드는 생각, 길게 하지 마. 나도 많이 해 봤는데, 생각은 하면 할수록 부정적이 되더라."

상념은 머릿속에 계속 쌓이고 그러다 보면 자꾸만 아래로 향한다. 비탈길을 미끄러지기 시작하면, 멀쩡한 웃음이 비웃음으로 보이고 칭찬도 조롱으로 들린다. 깃털만 한 자극도 가시처럼 느껴서 모든 일로 자신을 상처 입힌다. 제론을 만나는 동안, 몇 번이나 경험해 본 과정이었다. 아마도 나만 겪은 일은 아니겠지.

그리고 세시오는 갑자기 웃었다. 가라앉았던 기분을 한껏 끌어 올린 듯, 누가 봐도 즐거운 표정이었다. 나는 의식적으로 그에게서 시선을 떼어 냈다.

"생각을 마음대로 떨쳐 낼 수 없으면?"

"그럴 땐 몸을 움직여야지. 저 봐, 저 사람도 수련하고 있잖아."

나는 성의 안쪽 연무장을 가리키며 말했다. 거리는 상당했지만, 천리안이 있다니 볼 수 있을 것이다. 누군가 검을 휘두르고 있었다. 편안한 차림이었으나, 솜씨로 보아 기사가 분명했다. 그녀의 손에서 데이브릭의 검술이 아낌없이 펼쳐졌다. 한 번씩 사특하리만치, 검이 날카롭고 집요해지는 것이 퍽 특색 있는 모양새였다.

"야밤에 열심히 하네."

재미있는 구경거리였다. 그러나 얼마 지나지 않아, 그녀는 검을 거두고 안으로 들어갔다.

"우리도 이제 내려갈까?"

슬슬 새벽이 되어 가고 있었다.

결국, 그 밤은 아무 일도 일어나지 않은 채로 이튿날이 되었다. 백작의 꿍꿍이속이 신경 쓰이긴 했으나, 마냥 시간을 허비할 수만은 없었다.

나는 영지를 구경하려는 척, 세시오와 함께 성을 나왔다. 마차를 타고 갈 수도 있었지만, 백작의 눈을 피하고자 나는 두 필의 말을 빌렸다. 말을 타 본 적이 없는 세시오에게 승마를 가르쳐 주겠다는 명목이었다. 그렇게 댄 핑계가 무색하게도, 그는 말에 제법 익숙해 보였지만.

다그닥 다그닥, 말발굽이 땅을 부딪는 소리가 꽤 즐거웠다. 숲의 근처까지는 감시역이 따라붙었으나, 인적이 드문 곳에서는 발각될 위험이 크다고 생각한 걸까. 언제부턴가 기척이 사라져서 기분이 좋았다. 계속 따라붙는다면 말을 내달려서라도 떨어뜨려야 했을 테니까.

얼마나 깊숙이 들어갔을까, 사람의 기척이 느껴지지 않을 즈음에 나는 고삐를 당겼다. 내가 온 걸 알았는지 숲의 안쪽에서 두 사람이 걸어 나왔다. 우리와 다른 경로로 왈릿에 들어온 브루넬 멀든과 그의 감시역으로 붙여 둔 기사였다.

"소공작님을 뵙습니다."

"그래, 레머디 경. 상단은?"

"숲 밖의 광장에서 대기 중입니다."

"수고했어."

이어, 나는 낯빛이 좋지 않은 기사에게 말을 건넸다.

"각오는 됐나, 멀든 경."

"……제가 동료들을 사냥했다는 사실은, 정말 묻어 주시는 거겠지요."

"알았다니까."

몇 번을 묻는 건지. 브루넬 멀든을 이용해 내분을 일으키려면, 그는 철저하게 약자의 포지션이어야 했다. 멀든이 저지른 일이 드러나면 이쪽이 더 곤란해질 텐데, 굳이 그걸 까발릴 이유가 없었다. 물론 일이 끝난 뒤에는 그가 어떻게 되든 알 바 아니었지만. 속내를 삼키고, 나는 물었다.

"주위에서 의심하는 사람은 없었나."

"그냥 여행객으로 생각하는 눈치였습니다."

"따라붙은 눈도 없고?"

"예, 없었습니다."

하기야, 영지를 오가는 사람이 한둘도 아닐 텐데, 그들을 다 신경 쓰진 못하겠지. 잘된 일이었다.

"그럼, 부르실 때까지 대기하겠습니다."

"잠깐만."

나는 몸을 물리려는 이들을 붙잡고, 허리춤의 검을 풀어 던졌다. 브루넬 멀든이 얼떨떨하게 내 검을 받아 들었다. 이걸 왜? 얼굴에 담긴 의문에, 나는 입꼬리를 올려 웃었다.

"멀든 경, 검술 좀 보여 줘."

가주 직속이면 의심할 여지없이 검술에 데이브릭의 정수가 녹아 있을 것이다. 상당히 특색이 있는 편이니 제대로 봐 둬서 나쁠 건 없겠지. 그런 직감이

들었다.

숲을 나서자, 한 무리가 눈에 들어왔다. 거대한 상단 마차 몇 대를 등지고 선 사람들. 마차에는 익숙한 흑사자 문장이 새겨져 그들의 주인이 리한임을 가리키고 있었다.

선두에 선 서글서글한 상의 사내가 웃으며 다가왔다.

"오래간만에 뵙습니다, 소공작님. 그리고 처음 뵙겠습니다, 세시오 공자님."

대상단 틸던의 부상단주, 서로만 에디즈였다.

"오랜만이야, 서로만. 물건은 잘 준비됐나?"

"제 안부는 묻지 않고, 물건의 안부만 챙기시다니 서운하네요."

"왜 말이 길어질까, 마치 준비가 덜 된 사람처럼."

"농담 한마디 안 받아 주시네, 설마 그럴 리가요."

투덜거리며 서로만이 손짓하자, 상단의 인부가 마차 하나의 문을 열었다. 그 안에 가득 담긴 것은 모두 식량이었다.

"짜잔, 소공작님을 향한 제 마음만큼 준비했습니다."

깝죽거리긴. 물건을 보고 나니 여유가 생겨 나는 가벼이 웃어 주었다.

상단을 시켜 준비해 온 건 일종의 구휼 식량이었다.

4년 전, 왈릿의 이 근방은 큰 가뭄에 시달렸다. 성에서는 죽지 않을 만큼만 구휼 식량을 풀었고, 그마저도 윗대가리들이 반절은 가로챘다. 그 해는 힘겹게 넘겼으나 이듬해부터가 문제였다. 굶주린 농민들에게는 농사를 지을 힘이 없었다. 무리해 움직이다가 크게 다치기 일쑤였고, 그러다 병에라도 걸리면 상황은 더 빠르게 악화됐다. 결국 농사를 포기하는 사람들이 늘면서 빈민가가 생겼다. 멀쩡히 노는 땅이 있음에도, 굶주리는 이들이 많아졌다. 왈릿의 지도자 때문이었다. 영주는 무능하고 아둔하여 큰일을 벌이기 싫어했고 현상 유지에만 급급했다. 땅의 주인인 데이브릭 후작은 영지의 세금에만 관심이 많아서 백성의 삶은 들여다보지도 않았다. 무능과 무관심의 협력으로, 가난하지 않은 왈릿에 가난한 자들이 많아졌다.

그래서, 나는 세시오의 이름으로 식량을 풀기로 했다.

"명심해, 이번만큼은 반드시 '세시오 데이브릭'의 이름으로 나눠 줘야 하니까."

"아무렴, 이런 일에 실수할 만큼 풋내기는 아닙니다."

"믿어."

"영광입니다."

정중히 허리를 숙이는 사내를 내려다보며, 나는 입꼬리를 말아 올렸다.

이후로 며칠간, 우리는 계속 관광하듯 영지를 돌아다녔다. 감시역도 매일같이 따라왔으나 무리해서 달라붙지는 않아서 어렵게나마 무시할 수는 있었다.

식량을 푼 지 오래되지 않았으나, 간간이 세시오의 이름이 귀에 들어왔다. 그걸 확인하며 나는 사람들의 표정을 살폈다. 낯빛이 좋은 이들은 상인과 여행객이고, 반대는 영지의 평민들이었다. 개중 최악은.

"저기, 아가씨. 꽃 좀 사 줄 수 있어요?"

어린아이 하나가 쭈뼛거리며 다가와 내게 꽃을 내밀었다. 흙을 다 털어 내지도 않은 들꽃은 볼품없었다. 기사들이 막아서려는 걸 말리고, 나는 아이를 가만히 바라보았다.

몸은 몹시 앙상했고, 몇 번이나 기워 낸 옷이 겨우 걸쳐 있었다. 빈민가의 아이인가? 제대로 돌봐진 흔적이라곤 눈을 씻고 찾아봐도 없었다. 문서 속 글자와 현실은 같은 걸 보여 주고 있었으나, 감상은 당연히 다르다.

속이 쓰렸다.

"한 송이에 얼마지."

"아! 1실버예요! 은화 한 개요."

내게 꽃을 내밀면서도 사 줄 줄 몰랐는지 아이의 얼굴이 밝아졌다. 나는 딱 제값을 치렀다. 그 이상의 돈은 감당하지 못할 테니까.

"고맙습니다, 아가씨!"

아이는 생글생글 웃으며 떠났다.

"골목에서 쳐다보는 시선이 있습니다."

"저 애와 같은 처지의 고아들이야. 내버려 둬."

나는 한숨을 내쉬고 세시오를 돌아봤다.

그는 아이가 사라진 방향을 물끄러미 바라보고 있었다. 식량을 나누어 준다고 하더라도 일시적인 도움일 뿐, 지도자가 바뀌지 않는 한 아무것도 해결되지 않는다. 이 남자가 왈릿의 새로운 주인이 되면, 무언가 바뀔까.

의문이 들었지만 구태여 묻진 않았다. 다만 후작보다는 낫길 바랄 뿐이다.

며칠을 그렇게 보냈으나, 백작은 아무 일도 벌이지 않았다. 세시오가 빈민가에 식량을 푼다는 소문도 분명 알 텐데, 그쪽에도 반응하지 않았다. 암살단은 진작 도착했다면서 왜 이리 시간을 끄는 거지. 무슨 꿍꿍인지 다 아는 마당이라 갈수록 답답해지는데 백작은 쓸데없이 인내심이 강했다. 생각 같아서는 멱살을 붙들고 암살은 내가 돌아간 다음에 할 거냐 묻고 싶은 심정이었다.

벌써 몇 번째인지 모를 아침 식사 중, 나는 맞은편에 앉은 백작을 대놓고 노려봤다. 내 마음을 알 리 없는 에릭손 데이브릭이 태연히 디저트를 먹으며 말했다.

"그러고 보니 일레인호에는 가 보셨습니까?"

"일레인호요?"

"예, 왈릿에서 가장 아름다운 곳입니다. 데이트 장소로도 손색없는데, 두 분이서 한번 가 보시겠습니까?"

이 상황에 그런 데 가고 싶을 리가. 그는 자랑스러운 투로 말했지만, 영지에 도착한 이후 일레인호라는 이름을 들어 보기도 처음이었다. 어디 한 귀퉁이에 있는 웅덩이 정도겠지. 화병이 날 것 같아 단숨에 거절하려다가 문득, 생각이 바뀌었다. 백작이 무언가 권한 것은 처음이던가?

"그리 말씀해 주시니, 한 번쯤 가 보고 싶네요."

정말 아무것도 없으면 가만두지 않을 것이다.

내가 고개를 끄덕이자, 그는 반색하며 안내인을 붙여 주었다.

성 근처에 이런 데가 있었나. 일레인호는 후작성에서 별로 멀지 않은 외진 곳에 있었다. 이름을 들어 보지 못한 데서 짐작했듯이, 별로 아름답지는 않았다. 크기도 생각보다 작았고 주위 경관도 정돈되지 않았다. 소박하고 수수한 느낌인 데다가 길을 찾기도 어려워 호수를 찾아온 사람도 보이지 않았다. 다만 눈에 띄는 건.

"배가 있네."

조그만 쪽배 한 척이 물가에 기댄 게 보였다. 그렇게 상등품은 아니었으나 나름대로 정갈한 멋이 있었다.

"빌릴 수 있는지 물어보겠습니다."

안내인은 내게 묻지도 않고 멋대로 사공에게 다가갔다. 잠깐 빌릴 수 있느냐는 물음에 사공은 내 차림새를 한번 훑고는 눈을 빛냈다.

"2골드입니다."

완전 날강도네. 배 한 번 타는 데 2골드라니, 세상 물정 모르는 귀족이라도 알 만한 바가지였다. 그러나 누구나가 알 법한 걸, 이 안내인은 모르는 모양이었다.

"2골드쯤은 성에서 내어 드릴 수 있습니다. 타시겠습니까?"

"소공작님, 기다려 주십시오. 배를 타시면 호위들이 따라갈 수 없습니다."

"아, 생각해 보니 그렇군요. 소공작님께서도 안위에 신경 쓰셔야 할 테니 배는 어렵겠습니다. 호위가 필요한 귀한 몸이시니까요."

안내인이 생글생글 웃으며 묘하게 신경을 긁었다. 의도가 훤히 보여서, 연극 배우가 되기는 그른 사람이었다.

나는 그리넬 경에게 고개를 젓고 픽 웃었다.

"배 한 번 타는 정도로 무슨 일이 있으려고."

지원해 주겠다는데 굳이 거절하는 것도 예의가 아니라, 나는 안내인에게 돈을 지불하게 했다. 내 돈도 아닌데 2골드면 어떻고 200골드면 어떨까.

나는 세시오와 함께 배에 탔다. 즉시, 그가 노를 잡으려고 했으나 나는 세시오에게서 그것을 빼앗아 왔다. 어차피 배를 몰아 본 경험이 없기는 피차 마찬가지일 텐데, 더 잘할 사람이 해야지.

사공의 설명을 듣고 노를 조금 움직여 보자 금세 감이 왔다. 나는 기사들을 물리고 배를 몰았다. 깊이 나아갈수록, 노가 물살을 가르는 소리가 요란하게 들렸다.

얼마간은 대화가 없었으나 심심해졌는지 세시오가 입을 열었다.

"배를 몰아 본 적이 있나?"

"아니, 처음이야. 너무 잘해서 놀랐어?"

"정말로. 못하는 게 없군."

잘난 척을 한 건 내가 먼저지만, 이런 답이 돌아오니 머쓱하다. 나는 큼큼 헛기침을 하고 주위를 둘러보았다. 호수가 크지 않은 탓에, 쪽배는 금세 한가운데까지 다다라 있었다.

"아무리 봐도, 호수가 얼어 있지 않으니까 이상하네."

"아직 겨울이 되지는 않았으니까."

"화이트폴은 여름에도 호수가 쨍쨍 얼어 있는걸."

"정말 보통 날씨는 아닌 모양이군."

"그래서 뱃놀이 같은 건 상상도 못 하지. 큰 배를 타고 북쪽 바다로 나가지 않는 이상은 말이야."

얼어붙은 물 위에는 배가 뜨지 않으니까 말이야. 웃으며 덧붙이고, 나는 노를 내려 두었다.

"그러니까, 이렇게 물속에 암살자들이 숨어 있는 것도 상상도 못 하는데 말이야."

물소리가 요란하게 났다. 발각됐다는 걸 알아차린 이들이 물밑에서 뛰쳐나온 것이다. 전신을 감싼 옷이며 복면이 전부 호숫물과 같은 색이었다. 준비 많이 했네.

"죽어라!"

대사는 따로 준비하지 않았나 보다. 참신하지 않은 외침과 함께, 새파란 검날이 내게 달려들었다.

"정말 징그럽게 오래 기다렸다. 늙는 줄 알았어."

나는 검을 뽑아 들고, 날아드는 것을 쳐내며 세시오의 근처로 갔다. 그 또한 짐작하고 있었는지, 별로 놀란 얼굴은 아니었다.

물속에서 튀어나왔다고 한들, 근처에 발 디딜 곳은 나와 세시오가 탄 쪽배뿐이다. 많이 타면 배가 가라앉을 걸 염려했는지, 호수에서 튀어나온 이는 겨우 셋뿐이었다. 못해도 열 명 정도는 물밑에 계속 숨은 채다. 수중에서도 호흡을 가능하게 하는 아티팩트를 가진 것 같지만. 왜 굳이 이런 장소를 고른 걸까? 궁금해진 차에.

"살아 나가지 못할 것이다!"

다시 진부한 대사와 함께, 배의 밑면을 가르고 검날 몇 개가 찔러 들어왔다. 이쪽은 확실히 예상치 못한 공격이었으나 막기는 어렵지 않았다.

공격에 실패한 이들은 다시 물속으로 들어갔으나, 쪽배에는 그들이 왔던 흔적이 남았다. 검날이 지난 자리마다 큼직하게 구멍이 났고, 그 때문에 배에 물이 차기 시작했다. 큰 배가 아니니 조금만 시간이 지나도 가라앉을 것이다. 벌써, 배가 기우뚱 흔들리기 시작했으니까. 규모가 작다고는 해도 연못도 아닌 호수. 이대로 물에 빠지면 숨을 쉬기도 곤란하고 부력 때문에 제대로 움직이기도 버겁다. 익숙지 않은 상황에 휘말렸다가는, 호수 밑바닥에서 익사하거나 검에 찔려 죽을 확률이 높았다.

"수를 잘 쓰네."

그래서 호수를 골랐구나, 감탄이 일었다. 긴장감은 요만큼도 들지 않았지만.

세시오는 배의 옆면을 틀어쥔 채, 날 보며 제 입가를 가리켰다. 언령을 써야 하냐는 신호로 보여, 나는 고개를 저었다.

궁금증도 해결했으니 슬슬 정리해야겠군. 적당히 검을 쳐내면서, 나는 암살 자들의 마나를 비교했다. 배에 올라탄 이들 중 하나의 힘이 제일 강했다.

"이놈이 머리군."

알아차린 순간, 나는 그자를 내버려 두고 다른 둘을 타깃으로 삼았다. 한 명은 검으로 발목 부근을 노려 물러서게 한 다음, 가슴팍을 차 물로 넘어뜨리고 다른 한 명은 배를 찔러 호수에 빠뜨렸다.

뒤돌아 검을 휘두르는 동안, 그걸 기회라고 생각했는지 수장이 달려들었다. 그자가 내디디려는 부분에 마나를 쏘아 내자, 배가 절반으로 조각나고 여태까지와 비할 바 없이 물이 차올랐다. 실수라고 생각했는지, 그의 얼굴에 짙은 비웃음이 서렸다.

"즐겁지? 나도."

그 얼굴에 마주 웃어 주고, 나는 호숫물에 검을 찔러 넣은 채 와르르 마나를 들이부었다. 그 순간, 쩌저정 호수의 절반이 얼어붙었다.

오.

"힘 조절 또 망했네."

아버지와 대련할 때는 검이 터지게 마나를 들이부어도 얼어붙는 일이 없었는데 만티코어고 호수고 너무 나약하다. 그러니까 내 탓이 아니야.

나는 한숨을 쉬며 검을 빼내고, 신코로 호수 표면을 툭툭 건드려 보았다. 수장을 제외한 모든 암살자가 그 아래에 얼어붙은 것이 보였다. 마침 나를 공격하려고 했는지, 표면 가까이에는 막 튀어나오기 직전의 얼굴도 있었다. 표정 재밌네.

"말…… 도 안 돼."

수장이 멍하니 중얼거렸다. 검을 움켜쥔 손은 벌벌 떨렸고, 낯은 새파랗게 질렸다. 전의를 상실한 듯한 얼굴이 우습다.

나는 비죽 웃고는, 호수 위를 걸어 그에게 다가갔다. 퍼뜩 놀란 암살자가 내게 검을 휘둘렀다. 마지막 발악 같은 건지, 아까보다도 훨씬 예리함을 잃었다. 나는 그의 공격을 흘려 내고 검을 부러뜨렸다. 내 검을 피하다가 얼음에 미끄러진 사내가 엉덩방아를 찧었다. 그는 주저앉은 채 허겁지겁 뒤로 물러나기 바빴다.

"괴, 괴물!"

"아니야. 네가 진짜 괴물을 못 봐서 그래. 나 아직 사람이야."

"뭐⋯⋯?"

그 얼빠진 얼굴을 보니 왠지 리한 공작을 보여 주고 싶었다. 아버지를 보고 난 뒤 날 보면 그저 천사 같을 텐데.

시답잖은 소리에 눈을 깜박이다가, 돌연 그자의 얼굴에 결심이 섰다.

미세하게, 그의 볼 근육이 움직이는 것이 눈에 들어왔다. 아, 그러고 보니.

「입 안에 숨겨 놓은 독약으로 자결해서, 자세한 정보를 얻지는 못했습니다.」

북부에서 온 서신에 그런 말이 있었지. 수장이 독을 먹고 죽으면 절반은 허사라, 나는 서둘러 그의 뒷덜미를 쳐 기절시켰다. 사내의 몸이 스르륵 허물어졌다. 다행이다.

나는 쓰러진 이의 머리채를 잡고 뒤로 꺾어 입 안을 들여다보았다. 막 혀로 굴려 꺼냈는지, 어금니의 뒤쪽에 무언가 걸려 있었다. 아마도 독약이겠지. 그걸 보자, 절로 한숨이 나왔다.

"장갑도 안 끼고 나왔는데 더럽게 진짜."

흥미진진한 얼굴로 싸움을 구경하던 세시오가 내게 다가왔다.

"무슨 문제라도 있나?"

"아니. 이 사람 입에 독이 있는데 손 넣기 싫어서."

그래도 안 꺼낼 수는 없겠지. 저러다 재수 없게 목 뒤로 넘어가 버리면 큰일이니까.

하는 수 없이 손을 뻗으려는 순간, 세시오가 먼저 손을 놀렸다. 그는 아무렇지 않게, 암살자의 입에서 독약을 빼냈다. 정말 감탄스러운 행동력이었다.

"당신 비위 좋다. 여태 본 중에 제일 멋져."

"리한 공작부인을 도왔을 때가 아니라?"

"그건 멋지다기보다는 고마운 일이었지."

진심 어린 답에 그는 가벼이 웃고, 품에서 손수건을 꺼내 독약을 감싸고 나에게 넘겨주었다.

"그러면, 죽지도 않았으니 이제 깨기 전에 좀 뒤져 볼까."

나는 쓰러진 이의 몸을 발로 슥 밀어 뒤집고는, 여기저기 뒤지기 시작했다. 기사가 하나라도 있었으면 다른 사람을 시켰을 텐데. 안타까운 일이었다. 그래도 입 안을 뒤적이는 것보단 훨씬 나았다. 복면을 열어 봐도 모르는 얼굴에, 품에 든 건 암기와 검이 전부다. 당연하게도 별다른 소득은 없었으나, 기대 없이 옷깃을 당겨 본 순간 나는 무언가를 발견했다.

"이 문신은……."

암살자의 목에 검은색 태양이 새겨져 있었다.

"무사하십니까, 소공작님."

쪽배가 망가지고 호수가 얼어붙은 탓에 우리는 걸어서 돌아왔다. 나쁘진 않았다. 북부에서 얼어붙은 물 위를 걷던 기억이 나 약간의 향수도 들었으니까.

처음, 배가 있던 자리에는 그리넬 경을 필두로 한 기사들이 사공을 붙잡아 두고 있었다.

"생채기 하나 없으니 눈에 힘 풀어. 그보다 그 사공은 왜 붙들고 있는 거야."

"소공작님이 멀어지자마자, 핑계를 대며 자리를 뜨려 했습니다."

빼도 박도 못하게 한패군. 백작이 소개해 준 호수에 마침 배가 있을 때부터 짐작하긴 했지만.

"살, 살려 주십시오!"

"저는 정말 아무것도 몰랐습니다!"

"닥쳐라, 이놈! 아무것도 모르는 놈이 어찌, 도망치려 했단 말인가!"

"커헉!"

말도 안 되는 항변에, 기사 하나가 사공의 배를 걷어차서 입을 다물렸다.

"그러고 보니 안내인도 안 보이네."

"그자도 마찬가지입니다. 소공작님께서 배에 오르시자마자 데이브릭에서 연통이 왔다며 자리를 떴습니다."

하여튼, 남 죽일 생각은 하면서 제가 죽기는 싫어서. 꽁지를 빼고 달아난 모습이 추하기 짝이 없다.

"내가 암살단을 처리하는 거 봤을까?"

"습격이 시작됐을 때는 이미 기척조차 느껴지지 않았습니다."

"그럼 당할 거라 확신하고 자리를 떴단 말이지."

만티코어를 죽였으니 내가 마스터라는 건 알았을 텐데. 암살단의 실력이 그토록 대단하던가? 다 마나를 다룰 줄 아는 실력자이긴 했지만. 물속이라는 환경의 특수성을 고려하면, 경험이 없는 사람은 그저 당했을지도 모르겠다. 그렇게 생각은 해도, 평범한 마스터가 어느 정도의 실력인지 몰라서 어떻게 단정 지을 수는 없었다.

"호수 안에 열서넛 더 있으니 꺼내 놔, 실력은 꽤 괜찮아서 죽진 않았을 거야."

"예, 소공작님."

"그럼 이제 이야기를 들어 볼까?"

나는 사공을 내려다보며 말했다. 배를 얻어맞은 뒤 웅크리던 이가 어깨를 움칠 떨었다.

"할 말이 많은 것 같은데 말이야."

"저, 는 정말로 논을 받고 시키는 대로 했습니다. 사람을 죽이다니, 그런, 그런 끔찍한 짓을 벌일 줄은 전혀 몰랐습니다!"

"시킨 일이 뭐였는데."

"별거 아니었습니다. 준비해 둔 배 옆에서 사공인 척하며, 돈을 받고 배를 빌려주면 된다고요."

심지어 사공도 아니었어?

"삯을 비싸게 받으면 의심하지 않을 거고, 배가 좀 움직인 뒤에는 도망치라는 말까지. 전부, 전부 시키는 대로 한 것뿐입니다!"

어이가 없어 입을 빌리고 쳐다보자 내가 믿지 않는다고 생각했는지 가짜 사공이 처절하게 외쳤다. 그러고도 불안했는지, 그는 횡설수설하며 몇 마디를 더 쥐어짰다.

"그리고 분명, 분명 케슬릿 님이라고 부르는 말을 들었습니다! 귀족님께서 끌고 오신 그 작자를 그렇게 불렀습니다!"

이름이야 얼마든 숨길 수 있는 일이 아닌. 별로 귀 기울일 가치도 없는 말이다. 그러나 그리넬 경은 생각이 다른지 눈가를 찡그리며 말했다.

"최근 수도에서 급부상한 암살단 단주의 이름입니다."

"암살단?"

"예, 돈을 주면 뭐든 다 해 주는 청부 업체입니다. 주업으로 삼는 건 암살이지만요."

"……혹시 그 조직의 상징? 심볼 중에 검은 태양이 있어?"

"알고 계셨습니까?"

"알게 된 지 얼마 안 됐어."

"아무래도 누군가 돈을 써 사주한 것 같습니다. 알아보겠습니다."

그리넬 경의 말에 고개를 끄덕이는 대신, 나는 천천히 턱을 쓸었다. 암살단이라……

"그렇단 말이지."

세시오에게 눈을 돌리자 그는 아무것도 모른다는 듯 웃었다. 하여튼, 여우같은 인간.

"일단 돌아가자고."

"영지 밖으로 도망쳤다는 연락을 받았습니다. 리한의 기사들에게 잡히지는 않을 겁니다."

안내인에 대한 보고였다. 수하의 말에 데이브릭 백작이 고개를 끄덕였다. 겨우 호수에 안내해 줬을 뿐이니, 잡히더라도 큰 문제가 되진 않을 것이다. 그러나 백작은 사소한 것 하나하나까지 완벽히 하고 싶었다. 다름 아닌 리한의 작은 주인을 해하는 일이었으니까.

최근의 일은 전부 급작스러웠다. 리한 소공작의 등장부터 그녀가 세시오 데이브릭과 약혼한 것까지. 왈릿을 소개받으러 오겠다는 연락에, 백작은 이를 악물 수밖에 없었다. 리한이 보잘것없는 세시오와 약혼한 이유, 생각할 수 있는 목적은 단 하나뿐이었다. 북부의 탐욕스러운 야만인이 데이브릭을 삼키려 하는 것이다. 도대체 왜 그 혼담을 받아 주었는지, 제 형님 ―후작― 이 원망스러울 따름이었으나, 그렇다고 그들의 방문을 거절할 수는 없었다.

그즈음에, 후작에게서 연락이 왔다.

"리한과의 약혼을 반기는 척하고, 때가 되면 지시하는 곳으로 인도해라."

"그게 무슨 말씀입니까, 형님. 반기는 척이라니요?"

"혹시라도 데이브릭에 화살이 돌아올 일은 없어야 해. 왈릿에서 환대하면 일이 터지더라도 우릴 의심하진 않을 테지."

"그건······."

"왈릿에서 리한의 씨를 지울 것이다."

후작은 테릴 리한의 죽음을 계획하고 있었다. 몹시 위험한 일이었다. 그 말을 듣는 것만으로 심장이 흔들릴 정도로. 그러나 백작은 제 형제를 말릴 수 없었다. 후작은 제가 타나타르와 손을 잡았으며, 리한의 목을 칠 생각이라고 아주 단호히 말했으니까. 이후로는 불안의 연속이었다.

하나 정작 테릴 리한을 성에 들이고부터는 마음이 편해졌다. 얼굴은 예뻤으나 그뿐이다. 그녀에게는 리한이라는 위명에 걸맞은 위압감이 없었다. 말로는 만티코어를 잡았다고 들었지만, 어쩌면 숨어 있던 리한의 기사들이 해치운 걸지도 몰랐다. 검을 잡은 지 3년 만에 마스터가 됐다는 말보다는 그쪽이 현실적이었으니까.

그래서 백작은, 도리에 맞지 않는다는 걸 알면서 그녀를 세시오와 한방에 몰아넣었다. 그로 인해 데이브릭이 이 약혼을 반긴다는 인상을 남겼고 리한 소공작이 그리 대단한 인사가 아님을 확인했다. 불합리한 대접을 받았음에도, 곤란한 척 몇 번에 그녀는 그냥 넘어갔다. 제 권리를 챙길 줄도 모르는 풋내기가 분명했다.

엄습을 경계해서 지치게 할 수 있다면 그 또한 좋았겠지만, 아쉽게도 부가적인 목적은 이루지 못했다. 그런 생각조차 하지 못한 건지, 아니면 성에서 공격해 올 리 없다고 판단한 건지. 어느 쪽이든, 백작은 지금의 결과만으로 만족했다. 가주 직속의 암살단이 엄습에 실패하는 일이 없을 거라 비로소 확신할 수 있었으니까.

"잘 숨어 있으라고 해. 일이 마무리된 게 확실해지면 처리하고."

"예, 걱정하지 마십시오."

"도망을 치더라도, 소공작이 죽는 것까지 확인했으면 좋았을 텐데."

"엄습을 목격했다면, 기사들에게서 도망치지 못했을 겁니다. 지금 정도의 정보도 얻지 못했겠지요."

"그야 그렇지. 소공작과 달리, 리한의 기사들은 진짜니까."

그에게 소공작의 인상이 흐리멍덩해진 데에는, 그녀가 대동하고 온 기사들이 대단한 탓도 있었다. 하나하나 어쩌나 기세들이 대단하던지, 참으로 탐이 났으나 가질 수 없는 인재란 것이 아쉬울 뿐이었다.

"염려하지 마십시오. 가주님 직속 암살단이면 이전에도 몇 번이나 마스터를 잡은 적이 있지 않습니까."

"세 번일세. 당대에는 그런 적이 없었지만."

"전대에 비해서도 뒤지지 않는 실력입니다. 호위 없이 배에 오른 이상, 소공작은 분명 죽었을 겁니다."

여전히 조금 찜찜하긴 했으나 백작은 고개를 끄덕였다. 이제 남은 일은, 분노해 찾아온 기사들을 달래고 엄습한 이들이 청부 업체라고 믿게 만드는 것뿐이었다. 그렇게 생각하는 때.

콰아앙. 어디선가 거센 굉음이 울려 퍼졌다. 귀가 따가워 백작이 거세게 인상을 찡그렸다. 성의 마법사들이 뭔가 실험에 실패하기라도 한 건가?

"하여튼, 마법사 놈들―."

콰앙, 그의 말을 자르고 다시 한번 굉음이 터져 나왔다.

두 번이나, 이런 소리가 난다고? 게다가 이번에는 한층 가까운 곳에서 들렸다. 급작스레 치솟은 불길함이 심장을 갉아 먹었다.

"당장 나가서 무슨 일인지 확인하고 오게!"

"예? 예, 영주님!"

백작의 말에, 수하가 엉거주춤 문으로 향했다. 그러나 그가 미처 세 걸음도 떼기 전에, 문이 뜯겨져 나갔다. 흉흉한 기세로 들이닥친 이들은 리한의 기사들이었다.

"허억!"

주인의 죽음에 독이 바짝 오른 것이 분명했다. 온몸을 짓누르는 기세에 백작의 몸은 벌벌 떨리다 못해 오금이 저려 왔다. 그냥 주저앉고 싶었지만, 그는 애써 침착하게 말했다. 두려워할 것 없다. 흉수의 정체가 암살단이라고 유도하기만 하면, 이제 모든 일이 해결된다. 저들의 분노는 제가 감당할 몫이 아니었다.

"이, 이게 무슨 일이요! 난데없이 왜 성에서 행패를……."

그러나 백작은 제가 꺼낸 말을 채 맺지도 못했다. 그의 눈이 찢어질 듯 커졌다.

"난데없이?"

기사들을 가르고 누군가가 뚜벅뚜벅 걸어 들어왔다.

"표정이 왜 그러십니까, 백작님. 꼭 죽은 사람이 살아 돌아오기라도 한 것처럼."

"그, 게 무슨, 어떻게……."

"뭐, 대화는 천천히 하고."

어쩌면 따분하게까지 들리는 심드렁한 목소리. 그녀는 테릴 리한이었다.

"전부 정리해."

그 말에 괴물들이 움직였다.

일이 심상치 않게 돌아감을 느끼고, 백작은 다급히 그의 비밀 호위들을 불러 냈다. 하나 그들은 천장에서 내려오기도 전에 전부 의식을 잃었다. 그제야 그는 일이 엉망진창이 되었다는 사실을 알았지만 이미 늦은 뒤였다.

잠시 뒤, 백작은 결박당한 채 그랜드 홀에 끌려 나와 무릎을 꿇었다. 그뿐이 아니었다. 성에 거주 중인 가신들이 모두 같은 꼴이 되었다. 성의 기사단이 그들을 도우려 하다가 단체로 당하는 바람에 그랜드 홀은 인파로 가득 차 있었다. 겨우 열 명 남짓의 기사들이 저지른 일에, 붙들린 이들은 어찌할 바를 모르고 눈알을 굴렸다.

괴물들의 주인인 리한 소공작은, 팔짱을 끼고 일이 진행되는 모습을 가만히 바라봤다. 마지막으로 성의 총관을 끌고 와 주저앉혔을 때, 그녀는 손뼉을 치며 웃었다.

"자, 그럼 이제 이야기를 시작해 볼까요?"

"……이게 무슨 짓입니까, 소공작!"

다른 이들이 잡혀 오는 동안 백작은 당혹감을 추스르고 머리를 굴렸다. 배짱이 약하고 아둔하다 한들, 상황을 파악할 머리 정도는 있었다. 성을 제압할 때 본 기사들의 실력이 예상을 한참 웃돌았다. 저 괴물 같은 부하들이 엄습을 눈치채고 암살단을 가로막은 게 틀림없다. 제 후계가 세상 물정 모르는 애송이인 걸 알고, 리한에서 최정예 인력을 호위로 뽑아 준 건가.

'젠장, 다 된 일이었는데.'

그러나 속으로는 안타까움에 혀를 차면서도 백작은 겉으로 그 심정을 드러내진 않았다. 억울한 일을 당하고 있는 듯이, 그의 눈에 분노가 떠올랐다.

"데이브릭의 대접에 부족함이 있었다고 생각지는 않습니다. 이 같은 행패를 부릴 합당한 이유가 없다면, 각오하셔야 할 겁니다."

테릴 리한이 비죽 입매를 틀었다.

"그건 내가 할 말이지, 백작."

"무례하시오! 왈릿의 영주를 상대로 어찌 하대를—."

"존댓말을 써 주었더니 여전히도 상황 파악이 안 되기에, 좀 주제를 알았으면 해서 말이야."

새파랗게 어린 애송이 주제에 어디! 백작은 진심으로 분개했으나, 미처 화를 토해 내지도 못했다.

그의 말을 끊은 리한 소공작이 백작에게 다가왔다. 한 걸음, 한 걸음, 또 한 걸음. 거리가 가까워질수록 무서운 기세가 백작의 몸을 옥죄었다.

처음에는 그녀의 기사들이 주인의 행동에 맞추어 기세를 푸는 줄 알았다. 그러나 가까이에서 은빛 눈동자를 본 순간, 백작은 제 생각이 틀렸다는 사실을 알았다.

금방이라도 그의 사지를 짓눌러 버릴 듯한 이 압박감은 테릴 리한의 것이었다. 예쁜 얼굴을 제하고는 보잘것없는 애송이라고 생각한 것이 믿기지 않게도, 새파란 안광에 백작은 숨조차 제대로 가눌 수가 없었다.

죽는다. 살해당한다. 건드려서는 안 될 사람을 건드렸다.

의심할 여지없는 확신에, 심장 박동이 온몸을 퍽퍽 두드려댔다.

기세의 주인이 눈을 내리깔며 물었다.

"왜 데이브릭이 날 죽이려 한 거지?"

백작의 눈이 크게 흔들렸다. 데이브릭을 의심하는 건 당연했으나, 그녀의 말에 어린 것은 의심이 아니라 확신이었다. 그 당혹스러움이 조금 그의 정신을 일깨워 주었다.

아니야, 왈릿에서 벌어진 일이라 우릴 의심하는 것뿐이야. 백작은 필사적으로 정신을 차리고 입 안의 살을 강하게 깨물었다. 피비린내가 입 안을 거슬러 코끝에 닿고, 그제야 조금 시야가 맑아졌다.

"저, 희가 소공작을 죽이려 하다니요? 혹, 이번 외유에 엄습이라도 있던 것입니까?"

"맞아. 일레인호에서 배를 탔는데, 호수의 한가운데에서 난데없이 사람들이 뛰쳐나오더라고."

"데이브릭과는 연관이 없는 일입니다! 하지만…… 의심받는 것도 어쩔 수 없겠군요. 흉수를 찾는 걸 돕겠습니다. 암살자들의 사체를 수색해서 직접 저희의 무고를──."

"내가 언제, 의심이라고 했지?"

소공작의 눈이 가늘게 휘었다. 그 표정에, 백작은 무언가 잘못되었음을 직감했다.

"암살자들이 쓴 건 데이브릭의 검인데, 어찌 의심에서 그치겠냔 말이야."

"그, 그럴 리가."

말도 안 되는 이야기였다. 어떤 멍청이가, 제 가문의 검술을 쓰면서 암살을 결행한단 말인가. 데이브릭의 암살단은 그런 검을 배운 적조차 없었다. 더군다나, 이번 일은 다른 곳에 누명을 씌우려고 목에 문신까지 새긴 채 진행했는데.

'아, 문신!'

백작은 빠져나갈 길을 찾고, 재빨리 입을 열었다.

"혹 누군가 데이브릭의 검을 흉내 내 누명을 씌우려 한 것이 아닙니까?"

"흉내?"

"제대로 펼치기는 힘들더라도 흉내 정도는 가능할 겁니다. 저희가 조사를 돕게 해 주십시오, 데이브릭의 짓이 아니란 걸 밝히겠습니다!"

애쓴다는 표정으로 입매를 틀어 웃고, 소공작이 누군가에게 손짓했다. 그녀가 부른 이는 세시오 데이브릭이었다.

'이 쭉정이를 왜 데려온 거지?'

백작의 눈이 데구루루 구르다가 덜컥 굳었다. 무언가 이상을 발견한 탓이었다.

"직접 보지 그래, 이게 단순한 흉내 내기 정도인가."

세시오의 몸에 자상 몇 개가 나 있었다. 대부분은 얕나가, 급소에 이르러서야 급격히 날카로워지는 명백한 데이브릭 검술의 흔적이 이렇게나 고스란히. 이게 어떻게.

"명색이 영주란 사람이 못 알아보는 건 아니겠지? 이거, 가주 직속 기사단이 쓰는 검이잖아."

확신에 찬 그녀의 목소리에, 백작은 눈을 질끈 감고 말았다.

있을 수 없는 일이 벌어졌다.

몇 시간 전.

"이 문신은……."

암살자의 목에 새겨진 걸 보고 나는 눈가를 찡그렸다. 어디서 본 것도 같은데.

세시오가 퍽 흥미롭다는 목소리로 끼어들었다.

"검은 태양이로군. 오소리단의 표식이야."

"오소리단?"

"최근, 수도에서 급부상한 암살 단체지."

"아."

그의 말에 어렴풋이 기억해 낼 수 있었다. 수도의 주요 세력들을 외울 때, 한 번쯤 들어 본 이름이었다. 그리넬 경의 보고서에 껴 있었다. 어중간한 청부 단체 같은 걸 쓸 생각이 없어 잊어버렸지만, 그 독특한 심볼은 어렴풋이 기억났다.

"알고 있나?"

"대충. 돈에 움직이는 청부 단체였던가."

정황상 범인이 데이브릭인 건 분명한데, 외부 단체를 거치다니 골치 아프게 됐다. 어지간한 귀족 가문이면 암살단 정도는 다 끼고 있을 거고 실력도 외부 단체보다 훨씬 나을 텐데 왜 굳이? 꼬리를 잡히지 않기 위해선가.

"그럼 연결 고리를 잡으려면 오소리단인지 족제비단인지에 쳐들어가야겠네, 귀찮게."

"글쎄."

"쳐들어가도 증거는 안 남겨 놨으려나?"

"범인이 그쪽이 아니란 말이야."

"어떻게 확신해?"

세시오가 덤덤히 말했다.

"가짜니까. 오소리단이 아니야."

"……어떻게 확신하는데?"

"그 조직은 내 거거든."

나는 잠깐 눈을 깜박였다.

"당신 조직이라고? 그 암살단이?"

"음지에서 키울 수 있는 세력의 종류는 제한되어 있어서 말이야. 어쩔 수 없이 손을 대고 말았지."

죄책감을 느끼는 척하며 세시오가 눈물을 찍어 내는 시늉을 했지만, 표정은 뻔뻔하기 짝이 없었다. 선행 얘기는 뭐였지. 나 속은 건가?

"있잖아. 당신, 선행해야 한다든가 선인은 해칠 수 없다든가, 그런 말을 하지 않았나?"

"암살단에 청부할 만한 이라면, 고객이든 타깃이든 선량한 사람은 아니지."

선량한 사람을 죽여 달라 말하면, 거절하면 그만이고. 천연덕스럽게 덧붙이는 말은 논리적으로는 틀린 데가 없었다. 매일 밤 헛바닥에 기름칠을 하는 게 틀림없다.

내가 떨떠름하게 고개를 끄덕였다. 그러자, 그는 눈에 띄는 모양새로 말꼬리를 돌렸다.

"그보다 세련되지 않군. 내 조직은 이런 문신을 새기진 않는데 말이야."

"대놓고 누명이란 말이네."

나는 기가 차서 웃었다. 데이브릭 측에서도 사실을 알았다면 똑같은 표정을 지었을 것이다. 뭐, 이런 경우가 다 있을까. 나를 공격하면서 다른 단체에 누명을 씌우려고 했는데, 그 주인이 하필 세시오라니. 하늘이 데이브릭의 편이 아니란 건 분명했다. 어쩌면, 이것도 세시오의 그 희한한 행운 때문인지도 몰랐지만.

저 문신을 어쩔까 고민하다가, 문득 괜찮은 생각이 떠올랐다.

"문신을 새겨서 흉수를 조작하려고 했단 말이지."

조작을 꼭 데이브릭만 할 수 있다는 법은 없지.

나는 웃으며 허리춤의 검을 빼 들었다. 아픈 걸 즐기는 편은 아니지만, 필요하다면 얼마든지 인내할 수 있다. 망설임 없이 검날을 팔로 가져갔으나, 일을 치르기 전 세시오가 나를 붙들었다. 가증스럽던 얼굴이 어느새 굳어 있었다.

"뭘 하는 거지."

"브루넬 멀든이 데이브릭의 검을 쓰던 거 흉내 내 보려고."

내 몸에 데이브릭의 검술대로 상처를 내면, 목에 새겨진 문신 따위보다야 훨씬 확실한 증거가 될 것이다. 고맙게도 그쪽의 검은 상당히 특색 있는 편이었으니까.

"한 번 본 게 전부잖나."

"한 번이면 충분해. 잘 안 되면, 포션 먹고 다시 해도 되고. 그러니까 이제 놓지 그래?"

충분히 괜찮은 생각 같은데, 세시오는 여전히 마땅치 않은 표정이었다. 걱정…… 이라 할 만한 정이 쌓인 것 같진 않으니, 오지랖인가.

놓으라고 팔을 당겼으나, 그는 오히려 검을 든 손을 제 쪽으로 당겼다.

"그럼 나한테 해."

"……뭐?"

"상식적으로 상처를 입었다면, 마스터에 이른 그대보다는 막 걸음마를 뗀 내 쪽이 맞지 않나."

"아까 암살자들 못 봤어? 당신은 안중에도 없더만."

"데이브릭의 일이니 피해를 감당한다면 내가 해야 해."

"당신, 전부터……."

"이제 와 흉내 내는 게 자신 없다면, 언령을 써도 괜찮고."

"……."

"그대가 아픈 걸 즐기는 타입은 아니잖나."

그러는 당신은 즐기나 봐. 입 밖을 튀어나오려는 말을 삼키고, 나는 그렇게 하라고 답했다. 그제야 세시오의 얼굴이 풀어졌으나, 내 기분은 별로 좋지 않았다.

호수에서 있던 일을 흩어 내며, 나는 백작을 내려다봤다.

"표정을 보아하니, 백작도 이게 데이브릭 검술의 흔적이란 걸 알았나 봐."

"뭔가, 뭔가 착오가 있던 게 분명합니다. 시간을 주십시오, 진실이 뭔지 저희가─!"

"아까부터 계속 똑같은 말만 반복하는군. 말했잖아, 나는 이미 확신한다고."

처참하게 일그러지는 그의 얼굴을 보니 입가에 절로 만족스러운 웃음이 맺혔다. 본인은 경황이 없어 모르는 듯했으나, 방금 백작은 내 사기의 증인이 되어 주었다. 영주가 직접 데이브릭의 검술로 난 자상이라고 인정했으니 이제는 빠져나갈 구멍도 없을 터.

한층 겁을 주기 위해, 나는 그리넬 경에게 곁눈질하며 말했다.

"그리넬 경, 마지막 영지전이 언제였지."

"61년 전, 노비드 자작령과 에넷 남작령에서 치러진 전쟁이 마지막입니다."

"이야, 오래됐네. 법으로 금지된 것도 아닌데, 요즘 참 평화로워."

"영, 영지전이라니요! 말도 안 됩니다!"

얼굴이 파랗게 질린 백작이 말을 더듬거리며 소리쳤다.

"11대 황제 폐하께서 정하신 법을 모르십니까? 영지전은 인접한 영지끼리만 가능하도록 법안을 개정하셨는데, 어찌 영지전을 거론한단 말입니까!"

감정이 아닌 논리적인 접근에 나는 고개를 끄덕였다.

계속되는 황권의 하락 때문에 황실은 영지전에 많은 제약을 걸었다. 이미 많은 토지를 보유한 대영주들에게는 유리한 조항이었기에, 당대 황제는 성공적으로 법안을 개정했다. 이후 그 규칙들을 지켜 가며 영지전을 벌이더라도 황실에서는 여러 가지 꼬투리를 잡으며 승인해 주지 않았다. 그 때문에 지금에 와서는 거의 사라졌으나, 아예 없어진 건 아니었다.

"모르나? 왈릿 옆의 콰르테 백작령, 리한 거야."

"7대 선조가 마벨리스크 정벌 때 공을 세우고 받은 영지였다. 우리가 가진 땅이 하도 많아, 나도 왈릿에 오고 나서야 떠올렸다."

"그런, 어찌……."

"왈릿을 먹어 치워도, 아무도 책잡지 않는다고."

명분도, 힘도 이쪽에 있으니까. 물론 정말로 영지전을 일으킬 생각은 없었다. 아무리 소규모라고 한들, 전쟁은 전쟁이었고 내게 필요한 것도 아니었으니까. 다만 나는 백작의 기를 눌러놓고 싶었고, 그런 내 의도는 몹시도 성공적이었다. 에릭손 데이브릭의 표정은 금방이라도 죽어 버릴 사람의 것처럼 변했으니까.

그는 참담한 얼굴로 재차 빌었다.

"사체를, 사체를 조사하게 해 주십시오. 한 번이면 됩니다. 그 이후엔 영지전을 하시더라도―."

"오라버니의 말씀은 참으로 이상하군요."

무릎 꿇린 가신들 틈에서 난 낭랑한 목소리가 백작의 말을 끊어 냈다.

영지에 막 왔을 무렵 소개받은 이들 중 하나였다. 30대 후반의 여성, 그녀는 알버트와 에릭손의 동생인 에콰이어 데이브릭이었다.

"아까부터 암살자들의 시체에 집착하는 것처럼 들립니다만."

"닥, 닥처라, 에콰이어!"

"괜찮다면 한 말씀 드려도 괜찮겠습니까, 소공작님."

"사태가 이리 심각한데 이리도 경거망동―."

"다물려."

"예, 소공작님."

법석을 부리는 게 짜증 나 말하자, 기사 하나가 백작의 입에 손수건을 쑤셔 넣었다. 손짓이 거친 모양새가 그도 못마땅했던 것이 분명했다. 장내가 조용해지고, 나는 다시 에콰이어를 쳐다봤다. 그녀는 덤덤한 목소리로 인사를 건넸다.

"첫날 인사드렸지만 선대 데이브릭 후작의 셋째인 에콰이어입니다. 후작님과 백작님께서는 제 오라버니 되십니다."

"하고 싶다는 말이 뭐지?"

"리한 소공작님께 있던 엄습은 저희 데이브릭, 적어도 저와 몇몇 가신들은 모르는 일입니다."

모르쇠로 발뺌하려는 선가. 눈이 가늘어지는 찰나.

"하지만 오라버니께서 무언가 아시는 건 분명합니다."

"읍, 으읍!"

"오라버니가 도망갈 수 없도록 지하 감옥에 구금하시고 데이브릭에서 조사단을 꾸리게 해 주십시오. 영주에게 죄가 있다면 명명백백히 드러내겠습니다."

입이 틀어막혔음에도, 백작이 요란한 소리를 내며 몸을 뒤틀어댔다. 눈가를 찡그리자, 그리넬 경이 그의 뒤통수를 때렸다. 사내의 몸이 축 늘어지고 주변은 다시 조용해졌다.

"내가 그래야 할 이유가 있나?"

"영지전을 바라시더라도 황제 폐하께서 승인해 주실 가능성은 현저히 낮습니다. 근 수십 년간 그러했으니까요."

"내 생각과는 다르군. 나는 폐하께서 무리 없이 허가해 주실 거라 믿는데."

"……그렇군요. 리한 소공작님이시니까요. 하지만."

에콰이어는 잠시 멈칫했다가 다시 말을 이었다. 마주친 눈이 맑게 빛났다.

"힘으로 왈릿을 얻을 생각은 아니시잖습니까."

그녀의 말에는 확신이 담겨 있었다. 나에 대해 뭘 안다고? 내가 왈릿에 온 직후, 인사 몇 마디를 나눈 게 전부면서 잘도 단정 짓는다.

나는 묶여 있는 가신들을 한 번 훑어보았다. 절반은 백작처럼 얼굴이 일그러져 있었고, 그 절반은 염려하는 얼굴이었으며, 나머지는 에콰이어처럼 덤덤한 표정이었다. 지지 기반이 없는 사람은 아니다.

에콰이어 데이브릭에게 가치가 있다는 걸 확인하고, 나는 조금 관대해지기로 했다.

"말 정도는 한번 들어 볼까."

객이 영주를 가둔다는 건 상식적으로는 말이 되지 않는 행동이다. 그러나 에 콰이어의 장악력이 생각 이상이었는지, 풀려난 기사들은 순순히 백작을 감옥 에 가두었다.

리한의 기사 둘에게 백작을 감시하라 지시하고, 나는 성의 응접실로 올라왔 다. 세시오와 에콰이어가 내 뒤를 따랐다. 나는 먼저 말문을 열었다.

"조사단을 꾸리겠다고."

한다면 굳이 말리지는 않겠지만 소득이 없을 건 뻔하다. 나를 습격한 이들은 아마, 가주 직속의 암살단일 것이다.

어느 정도의 권세를 지닌 가문은 암살단을 거느렸다. 단체의 특성상, 당연 하게도 그들은 고문을 견디는 훈련을 받는다. 북부에서 어머니를 습격한 이 들을 붙들고도 배후 세력을 특정하지 못한 건 그 때문이었다. 그러니 내가 빼 돌려 둔 암살자들의 신병을 넘겨주더라도, 그들에게서 얻을 수 있는 정보는 적었다.

끽해야 목에 새겨진 문신을 보고 오소리단을 떠올리는 정도겠지. 그리고 이 여자도 아마, 그 사실을 모르진 않을 것이다.

"의미가 있다고 생각하나?"

"아니요, 아무것도 얻어 낼 수 없겠지요. 소공작님을 습격한 건, 가주 직속의 암살단일 테니."

상당히 직설적인 답이었다.

"그저 소공작님과 이야기할 시간이 필요했을 뿐입니다."

"따로, 하고 싶은 말이라도 있는가 봐."

"바라시는 건 데이브릭입니까?"

정말 모두가 한결같이도 같은 걸 의심하는군. 이쯤 되면 내 생각이 잘못된 게 아닐까, 돌아봐야 할 정도다.

나는 한숨을 삼키고 에콰이어의 눈을 똑바로 바라보았다. 내가 반응을 보이지 않자, 아쉬운 쪽이 재차 입을 열었다.

"바라신다면 드리겠습니다."

"글쎄. 아무런 작위도 넘겨받지 못한 사람의 말을 내가 믿어야 할까."

"권위가 없기론 제 작은 오라비인 데이브릭 백작도 마찬가지입니다. 무능하고 모자란 사람이지요. 그 때문에 후삭에게 영주직을 위임받았지만, 그게 전부입니다."

알고 있는 이야기였다. 본인의 권력을 위협받지 않기 위해 후작은 가장 무능한 영주를 골랐다.

그녀는 차 한 모금을 머금고, 말을 이었다.

"후작, 알버트는 어려서부터 저를 견제했습니다. 그건 제게 능력이 있다는 반증이고, 소공작님의 뜻을 이루어 드릴 적임자라는 증거입니다."

"증거라고 해 봐야 말뿐이잖아."

"앞으로의 일을 유심히 보신다면, 제 말이 허언이 아님을 아실 겁니다."

그렇게 말하는 그녀의 목소리는 당당했고 눈동자에는 흔들림이 없었다. 시간을 길게 끌 거 없이 기사들이 영주를 성에 가둔 것만으로도 알 수 있는 사실이었다.

에콰이어의 기세가 마음에 든다. 나는 입매를 당겨 웃었다.

"맞아, 난 왈릿이 필요해."

"제 사람들은 전부 소공작님을 지지하겠습니다. 남은 세력도—."

"내가 아니라 세시오."

"예?"

"데이브릭 후작이 될 사람은 당신의 조카인 세시오거든."

"아, 물론 세시오를 거쳐야겠지요. 세시오가 후작이 된 뒤에 소공작님께서 작위를 양도받아야, 절차상—."

"양도받을 생각 없는데."

그녀의 얼굴에 당혹감이 떠올랐다. 정말로 내가 데이브릭의 주인이 되려한다고 믿은 모양이다. 응접실에 들어와 처음으로, 에콰이어가 세시오에게 고개를 돌렸다. 그는 말없이 웃을 뿐이었으나 그것만으로 그녀의 어깨가 움찔 튀었다.

"왜. 세시오에게 왈릿을 바치기는 아까운가?"

"아, 아닙니다."

그녀는 두어 번 헛기침해 마음을 가다듬는 것처럼 보였다. 그러고는 제 패를 구체적으로 꺼내 놓았다.

데이브릭 백작은 무능하고 심약한 구석이 있으나, 형을 닮아 유능한 인재를 곁에 두지 않는다고 했다. 그래서 가신 역시도, 별 볼 일 없는 이들로 가득해서 그들을 설득하기는 어렵지 않다고.

"하지만 원로회는 쉽지 않습니다. 다른 것보다도 세시오는 데이브릭의 적통이 아니니까요."

"고지식한 노인들이 똘똘 뭉쳐 있을 테니, 그렇겠지."

리한의 원로회만 하더라도 보통 꼬장꼬장한 게 아니라고 들었다. 지금은 아버지가 강제로 해산해 버렸지만. 애당초 세시오를 후작으로 만들기로 했을 때부터, 원로들을 설득할 생각은 없었다. 핏줄만 이어졌어도 어떻게 가능했겠지만, 그게 아니니 그른 판이다. 적당한 협박으로 입을 다물리고 영지민들의 민심을 얻어 어쩔 수 없는 상황을 만들면, 할 수 없이 따르겠거니 생각한 정도다.

그러나 에콰이어에게는 다른 방법이 있는 모양이었다.

"다른 사람들은 괜찮지만 대원로가 문제입니다. 조사하셨겠지만, 데이브릭 원로회는 대원로인 이오마테르의 손에 있는 것이나 다름없습니다."

"현 후작의 작은아버지였던가. 제일 보수적인 인사잖아."

"맞습니다. 혹시 이오마테르에게 희귀병에 걸린 딸이 있다는 것도 아시나요?"

"허……."

"세시오를 걸을 수 있게 한 깃처럼 그녀에게도 기적을 일으킬 수 있다면, 불가능한 일은 아닙니다."

엔하르트 백작도 그렇고 이 여자도 그렇고, 한 번 일어난 기적을 이렇게 일반화해도 되는 건지. 너무 자연스럽게 나온 말에, 나는 눈가를 좀 찡그렸다.

"혹시나 해서 묻는 건데, 어떻게 세시오에게 기적이 일어난 거라고 생각해? 그 수단 말이야."

"처음에는 교황을 섭외하신 줄 알았습니다만, 엔하르트의 공자도 고쳐 내셨더군요."

그것도 알고 있었군. 엔하르트 측에 숨겨 달라고 부탁한 것도 아니지만, 너무 자연스럽게 말한다. 이 정도면 모르는 사람이 없다고 생각해야겠는데.

"혹 어떤 성물을 가지고 계신 게 아닌가요?"

"그런 성물이 있나?"

"세상에 알려진 바는 없습니다만, 드러나지 않은 성물도 많이 있으니까요."

적당한 추론이었다.

"딸을 치료하는 것만으로 대원로를 포섭할 수 있다고?"

"보기보다 이오마테르는 제 딸을 애틋하게 여기니까요. 현 가주를 지지하는 것도 아니고."

에콰이어의 말에 나는 테이블을 손가락으로 두드렸다.

한 번도 아니고, 두 번도 넘고. 이오마테르의 딸까지 치료하면 세 번이다. 누군가 내게 무슨 수작질을 부린 거냐고 채근해 오지는 않겠지만, 이쯤 남발하려면 이유가 필요하다. 사태를 수상하게 여긴 후작이 혹시라도 황족의 언령을 떠올릴지도 몰랐으니까. 이미 사라진 힘이라고 해도, 그쯤 되는 권세가라면 언령의 존재조차 모르지는 않을 것이다. 그럴 가능성은 낮더라도, 위험이 있다면 피해 가야겠지.

나는 한숨을 내쉬며, 일단은 생각을 정리했다.

"원로회의 지지를 얻으면 끝이라고 생각하나."

"영지 내 재정은 에릭손이 직접 담당하고 있습니다. 제가 꺾을 수 있으니, 그쪽은 신경 쓰지 않으셔도 됩니다."

"그리고?"

"영지민들의 민심과 새벽 기사단이 남았지요. 하지만 소공작님께서 민간에 식량을 풀어 주셔서, 민심을 잡기란 어렵지 않을 겁니다."

"같은 생각이네."

"가장 큰 문제는 기사단입니다. 현 후작에 가장 충성스러운 세력이니까요. 아까는 제 말대로 백작을 가둬 두었지만, 그건 제가 데이브릭의 핏줄이기 때문에 가능한 일입니다."

"피가 섞이지 않은 세시오를 따르진 않을 거라고? 뭐, 그쪽은 내가 알아서 할게."

브루넬 멀든이 내 손에 없었다면 모를까, 지금의 내게 기사단을 뒤집는 건

손쉬운 일이었다.

그녀에게 들을 말은 다 들었다. 이제는 에콰이어와 대화를 마무리 지을 때다.

"좋아, 그럼 원하는 바를 말해 보지 그래? 사심 없이 나선 건 아니잖아?"

내 말에, 에콰이어가 허리를 반듯이 세웠다. 이때만을 기다리던 사람처럼 그녀의 눈이 반짝 빛났다. 그녀가 자리에서 일어났다.

"세시오를 후작으로 만들더라도 왈릿을 직접 다스릴 생각은 아니시겠지요. 제게 영주직을 주세요."

결연한 목소리로 말하고, 그녀는 허리를 구부렸다.

"형제들 중 왈릿을 사랑하는 건 저뿐입니다. 그러니 제 손으로 관리하게 해 주십시오."

그 안에 담긴 확고한 의지에 웃음이 난다. 세시오 쪽을 쳐다보자 그 또한 나를 보며 웃고 있었다. 내키지 않는다는 말은 아니군.

나는 에콰이어를 따라 자리에서 일어나며, 손을 내밀어 악수를 청했다. 그녀가 얼떨떨하게 내 손을 붙잡았다.

"당분간 잘해 봅시다, 에콰이어."

이제는 내 목을 노린 데이브릭의 하수인이 아니라 동업자다. 존댓말 정도는 아깝지 않았다.

밤이 되었다. 에콰이어 데이브릭은 원로회를 찾아가 보겠다며 성을 나섰고 나는 침실로 들어왔다.

그리고 나서야 새로운 방을 내어 달라고 말하지 않은 게 떠올랐으나, 할 수 없었다. 이미 세시오와 며칠이나 한방을 썼으니, 그리 새삼스럽지는 않았지만.

그와 할 말이 있는 상황이니 한방이 나을지도 모르겠다.

"이야기 좀 해, 세시오."

"에콰이어의 일이라면, 이견은 없어."

"아, 그것도 있었지."

"다른 주제인가?"

"기적 말이야."

에콰이어와 대화를 나누는 자리에 세시오도 있었기에 부연 설명은 필요 없었다. 대원로 이오마테르의 딸을 치료할지에 대한 이야기였다.

"크게 내키는 건 아니지만, 못 할 일도 아니지."

"그러면 이제 문제는 수단이네."

"수단……? 하긴 이번이 세 번째던가. 슬슬 진짜 이유가 필요하겠군."

내가 무슨 말을 하려는지 알고 그가 고개를 끄덕였다. 동조까지 받자 한숨이 다시 흘러넘쳤다.

"당신 다리를 고칠 땐, 기적은 한 번으로 끝날 줄 알았어. 그래서 대충하고 말았는데."

그게 두 번이 되고 세 번이 될 줄이야.

내 푸념을 듣고, 세시오가 눈을 휘어 웃었다.

"충분히 성의 있었어. 나는 아주 즐거웠거든."

"내가 뭐, 당신 위해서 공연이라도 해 준 줄 알아?"

"아니었나? 엔하르트에서도 그런 줄 알았는데."

"뭐라는 거야, 재주는 본인이 넘어 놓고."

"세 번이라도 다를 건 없어. 성물이 있는 척하면 되지 않나. 겉으로 드러내지만 않으면 알아서들 추측할 테지."

"나쁜 생각은 아닌데, 여기선 좀 곤란해."

이해가 되지 않는다는 듯, 그가 눈을 한 번 깜박였다.

"잊었어? 후작이 될 건 내가 아니라 당신이야. 수도에서 엔하르트 백작이 당신을 어떻게 대했는데."

제 손자를 낮게 해 줄 사람인지도 모르고 홀대도 그런 홀대가 없었다. 그래도 그때는 기분만 나쁘고 말았지만, 영지에서까지 세시오가 그런 대접을 받으면 곤란했다. 없는 성물을 만들어 그 핑계를 대더라도 상황은 마찬가지였다. 아무렴 그런 물건이 있다고 해도, 사람들은 당연하게 리한의 것이라 생각할 테니까. 그럼 곤란하지.

"내 위명이 쌓일수록 당신 존재감이 흐려져. 후작이 되는 데 방해가 된다고."

"그건……."

"그래서 생각을 해 봤거든."

기적을 일으키면서 동시에 세시오의 위상을 띄울 방법. 답은 간단했다.

"성자가 돼 보는 건 어때?"

원래는 단순히 세시오가 그런 이미지를 갖게 하는 정도가 목적이었다. 하지만 반드시 이미지에 그쳐야 하는 건 아니었다.

"모순이야, 신관은 작위를 가질 수 없는데 후작이 되기 위해 신관이 되라니."

"내가 언제 신관이 되라고 했어?"

바보 같은 소리 하네. 신성력이 있다고 신전에 들어가야 한다는 법이 세상천지 어디 있단 말인가.

"신관이 될 생각이 없다면, 누가 뭐라고 하겠어. 자기 인생에 자기 진론데."

"지금……."

"왈릿 꼴이 말이 아니야. 식량을 좀 푸는 정도로 해결할 수 있는 단계는 진작 지났지."

지금 그들에겐 치료가 필요했다. 왈릿의 신전에서도 이따금 봉사를 나온다고 들었으나, 그 정도로 감당할 수 있는 숫자가 아니었다. 꽃을 팔던 아이와 골목에서 우리 쪽을 힐금거리던 고아들이 생각났다. 물론, 감정만으로 하는 이야기는 아니다.

"식량으로 해결할 수 있는 굶주림이 잠깐이듯, 그걸로 얻을 수 있는 민심도 얕아. 하지만, 그들의 문제를 해결해 주면 민심은 그걸로 끝이야."

"전부 해결할 수 있다고 생각하나?"

"물꼬를 틀 수는 있겠지."

그는 눈가를 찡그렸으나, 차츰 내 말이 그럴싸하다는 걸 받아들인 모양이었다. 잠시의 침묵 끝에 세시오가 얕은 한숨을 쉬었다.

"나는 신과 엮이는 걸 별로 좋아하지는 않아. 아니, 신을 좋아하지 않는다는 말이 옳겠군."

다소 의외로운 말이었다.

"테릴, 그들을 돕고 싶나?"

세시오의 물음에, 순간 여러 생각이 들었다. 내 말이 그런 식으로 들렸나. 당혹스러웠으나, 곧바로 부정할 수 있던 것도 아니다. 감정이 섞였을망정, 목적을 이루기 위한 수단이라고 생각했으나 내 착각일지도 모르겠다. 혼자 꽃을 팔러 나온 아이를 보며 나는 차마 내 과거를 떠올리지 않을 수 없었으니까.

"……나도 지금껏 쉽게 살아온 건 아니라서."

입가에 쓴 웃음이 맺혔다.

"동정에 호소해 당신을 압박하려는 건 아니야. 스스로 결정해."

"……생각해 보지."

그는 무겁게 내뱉고 몸을 돌려 걸었다. 그 모습에, 가라앉았던 감정이 빠르게 떠올랐다.

며칠간 봐 왔으니 목적지는 뻔했다. 침대와 한참 떨어져 있는 침실 끄트머리의 소파. 눕지도 않고, 거기에 병든 닭처럼 앉아 고개를 꾸벅거리는 것이 세시오의 취침이었다. 보는 사람을 불편해 죽게 만들려고 작정한 거지. 오늘은 그 꼴 절대 못 본다.

나는 세시오의 팔을 붙잡고 말했다.

"오늘은 당신이 침대에서 자."

"사양—."

잠깐의 머뭇거림도 없는 즉답이 짜증 나, 나는 그의 입을 틀어막았다.

우리의 실랑이는 오늘이 처음은 아니었다. 왈릿에 온 첫날 밤, 그러니까 한 침실로 내몰렸을 때부터 그는 내게 침대를 내주었다. 그러고는 내가 세시오에게 침대에서 자라고 말하면, 익숙한 논리를 펼쳤다. 저를 후작으로 만드는 중 벌어진 일이니 제가 불편을 감수하는 게 마땅하다고. 마치 저 혼자만 마법 계약서를 썼을 때처럼. 데이브릭 검술의 흔적을 제 몸에 남기자고 주장한 것처럼.

타당하게 들리는 말에, 나는 어쩔 수 없이 고개를 끄덕였다. 세시오의 말이 틀린 건 아니라서. 내게 불리한 일도 아니라서. 그가 전에 했던, 착한 아이 어쩌구 하는 말을 또 듣기 싫어서. 마음이 변하고는, 그렇게 세시오를 신경 쓰는 것처럼 보이기 싫어서. 여러 가지 이유가 있었지만, 더는 마음이 불편해서 안 되겠다.

"어차피 내일부터 침실 더 내 달라고 할 거니까, 그냥 하루만 시키는 대로 좀 해."

"말대로 하루일 뿐이니, 그대가 쓴대도 달라질 건 없잖나."

"갈수록 거슬려서 그래. 당신, 아까 몸에 칼자국도 냈잖아. 환자한테 침대를 내주는 게 나빠?"

"지금은 포션으로 전부 고쳤으니 엄밀히 환자는 아니지."

"……고쳤다고 해도 후유증이 남으면 어쩌려고."

"자상에 후유증……? 그럴 일이 있을 수도 있겠지만, 그걸 염려한다면 더더욱 침대에서 자는 건 곤란하지. 자다가 떨어지면 큰일 아닌가."

논리에 빈틈이 없다. 데이브릭에서 구박받는 동안 정말 혀에 기름칠하는 법을 독학한 건가.

이대로 가다간 밤이 새도록 논쟁이나 할 것 같아서 나는 그를 말로 설득하기를 포기했다. 대신, 내가 절대로 질 수 없는 분야를 골랐다.

"……테릴?"

나는 세시오의 팔을 잡고 내 쪽으로 그냥 당겼다. 이렇게 나올 줄은 몰랐는지, 그는 버틸 생각도 못 하고 끌려와 침대에 주저앉았다. 버텼어도 힘으로 날 이길 수는 없겠지만. 침대에 올라온 꼴을 보니, 그제야 속이 시원했다.

"이제 자. 저 소파에서 꾸벅거리는 거 꼴 보기 싫으니까."

"내 쪽도 마찬가지야. 도움받는 처지에 그대를 소파에 재우면―."

"그놈의 도움받는 처지, 유리한 처지, 지겨워 죽겠으니 그 말 좀 그만해. 내가 무슨 자선 사업 해?"

"뭐?"

"당신 말대로 착한 아이 병이라도 걸렸는지 모르겠는데, 신경 쓰여서 짜증난다고. 그게 더 불편해."

말로는 신경 쓰지 않겠다고 했으면서 세시오가 착한 아이라고 비꼬던 말에 아직도 휘둘리는 모양새다. 그가 뭐라고 생각하든, 그냥 마음 내키는 대로 살아야지. 더 있다가는 화병이 나 죽을 게 분명했다.

세시오는 조금 놀란 듯 입을 달싹이다가, 본심을 토했다.

"……정정하지, 그냥 내가 불편해서 그래."

예상 못 한, 그러나 이해할 수 있는 답이었다. 그가 입에 달고 사는 말이 다 진심이라면, 세시오가 이 상황을 신세 진다고 여긴다는 건 분명했으니까. 내 어머니의 목숨을 구해 놓고 그렇게 생각하는 게 못마땅하긴 하더라도. 물론, 이해한다고 그냥 넘어갈 생각은 없었다.

"그건 나도 마찬가지야."

"소파에서 자는 정도로 불편하지도 않―."

"아, 시끄러워. 정 그러면 그냥 같이 침대에서 자든가."

홧김에 말했을 뿐이지만, 머릿속에 불이 들어오는 것 같았다. 괜찮은데?

보통 결혼 전의 남녀는 같은 침대를 쓰지 않았으나, 한방을 쓰는 시점에서 신경 쓸 문제는 아니었다. 같은 침실이나 침대나 뭐가 다르다고. 여태 아무 일도 일어나지 않았으니 마찬가지일 것이다.

"정말로 그럼 되겠네."

"무슨, 말도 안 되는……. 혹시 내가 여자로, 아니 혹시 그대, 여자를 좋아하나?"

드물게, 세시오가 횡설수설하며 말을 더듬었다. 내용은 말 같지 않았지만.

"제몬이 여자야?"

"모르지. 내가 비밀을 숨겼던 것처럼 제몬도 감추고 있을지도."

"시답잖은 농담 말고 그냥 누워. 침대 위나 아래나, 별 차이도 없잖아."

"사회적 통념을 완전히 깨부수는 농담이군."

농담 아닌데.

"당신이 되먹지 않은 일을 벌이려고 해도 나한테 먹힐 리 없고, 반대로 내가 하려 한다면 당신이 소파에서 잔대도 달라질 건 없어."

"……."

좋아, 논리적이었다.

"그러니 잘 자, 세시오."

나는 불을 꺼 버리고 침대에 누워 눈을 감았다. 이렇게까지 했는데도 일어나 소파로 가려거든, 그냥 소파를 부숴 버려야겠다. 카펫 위에서 쪼그려 앉아 자진 않겠지.

그렇게 결심하는데, 웃음소리가 들렸다. 자잘하게 끊겨 들리는 웃음소리에, 눈을 뜨지 않아도 어깨를 떨며 웃고 있을 그의 모습이 훤히 그려졌다. 반응을 보니, 다시 소파로 가진 않겠군. 마음이 편해져서 나는 심드렁한 투로 농담을 던졌다.

"……진짜 잘 웃는다. 내가 그렇게 좋아?"

"좋아."

뭐? 순간 당황해서 눈을 뜬 순간, 나는 조금 전보다 더 놀랐다.

생각보다 가까운 곳에 세시오의 얼굴이 보였다. 어둠에 파묻혀 있었으나, 내 안력은 그의 이목구비를 이루는 선 하나하나를 다 구분해 냈다. 꼬리가 살짝 처지고, 눈구석이 깊게 팬 아몬드형의 눈매. 화려한 색채에 고인 눈빛은 어둠 속에서도 어김없이 나를 꿰뚫고 있었다.

"그대가 좋아."

의문을 느끼기보다도 앞서 든 감정에, 나는 나도 모르게 숨을 들이켰다.

그러나 다음 순간.

"날 웃겨 줘서."

나는 인상을 꽉 일그러뜨렸다. 하기야 이런 상황에서 마음이 생겼을 리도 없고, 생겼다고 해도 고백할 리는 더더욱 없지. 바보 같은 착각을 했다.

"그런 거지 같은 농담, 하지 말라고 말하지 않았나?"

"'농담 한번 더럽게 하네.'라고는 말했었지."

"그럼 지금 말할게. 앞으로 하지 마."

스스로에게도 날카롭게 느껴질 만큼 단호하게 나는 선을 그었다. 세시오는 선선히 고개를 끄덕였다. 왜냐고 묻지도 않았다. 묻더라도 마땅히 답해 줄 이유도 없었지만.

그 말을 끝으로 침묵이 암흑 속에 감겨들었다. 그럼에도 세시오의 시선은 내게서 떨어지지 않았다. 그가 무슨 생각을 하는지 모르겠는 건 하루 이틀 일은 아니었지만, 오늘따라 유독 그 시선이 부담스럽게 느껴졌다.

나는 모르는 척 눈을 감았다. 그러자 이번에는 세시오의 숨소리가 신경 쓰이기 시작했다. 인간이면, 아니 생명체면 누구나 내뱉는 게 호흡인데 왜 이리 귓속을 파고드는지. 침대 위나 아래나 별 차이가 없다고 말한 건 나였으면서, 새삼스레 세시오를 의식하고 있는 스스로가 우스웠다. 정작 이 남자는 처음에만 부담스러운 티를 냈지 이후로는 아무렇지 않은 듯한데도.

아니지, 세시오 데이브릭이 잘못한 문제다. 이유도 없이 사람을 빤히 쳐다보는데 의식하지 않을 사람이 어디 있단 말인가. 순간적으로 치솟은 자괴감을 그의 탓으로 돌리고, 나는 눈을 감은 채 입을 열었다.

"안 피곤해?"

얼른 눈 감고 잠이나 자라는 뜻이었다.

"궁금한 게 있어서."

"뭔데."

"그 꿈은 요즘도 꾸나?"

꿈? 바로 알아듣지는 못했으나, 곧 알 수 있었다. 내가 잊고 있는 기억 이야기다. 마지막으로 꾸었던 게 약혼 전이었던가.

"최근에는 꾼 적 없어."

"다행이군."

"도대체 뭔 짓을 했길래 내가 기억해 낼까 봐 그렇게 전전긍긍이야. 나한테 고백이라도 했어?"

조금 짜증이 섞인 농담이었는데, 웃음소리가 났다. 내 속을 뒤집어 놓는 게 즐거운가 보다.

"그 꿈은 앞으로도 꾸지 말아 줬으면 해."

"안 통하는 거 알면서, 언령 쓰지 마."

"혹시나 이제는 될까 싶어서."

"불가능한 바람을 자꾸 말하면 죽을 수도 있다며. 허튼 욕심은 포기해."

"걱정해 주는 건가?"

"아무렴. 시체에게 후작위를 내어 주면, 내 꼴이 뭐가 되겠어."

악명은 지금만으로 충분하다. 아무것도 안 하고 세시오와 약혼만 했는데도 마왕 소리를 듣는 판국인데 미치광이 소리까지 더하고 싶진 않다. 얼마간은 진심이 섞여 있었는데도, 그게 우스웠는지 그의 웃음소리가 커졌다.

그러나 소리는 천천히 잦아들었고, 빈자리에 정적이 들어왔다. 딱 긴장이 풀릴 정도의, 하루 중 있던 피로감이 눈꺼풀을 짓누를 정도의, 잠이 들락 말락 아슬아슬할 정도의 짧은 시간 동안.

그리고 그 끝에, 세시오가 내 이름을 불렀다.

"테릴."

그 목소리가 유독 달게 들린 건, 반쯤은 잠에 파묻혀 있어서일까. 혼곤한 와중에도 마음속에 파문이 일었다.

"……왜 또."

그의 대답은 바로 들려오지 않고 부스럭거리는 소리가 났다. 잠시 뒤, 따뜻하고 포근한 게 몸을 감쌌다. 이불인가.

"잘 자라고."

대단한 의미도 담기지 않은 속삭임. 그 낮은 목소리에 답을 내는 게 왜 그리 힘들었는지. 당신도 잘 자라는 한 마디를 되돌려 주지 못하고, 수마가 나를 삼켰다.

테릴의 숨소리가 고르게 퍼졌다. 침대 위든 아래든 다를 게 없다고 하더니, 과연 그 말대로 무신경한 모습이었다. 아니면 다른 가문의 검술을 흉내 내는 게 퍽 피곤했던 건지.

'소파에서도 자기가 힘들었는데.'

같은 공간에 있는 테릴 리한의 존재가 과하게 의식되어 세시오는 그녀에게 그동안 침대를 내어 주고도 제대로 잘 수 없었다. 그래서 소파에 앉아 이런저런 생각을 하다가 해가 뜰 무렵에야 짧게 선잠을 잤을 뿐이다. 그런데 오늘은 그녀와 같은 침대라니.

'잠깐도 못 자겠군.'

절로 한숨이 나왔지만, 반대로 웃음이 치밀기도 했다.

세시오는 잠든 이의 얼굴을 물끄러미 바라보았다. 전에도 본 적이 있었으나, 앉아서 꾸벅꾸벅 잘 때와는 영 달랐다. 뺨까지 이불 속에 파묻혀 있으니 서늘한 인상도 귀엽게 보였다. 아니, 이불 때문이 아닌가. 그는 쓰게 웃으며 몸을 일으켰다.

감정을 인지한 순간부터, 마음이 물드는 속도가 더 빨라진 것 같았다. 테릴을 보는 것만으로 죄가 되는 것처럼 마음이 불편했다. 다른 데서 잠을 청하진 않겠지만, 지금은 침대를 벗어나야 할 것만 같았다.

"세시오……?"

그 순간, 테릴이 눈을 뜨고 그를 쳐다봤다. 눈꺼풀이 반개한 것으로 보아 잠에서 아예 깬 것 같지는 않았지만, 그 눈동자가 세시오를 쫓는 것만은 분명했다.

하는 수 없이 그는 일으키려던 몸을 다시 이불에 밀어 넣었다. 그러고야 다시 테릴의 눈이 감겼다. 의식이 있는 건지 없는 건지. 알 수 없는 일이었으나, 세시오는 이제 침대를 벗어날 수 없게 됐다. 그녀의 잠을 방해할 수는 없었으니까. 여전히 마음이 편치는 않았지만.

그는 한숨을 삼키며 다시 테릴을 바라봤다. 저 작은 머리로 무슨 꿈을 꾸고 있을까. 혹, 또다시 그때의 꿈을 꾸는 건 아닐까.

"기억하지 못하면 좋을 텐데."

그건 세시오가 제 마음을 인지하기 전부터도 품어 왔던 바람이었다.

테릴에게 처음, 과거의 일을 꿈으로 봤다는 이야기를 들을 때부터 이상한 기분이 들었다. 그녀가 기억을 찾게 되는 순간, 과거의 감정이 현재와 연결될 것 같은, 무언가 제게서 변화가 일 것 같다는 막연한 불안감이.

지금은 제 마음을 알아차렸지만, 희한하게도 그러한 감각은 달라지지 않았다. 외려 더 지독해져서, 세시오는 본인도 그 이유를 분명히 설명할 수 없었으나 테릴이 기억을 되찾지 않길 바랐다.

애당초 리한에게 언령이 먹히지 않는다는 걸 알았지만, 전에 건 마법까지 흔들릴 줄은 미처 몰랐다. 분명히 다 잊어버리라고 말했는데, 어째서 사라진 기억이 되살아날 수 있는지도 모르겠다. 언령으로 기억을 통제할 수 있다는 건 이미 확인한 사실인데도. 역시 리한이 가진 힘 때문일까.

'모든 걸 떠올리게 되면, 그대는 무슨 말을 할까.'

"그럼 이제는 친구 자격이 되나요?"

불현듯 떠오른 기억에, 세시오가 눈을 감았다.

어쩌면 제 불안감은, 그 말을 다시 듣고 싶지 않아 생겼는지도 모른다.

끔찍한 말이었다. 친구만도 못 한 사이인 지금에조차.

"도와주셔서 감사합니다."

흑마법사에게 조종당하면 이런 기분일까. 마치 정해진 대사가 있는 것처럼 입이 멋대로 움직였다.

잠들기 직전 세시오와 이야기한 탓인지, 나는 내가 꿈속에 있음을 자각했다. 그것도 그가 지워 버린 과거의 기억 속에. 정신이 몽롱하고, 몸이 뜻대로 움직이지는 않았으나 꿈인 만큼 그것이 불편하게 느껴지진 않았다.

내 몸은 앞에 있는 사내를 보고 있었다. 특수 제작된 의자에 앉은, 지금보다 어린 세시오 데이브릭을.

"무슨 일인지는 몰라도, 공자의 두 다리가 무사하다는 사실은 숨기겠습니다."

그렇게 말하고, 나는 그에게 고개 숙여 인사했다. 단 두 번의 말. 그것만으로도 나는 꿈이 이어지고 있음을 확신할 수 있었다.

바보 같은 세시오. 그가 쓸데없이 시비를 거는 바람에 내 기억이 자극을 받은 게 분명하다. 아니면 내 기억도 주인을 닮아 청개구리이든가.

「어떻게 걸을 수 있는지는, 묻지 않으십니까?」

세시오는 내게 실체를 드러내기 전처럼 덤덤하고 차분한 표정을 지은 채였다. 그러나 모든 걸 아는 지금에는, 그가 내 기억을 지울 궁리를 하고 있다고 짐작할 수 있었다. 전에는 갑자기 시종이 등장하는 바람에 타이밍을 놓친 것뿐이겠지.

"드러낼 수 있는 사정이라면, 이미 드러났겠지요. 굳이 비밀을 캘 마음은 없습니다."

"……"

내 말에, 세시오가 느리게 고개를 끄덕였다. 그것으로 끝이었다. 갑자기 주변 광경이 일그러져서, 나는 꿈에서 깨어난다고 생각했으나 착각이었다.

다음 순간, 나는 세시오와 함께 응접실에 있었다. 제법 시간이 지난 뒤였는지, 차림새가 달라졌고 느껴지는 분위기도 바뀌었다. 공간의 익숙함과는 별개로 지금 상황이 익숙하게 느껴졌다.

아. 기억난다. 그동안은 꿈으로 봐서, 세시오와 말을 나누어 보니 진짜인 것으로 판명이 나서, 꿈이 이어져서. 이성적으로 과거의 기억이라 추론했던 단편적인 지식 일부분이 머릿속에서 진짜 기억으로 되살아났다.

계단에서 미끄러질 뻔했다가 그에게 도움을 받은 이후, 나는 세시오에게 가진 편견을 완전히 지워 내고 인간적인 호감을 느꼈다. 후계 수업으로 바쁜 제몬을 기다리는 동안 종종 그와 이야기를 나누게 됐고 점점 사이가 가까워졌다. 친구라고 할 정도는 아니라도, 아는 사람보다는 가까워졌을 때. 그때, 나는······.

여기부터는 또 기억이 안 나네. 그런 나를 돕기라도 하듯, 꿈속의 내가 입을 열었다.

친구가 되자는 청이었다. 내 말에, 세시오는 곤혹스럽게 눈을 깜박이다가 느리게 만년필을 움직였다.

「제몬이 싫어할 겁니다.」

"글쎄요, 제몬도 내가 좋아할 짓만 하진 않는걸요."

후작부인에게 우선순위가 밀린 뒤, 제몬을 더 객관적으로 보게 돼서 가능한 말이었다. 그는 어디에서 내 험담을 듣더라도 전혀 나를 감싸 주지 않고, 내 고충에는 관심이라곤 없다. 나와는 잠깐 놀아날 뿐이며, 혼담 상대로는 염두에 두고 있지도 않았고 또······. 덩달아 기억에서 지워졌던 건지. 과거의 나는 제몬이 혼담 상대를 물색하고 있다는 사실마저 알고 있었다.

빌어먹을 세시오 데이브릭, 이 기억은 왜 지운 거야. 알았으면, 제몬에게 차이기 전에 내가 먼저 찼을 텐데.

"머지않아 차일 게 뻔한데, 친구를 사귀는 것도 허락받고 싶진 않아요."

꿈속의, 아니 과거의 내 심경이 고스란히 느껴졌다. 익숙한 기분이었다. 분노와 비참함과 설움과 그리고 복수심. 정도는 약했지만, 제몬 데이브릭을 어떤 식으로든 엿 먹이고 싶은 이 기분. 나는 언제나 똑같았군.

세시오는 한참을 고민하다가 겨우 만년필을 놀렸다.

「……생각해 보겠습니다.」

이 남자도 변하지 않았고. 그리고 이번에야말로 정말로, 꿈이 끝났다.

햇빛이 눈을 따갑게 찌르고 멀리서 새가 지저귀는 소리가 났다. 꿈을 꾸면서도 의식이 있던 탓인지, 한동안 꿈과 현실이 구분되지 않았다.

나는 느리게 눈을 깜박이면서 내가 아직 데이브릭의 응접실에 있는 것은 아닌가 고민했다. 그러나 내가 있는 곳은 후작저의 응접실이 아니라 후작성의 침실이었고 내 앞에 있는 사람은 세시오였다.

"헉!"

나를 빤히 쳐다보는 금빛 눈동자에 놀라 나는 벌떡 몸을 일으켰다. 그 모습이 즐거운 듯, 세시오의 눈이 휘어졌다.

"좋은 아침이군."

"전혀 안 좋아."

그러고 보니 어젯밤 무리해서 세시오를 침대로 끌어들였지. 이렇게 말하니 뭔가 이상하게 들리지만, 말 그대로의 의미다.

나는 크게 한숨을 내쉬고 뻑뻑한 눈을 비볐다. 꿈을 그렇게 꿔서 그런지, 몸에 녹지 않은 피로감이 남았다. 이래서 꿈을 꿀 때는 꿈인 걸 모르는 모양이다.

그러나 세시오의 안색은, 어쩐지 나보다도 퀭해 보였다. 뭐지, 이 남자도 그런 꿈을 꾼 건 아닐 텐데. 세시오에게 잠자리가 불편했냐고 물어보려던 차에, 노크 소리가 났다.

"소공작님, 안도라 그리넬입니다."

"응, 들어와."

그리넬 경의 말에 습관적으로 답했다가, 나는 아직 내 앞에 세시오가 있다는 걸 떠올렸다. 그러나 되돌리기는 늦었다. 문은 이미 열렸고, 그녀는 이미 우리를 목격했으니까.

원래도 표정이 밝은 사람은 아니었지만, 그리넬 경의 얼굴이 그야말로 빙하처럼 얼어붙었다.

"……."

"아니야, 그리넬 경."

뭐가 아닌지도 모르면서, 나는 일단 부정했다. 그녀의 손이 움찔거리더니 허리춤을 더듬었다. 다행히 거기에 검은 없었다.

"정말 아무 일도 없었어. 그냥 세시오가 날 깨워 주려고 가까이 온 것뿐이야."

바보 같은 변명에 거짓말이다. 내 말에 고개를 끄덕이면서도 그리넬 경의 눈이 천천히 세시오의 차림새를 훑었다. 셔츠의 깃이며 단추, 주름이 접힌 부분 같은 것들. 그러고는 뭔가 괜찮은 결과를 추리해 낸 것처럼, 그녀의 얼굴이 평소대로 돌아왔다.

"좋은 아침입니다, 소공작님. 식사가 준비되었다고 합니다."

"응, 좋은…… 아침이야. 그런데 왜 그리넬 경이 그걸 전하러 와?"

"어쩐지 불길한 예감이 들었습니다."

"……."

"어쩐지 불길한 예감이 들었습니다."

"두 번 말하지 않아도 돼."

데이브릭 백작은 지하 감옥에 갇혔고, 성을 나선 에콰이어도 아직 돌아오지 않았다. 성의 가신들도 상황을 재 보는 중인지 식사를 거르겠다고 전해 왔다. 그 때문에 졸지에, 다이닝룸에는 나와 세시오만 자리하게 되었다.

어쩐지 익숙한 상황으로 바뀌었군.

나는 리한 공작저에서 그랬던 것처럼 사용인들에게 물러가 달라고 요청했고, 그들은 이내 밖으로 나갔다. 한낱 손님에 불과했으나, 에콰이어가 무슨 말이라도 해 두었는지 퍽 순순한 태도였다.

어쨌거나 이제는 세시오도 입을 열 수 있었다. 잡담이나 나누려고 나는 입을 열었으나, 그가 더 빨랐다.

"그대가 한 제안, 따르도록 하지."

"내가 말한…… 성자? 벌써?"

어젯밤에 말했으니 못해도 사나흘은 고민할 줄 알았는데 하룻밤이 지나자마자 바로? 결정이 빨라서 나쁠 건 없었지만, 이건 빨라도 너무 빠르잖아.

"시간이 부족하진 않았어. 밤새 고민했으니까."

종일 잠도 안 자고 고민한 것처럼 말하네. 면박을 주려다가, 세시오의 낯빛이 좋지 않은 게 다시금 눈에 들어왔다. 소파에서 꾸벅꾸벅 졸던 때보다도 상태가 나쁘다.

"……정말로?"

"……."

"침대가 안 편했어? 아니면, 혹시 내가 잠버릇이 안 좋았나."

"침대는 편했고, 그대는 고양이처럼 얌전히 잤어."

고양이처럼 얌전히 자다……. 화이트폴의 성에서 기르던 고양이들을 생각하면 그리 와닿지는 않는 비유였다. 소리는 내지 않아도, 이리저리 몸을 뒤틀면서 요란하게도 자던데.

"그러면 잠귀가 예민해, 혼자 자야 하는 타입인가?"

"……."

세시오의 침묵이 긍정으로 들렸다. 하기야, 그런 사람이 있지. 불편하니 어쩌니, 이상한 이유나 들기에 그런 쪽으로는 전혀 생각하지 못했다. 조금 미안해졌다.

"진작 말하지 그랬어."

"……그 누군가가 이성이라서 혹은 그대라서 잠을 못 잤다는 생각은 안 드나?"

"당신한테 안 어울리는 대산데."

통상적으로 할 수 있는 말이라고 해도 세시오가 하니 와닿지 않았다. 저 성자 같은 얼굴로 그리 말해 봐야, 음. 그에게 욕망이란 게 있긴 할까. 나는 잠시 실례되는 생각을 했다.

"오늘은 다른 침실을 내 달라고 할 생각이니까 오늘 밤부터는 푹 자라고."

"그나마 다행스러운 일이군."

"아무튼, 빠르게 결정해 줘서 고마워. 마침 에콰이어가 돌아올 때까지 할 일이 없었는데."

"단, 조건이 있어."

"조건?"

"언령에도 한계가 없는 건 아니야."

"그렇겠지."

"특히 사람처럼, 마나 설집도가 높은 생명체에 간섭하는 건 한두 번은 몰라도 많이 할수록 부담이 크거든."

"리한에 통하지 않는다고 한 게 그런 맥락이군."

"그래서, 부작용이 좀 크게 올 가능성도 있어."

"각혈한다는…… 말인가?"

네빗 엔하르트를 고칠 때, 그가 피를 토하던 모습이 떠올랐다. 하나 세시오는 어깨를 으쓱이며 부정했다.

"그걸로 그치면 좋겠지만, 모자라겠지."

"……대체 무슨 일이 생긴나는 건데."

"적어도, 당분간 언령을 쓰진 못할 거야."

더 있다는 말로 들리는데.

나는 인상을 찡그렸으나, 그는 태연하게 손에 턱을 괴었다.

"그러니 그동안은 그대가 내 모든 걸 책임져 줘야겠어."

묘하게 웃으며 하는 말에, 나는 마지못해 고개를 끄덕였다.

타니타르 공작저의 응접실, 공작은 데이브릭 후작과 이야기를 나누는 중이었다. 돌연 요란한 뜀박질 소리가 나더니 누군가 거세게 응접실 문을 두드렸다. 후작이 데려온 그의 기사였다.

별로 기분이 좋지는 않았으나, 급박한 일인 듯하여 타니타르는 기사가 들어오는 걸 허락했다.

"가, 각하, 큰일 났습니다!"

"이 무슨 무례인가! 공작 각하께 먼저 인사 올리지 않고!"

"괜찮네, 알버트. 급보인 듯하니 일부터 보게."

공작의 양보에도, 알버트 데이브릭의 표정은 쉬이 풀리지 않았다. 기사가 들이닥친 순간부터 그의 마음속에 기이한 불길함이 들끓었다. 사양하지 않고, 후작은 귓속말로 그녀에게 보고를 들었다.

불길함은 착각이 아니었던 걸까. 기사가 전해 온 소식은 가히 충격적이었다.

"실패…… 라니, 호수가 얼었다니."

어느 하나, 믿을 수 없는 이야기였다. 데이브릭의 암살단이 마스터 초입의 애송이를 상대로 실패했다니. 후작은 암살단에게 일을 맡기면서 사람을 붙여 두지 않은 걸 후회했다. 그 때문에 일의 자세한 경위는 알 수 없게 되었다. 리한의 기사들이 나선 건가. 호수가 얼었다고 하면 굉장한 마법 용품이라도 들고 있던 건가. 후작의 머릿속이 여러 가지 생각으로 복잡해졌다.

충격이 심해 혼잣말로 중얼거린 것을 듣고, 타니타르 공작이 입을 열었다.

"일이 틀어진 모양이군."

"……공작 각하."

"가 보게, 수습이 급한 듯하니."

조금 전에 비해 확연히 차가운 목소리였다. 그 변화에 후작이 입술을 깨물었으나, 당장은 지금 일을 자세히 알아보는 것이 먼저였다.

"나중에 뵙겠습니다."

알버트 데이브릭이 응접실을 뛰쳐나갔다. 그 모습을 바라보며 공작이 입술을 비틀었다.

"나중?"

30년 전, 함께 대의를 진행하던 정으로 먼저 데이브릭에 손을 내밀어 주었다. 황족을 숨겨 기르던 것도 눈감아 주고 마법 계약서 문제도 해결해 줬다. 그런데 새끼 짐승도 못 잡을 수준이라면, 그가 베푼 호의들이 민망할 지경이 아닌가.

타니타르 공작이 느리게 숨을 내뱉었다. 숨결에는 그의 분노가 달라붙어 있었다.

"무용한 이에게 그런 게 있을 리가."

그는 전에 없이 차갑게 말하고는, 차 한 모금을 삼켰다. 데이브릭이 테릴 리한의 목숨을 거두는 데 실패했으니, 이제는 꼬리를 잘라야 할 때였다. 공격당할 빌미를 줄 수는 없었으니까.

공작의 눈이 깊게 가라앉았다.

나와 세시오는 일찍부터 성을 나섰다. 오늘은 따로 일이 있기에 기사는 딱둘만 데리고 나왔고, 옷도 평민처럼 차려입었다. 그럼에도 기사들의 기세 때문에 위화감이 있었지만, 귀족 티를 풀풀 내고 다니는 것보다야 나을 것이다. 백작을 가둬 둔 덕인지, 어설프고 불쾌한 감시역은 이제 따라붙지 않았다. 덕분에 마음도 꽤 유쾌했다.

우리는 빈민가에 가깝다는 광장으로 향했다. 이전에 어떤 여자아이에게서 꽃을 산 곳이었다. 그렇다고 해도 딱히 그 아이를 다시 찾아보려던 건 아니었으나.

"아, 꽃을 사 주셨던 아가씨!"

광장에 발을 내딛자마자 우리는 쉽게 그 아이를 발견할 수 있었다. 전에 꽃을 사 준 게 고마웠던지, 아이가 반가운 목소리로 알은체를 했으나 나는 대답하지 않았다. 그 대신, 나는 그 애에게 다가가 얼굴을 가만히 들여다봤다.

"이건……."

멍이 들어 있다. 시일이 꽤 지났는지 노랗게 번졌으나 분명히 폭행의 흔적이었다. 가정 폭력? 아니면 치안이 나빠서일까. 기분이 급격히 가라앉았으나 내색하지 않고, 나는 1실버를 꺼냈다. 어리둥절하게 눈을 깜박거리던 아이의 얼굴에 조급한 기색이 떠올랐다.

"지, 지금은 꽃이 없어요. 기다려 주시면 얼른 가져올게요!"

"사려는 건 꽃이 아니야."

"아니에요? 그럼요?"

"네 얼굴에 멍을 낸 사람이 누구지?"

그 말에, 아이의 얼굴이 시무룩하게 변했다.

"몰라요."

"모른다고?"

"머리칼이 재색이고, 수염이 많은 아저씨였는데. 옷은 검은색이었고……. 아닌가? 녹색이었나?"

기억을 쥐어짜 내듯 머리를 기우뚱거리는 모습이 거짓말을 하는 것 같지는 않았다. 그럼 가정 폭력은 아닌 건가. 그러나 그도 이상했다. 아이의 얼굴에는 두려움 같은 게 떠올라 있지도 않았다.

"그런 아저씨, 너무 많아서 누군지 몰라요."

"멍은 어쩌다 난 거지?"

"아가씨한테 꽃을 판 돈을 뺏겼거든요. 안 뺏기려고 팔에 매달렸는데 뿌리쳐져서 벽에 찧었어요."

멍이 든 곳을 문지르며, 아이가 분한 듯이 입술을 내밀었다.

"……겨우 1실버인데?"

"1실버면, 빵 한 덩이를 살 수 있잖아요. 겨우 아닌데. 큰돈인데……."

"요즘 누가 식량을 나누어 준다고 들은 것 같은데 말이야."

"아, 빵이요? 정말 굶어 죽기 직전인 사람들부터 준다고 해서, 전 아직 못 먹어 봤어요."

내 생각보다 빈민이 많은 모양이다. 그러고 보니 일을 시키고, 제대로 보고를 들은 적이 없지. 한번 찾아가 봐야겠다.

손가락을 꼼지락거리며, 아이가 내 손 쪽을 힐금거렸다. 시선이 향한 곳은 내가 쥐고 있는 1실버였다. 은화를 아이에게 내어 주자 단번에 얼굴빛이 밝아졌다.

"와! 감사합니다, 아가씨! 다음에 뵙게 되면 또 꽃을 드릴게요!"

앞니가 빠져서인지 활짝 웃는 얼굴이 유독 천진해 보였다. 속은 씁쓸했으나, 나는 아이를 따라 웃었다.

"그런, 1실버도 없는 어른들이 많다고?"

"네? 네! 아저씨만 있는 게 아니라 언니, 오빠도 있고 아줌마도 있고 할머니 할아버지도 있어요."

"그래. 혹시 은화를 뺏긴 곳으로 우리를 데려다줄 수 있을까?"

"어……."

아이는 은화를 움켜쥐고 어깨를 움츠러뜨렸다.

"집 근처에서 빼앗겼는데요. 근데 안 돼요. 엄마가 함부로 집에 사람을 데려오면 혼난다고."

기어들어 가는 목소리에는 경계하는 기색이 뚜렷했다. 왠지 나쁜 짓을 하는 기분이 들었지만, 물러날 수는 없었다. 정말 이 아일 해치려는 것도 아니니까.

나는 되도록 부드럽고 다정한 목소리를 내려 애썼다.

"그런 아저씨들이 많다며."

"네? 많아요. 근데 왜요?"

"오늘도 또 **뺏기**면 안 되잖아."

"아."

"네 얼굴에……. 아, 그러고 보니 이름도 묻지 않았구나. 이름이 뭐야?"

"……샐리."

"그래, 샐리 얼굴에 상처가 난 게 마음이 아파서 그래. 쓰레……. 아니, 아저씨들한테 돈을 뺏기는 게 싫어서."

안 될까? 조심스럽게 묻자, 잠시 고민하던 샐리는 곧 고개를 끄덕였다.

골목으로 방향을 잡은 샐리는 점점 더 깊은 곳으로 들어갔다. 끽해야 여덟아홉 정도로 보이는 아이가 어떻게 외고 있는지 신기할 정도로, 복잡한 길이었다. 처음에는 안으로 갈수록 인적이 드물어졌으나, 어느 정도를 지나서는 도로 사람의 흔적이 많아졌다. 하나같이 탁하고 약한 인기척이었다. 나는 곧, 눈으로도 그들의 실상을 확인할 수 있었다.

낡고 해진 옷을 기워 입은 이들이 땅바닥이나 담벼락 같은 곳에 아무렇게나 주저앉아 있었다. 씻지 않아서 혹은 병이 나서 날 만한 악취 같은 것이 골목골목에 배어났다. 길거리에는 오물과 쓰레기가 굴러다녔고, 사방에서 날벌레가 들끓었다. 판단이 흐린 어린아이와 달리, 그들은 우리를 보고 흠칫 놀라며 몸을 물렸으나 일어나 달아나진 않았다. 그럴 기력도 없어 보였다.

예상한 것보다 더한 광경이었다. 나는 말문이 틀어 막혔으나, 샐리는 천진하기만 했다.

"여기요. 여기서 **빼앗겼**어요."

한참을 걷던 아이가 외진 벽을 가리키며 말했다.

"……그래, 말해 줘서 고마워."

이 깊은 골목이 분명 집 근처라고 말했었지. 과연, 샐리의 말대로 근처에는 다 쓰러져 가는 집 같은 게 몇 군데 있었다. 그중 하나에 살고 있다고…….

무슨 말을 해야 할지 모르겠다. 입을 달싹이던 때.

"샐리! 멋대로 집을 나가지 말라고 분명히―!"

누군가 아이에게 소리치다가 말을 멈추었다. 워낙 말라 나이를 제대로 가늠하기 힘든 여성, 눈 색이 샐리를 닮은 녹빛이었다.

그녀는 우리를 보고 소스라치게 놀라더니 다급히 아이의 팔을 붙들고 제 뒤로 감추었다. 그러고는 지은 죄도 없으면서, 연신 허리를 구부려댔다.

"죽, 죽을죄를 지었습니다. 귀족님. 샐리는 너무 어려 높으신 분들을 구분할 줄 모릅니다."

"엄마, 팔 아파! 놔줘요! 거기 멍들었단 밀이야!"

"부디 한 번만 용서해 주시면 다시는 이런 일이 없게 하겠습니다, 제발 용서를!"

"아파, 아프다고요, 으아아앙!"

"새, 샐리! 뚝 그쳐. 시끄럽게 무슨 짓이니!"

갑자기 울음이 터진 아이에 당황하여, 샐리의 모친이 아이를 닦달했다. 그런다고 아이가 울음을 그칠 리가 없었다.

나는 한숨을 내쉬며 말했다.

"그 팔 좀 놔. 멍들었다잖아."

"아, 아."

그제야 그녀는 샐리의 팔을 놓아 주었으나, 아이의 울음은 여전했다.

그리넬 경이 아이를 달래 보려는 듯 한 걸음 내디뎠으나, 나는 그녀를 만류했다. 나도 인상이 좋은 편은 아니었지만, 아까까지만 해도 내게 호감을 보이던 아이니 좀 낫겠지. 그리넬 경의 호랑이 같은 표정은 지금 상황에서 좋지 않왔다.

나는 다리를 접어 몸을 낮추고 조심스럽게 아이의 소매를 걷어붙였다. 얼굴을 찧으면서 같이 부딪혔던 건지, 왼팔에도 멍이 오른 상태였고 그 위로 손자국이 벌겋게 찍혀 있었다. 그 자국에서, 그녀의 다급함이 느껴졌다.

성에서 나올 때 포션을 챙겨 왔던가. 긴가민가해 품에 손을 넣어 확인하려는데, 세시오가 다가와 고개를 저었다. 그러고는 그가 멍든 팔 위에 손을 올렸다.

그 모습이 해코지하려는 걸로 보였던 걸까. 눈치를 보던 여인이 당황하며 다시 언성을 높였다.

"샐리! 어서 그치지 못하겠니, 이분들을 화나게 하면―."

세시오가 뭘 하려는지 몰라, 나는 그냥 지켜보기로 했다. 언령을 쓰려는 건가?

그리고 그 순간, 그의 손이 닿은 곳에서 새하얀 빛이 터져 나왔다. 빛이 잘 들지 않아, 어둡고 퀴퀴하던 골목길이 무엇보다 밝게 물들었다. 기적을 닮은 힘은 모든 이의 시선을 끌어 모으고 사람들의 숨소리마저 삼키며 아이의 팔로 스며들었다. 파랗게 오른 멍, 벌건 손자국, 고통의 흔적은 차츰 옅어지더니, 종내에는 처음부터 없던 것처럼 사라졌다.

정적이 맴돌았다. 입을 열지 못하는 이들 중에는 나 또한 섞여 있었다.

닿는 것만으로 깨끗하게 씻겨 나가는 듯한 상서로운 기운. 의심할 여지없이 신성력이다. 언령 외에도 신성력을 다룰 수 있던 건가.

당황해서 그를 쳐다보자 세시오가 입 모양만 움직여 말했다.

나중에.

"아, 아아, 세상에나! 신관분들이셨군요. 세상에나."

여인의 안도한 목소리에 나는 다시 정신을 차렸다. 많이 놀랐는지, 샐리는 엉엉 울던 것도 멈추고 눈을 깜박였다. 눈물과 땟자국으로 꼬질꼬질한 얼굴에서, 눈동자만 동그랗게 커진 모습이 퍽 강아지 같다.

나는 세시오에게 손수건을 건넸고, 그는 내 뜻을 알아채고 아이의 얼굴을 닦아 주었다. 샐리의 뺨이 발갛게 물들었다.

"감사합니다."

개미처럼 조그만 목소리가 쑥스러워하는 것 같아 귀여웠다.

"제가 오해해서 법석을 떨었네요. 죄송합니다, 신관분들이 아이를 해칠 리없는데."

"신관이 아닙니다."

"예? 하지만 방금 아이의 팔을……. 신관이 아니라면 마법사님이신가요?"

어리둥절한 목소리로 여인이 다시 물었다. 샐리를 치료해 준 일로 긴장이 많이 풀렸는지, 그녀에게 조금 전과 같은 불안과 경계는 없었다. 한결 이야기하기 좋은 상황이다.

"방금 쓴 게 신성력이 아니란 말은 아닙니다. 다만―."

"나도!"

누군가 말을 가로막고 뛰쳐나왔다. 길거리에 널브러져 있던 이들 중 하나였다. 그는 털썩 무릎을 꿇고는 세시오의 발치에 매달렸다.

"나도 좀 고쳐 주십시오, 신관님들! 내버려 두면 다리를 잘라야 한답니다! 치료비가 3골드라는데, 제게 그 큰돈이 어디 있겠습니까!"

갑작스러운 일에 당황했으나 한 사람으로 끝이 아니었다.

"제 어머니가 아픕니다!"

"아들을 살려 주십시오!"

"아이고, 저는 죽을병에 걸렸다고 합디다, 아직 마흔도 되지 않았는데!"

"도와주세요, 도와주세요, 신관님들!"

무기력하게 앉아 있던 것이 언제냐는 듯, 아까 본 이들이 우르르 우리 쪽으로 달려들었다. 죽은 생선처럼 빛이 없던 눈동자가 희망으로 빛나고 있었다. 그들을 밀쳐 내려는 듯 내 기사들이 검에 손을 가져갔으나 나는 고개를 저었다.

급작스럽기는 해도 원하는 바였다. 그러나 상황을 조금 정돈할 필요는 있었다.

"유감스럽게도 이 사람은 신관이 아니야."

"거짓말!"

"그 새하얀 빛을 봤는데 어찌 아니라 하십니까!"

"팔에 멍이 든 정도도 고쳐 주면서!"

나는 혼란을 통제하기 위해 약간의 기세를 실어 말했다.

"하지만 신관이 아니라도 당신들을 도와줄 수는 있어."

내 말에 요란스럽던 소리가 잦아들었다.

세시오가 신관이든 아니든 그런 건 중요한 문제가 아니었지만, 신관 사칭은 차후 문제가 될 수도 있었다. 그러나 이들에게 중한 건 세시오의 신분이 아니라 그의 능력이었다.

말 잘 듣는 아이처럼 얌전해진 이들을 보고, 나는 입꼬리를 당겨 웃었다.

시작이 좋았다.

의술이 아니라 신성력인 만큼, 치료에 거창한 장소가 필요하지는 않았다. 우리는 사람들에게 순번을 정해 주고, 사만다 —샐리의 어머니— 와 샐리의 집으로 들어갔다. 정해진 순서대로 열 명을 치료해 주고는, 내일 다시 오겠다고 말하며 사람들을 물렸다. 이름을 묻는 이들이 있었으나, 일단 우리의 이름은 숨겼다. 식량 배급으로 평판이 충분히 좋아졌을 때 터뜨리는 게 더 극적일 테니까.

그러고야 겨우 세시오와 말을 나눌 시간이 생겼다.

"신성력은 어떻게 된 거야. 원래부터 쓸 수 있었어?"

"어제 결심한 순간, 인령을 썼지. 일시적이긴 해도 교황급은 되겠더군."

"……기적을 일으킬 정도면 그 정도는 돼야 하는 건가."

하기야, 신의 능력이니 교황의 신성력보다 상위 수준일 것이다. 그렇더라도 놀라운 일이었지만.

"피곤해 보이는데, 당신이 말한 부작용은 괜찮겠어?"

"신경 써 주는 건가?"

"책임지라며."

퉁명스레 쏘아붙이자, 세시오가 기분이 좋아 보이는 얼굴로 웃었다. 조금, 사람을 착각하게 만드는 표정이었다.

"확신할 수는 없지만, 하루에 백 명까지는 괜찮을 것 같은데."

열흘이면 천 명인가. 문제없는 수치에 나는 고개를 끄덕였다. 오늘은 찾아온 모든 이에게 순번을 내주었지만, 그 순서가 끝나면 목숨이 위험한 이들부터 고쳐 주어야 했다. 중환자가 천 명을 넘진 않겠지. 문제는 목숨이 경각에 달한 이들을 찾아내는 건데…….

진지하게 고민하다가 문득, 실소가 나왔다. 애당초 이걸 계획하고 온 거긴 했지만 뭐랄까.

"무슨 이야기책에 나오는 떠돌이 의원이 된 것 같네."

"그런 의원에게는 사심이 없겠지만."

"사심 좀 있으면 어때. 해되는 것도 아닌데."

이 사람들이 세시오를 지지하게 된다고 잃을 건 없지 않은가.

"사심을 품고 도와주는 사람과 입만 그럴싸하게 놀리고 돕지 않는 사람. 어느 쪽이 좋아 보여?"

"너무 결과론적인 말이 아닌가."

"어차피 나중에는 당신 이름을 드러낼 거니까, 그때 가서 배신감 느낄 사람은 알아서 등 돌리겠지."

뭘 벌써 고민하고 있담.

말을 이었다가는 또 비관적인 방향으로 흐를 것이 뻔해서, 나는 대화를 끊어 냈다.

마침, 누군가 우리가 있는 방문을 두드렸다. 샐리의 어머니인 사만다였다.

아까, 우리가 샐리를 데리고 나타났을 때에 비할 바 없이 표정이 좋았다. 그녀는 빈민가의 사람들을 도와준 데에 감사를 표하고, 찾아온 용건을 꺼냈다.

"저기, 넬 선생님께서 찾아오셨습니다."

"넬?"

"아, 신관님들은 선생님을 모르시겠군요. 한 번씩 빈민가를 돌며 저희를 돌봐 주시는 의원님이십니다."

또 우릴 신관이라 부르는 건 차치하고, 그런 사람이 정말 있었다니. 이야기 책에 나오는 의원 같다고 말한 지 얼마나 됐다고, 참으로 공교로운 우연이었다. 그건 그런데.

"그 사람이 우릴 찾아왔다고?"

"예. 신관님들의 소식을 듣고, 좋은 일을 하시는 분들을 만나 보고 싶다고 하셨는데……."

말끝을 흐리며, 그녀가 눈치를 살폈다. 사만다의 말에, 나는 바깥으로 감각을 확장했다. 바로 문밖에서 기다리고 있는지, 묘한 기척이 느껴졌다. 의원이라기보다는, 병자가 더 어울리는 희미한 기척이었다.

이떤 사람일까. 궁금해져서 나는 고개를 끄덕였다. 반색하며 사만다가 문을 열자, 넬 선생이라고 불린 이가 안으로 들어왔다.

사만다보다 나이가 있어 보이는 여성은, 기척으로 짐작한 것과는 인상이 상당히 달랐다. 몸은 말랐으나 키가 컸고, 무력을 익힌 것 같진 않은데도 눈매가 날카로웠다. 외모만 보고 편견대로 평가하자면, 의원보다는 어딘가의 군인이 어울리는 인상이다.

그녀는 우리를 보고는 고개 숙여 인사했다. 대단히 정중한 건 아니었으나, 묘하게 품위가 느껴졌다.

"넬이라고 합니다."

인사를 받았으나, 내 이름을 댈 수는 없어 나는 적당히 고개를 끄덕이고 물었다.

"우릴 보고 싶다고 했다고?"

"예, 잠시 묻고 싶은 것이 있어서. 사만다, 자네는 나가 있게."

아무래도, 좋은 이야기를 하러 온 건 아닌지 그녀가 사만다에게 눈짓했다. 사만다는 어찌할 바를 모르겠다는 얼굴이었으나, 일단은 방을 나섰다.

이제 남은 사람은 나와 세시오, 그리고 넬이라 불린 여자뿐이었다. 그녀는 자리에 앉지도 않고, 곧바로 말했다.

"솔직히 말씀드려서, 저는 두 분이 사기꾼이 아닌가 의심을 품고 찾아왔습니다."

직설적으로 말하는 게 이 영지의 화법인 걸까. 에콰이어 못지않은 여자였다. 나는 조금 당황했고, 세시오는 웃었다.

"……자의식이 지나치네. 이런 곳에서 사기를 쳐서 뭘 얻을 수 있다고?"

"유형의 재물은 얻지 못해도 민심은 가능하겠지요."

이거 봐라? 내가 뭘 노리고 왔는지 안다는 듯한 말투다. 그렇다면 이쪽의 정체도 알고 있을까. 이 여자가 우리를 의심하는 건지, 아니면 우리의 정체를 확신하는 건지. 호기심이 치솟았다.

"사기란 말은 내가 득을 보려고, 남을 속여 손해를 보게 할 때나 성립하는 말이지."

"신관이라는 말도 거짓이 아닙니까."

"이 사람이 신관이라고 말한 적은 한 번도 없는데."

"'이 사람'이요? 아까부터 이름은 한 자도 밝히지 않으시는군요."

예리한데? 아직 가명을 지어 두지 않은 터라 어쩔 수 없었다.

"참으로 공교로운 우연이 아닙니까. 왈릿에서 아무도 돕지 않던 사람들에게, 갑자기 누군가는 먹을거리를 내어 주고, 누군가는 병을 고쳐 준다니."

"……."

"참으로 아름다우신 분들이군요. 그리고 보니, 리한의 소공작님께서도 당신처럼 남빛 머리칼에 은빛 눈동자를 가진 미인이라 하던데."

노골적인 지명에, 더는 부정할 수도 없었다. 나는 한숨을 내쉬었다.

"내 인상착의는 어디서 들은 거야."

"식량을 나누어 주신 건 감사한 일이나, 지금의 형편만으로 곤궁한 사람들입니다. 민심을 얻고자 거짓된 희망을 심지는 말아 주십시오."

"그래, 아직도 우리가 사기꾼으로 보인단 소리군. 확인시켜 주면, 믿겠나?"

"그렇게 말씀하시니 더더욱 수상하군요. 선행을 베풀고도 의심받으면, 화를 내며 그만두는 것이 정상이 아닙니까."

나도 그렇게 생각한다. 넬의 말에, 나는 세시오를 쳐다봤다. 그녀가 말한 수상한 사람의 정의가 내 바로 옆에 있었으니까.

하지만 당신도 그렇게 생각하느냐며, 세시오의 뒷말을 할 상황은 아니었다.

"유감스럽게도, 내가 그쪽만큼 그리 쪼잔한 사람은 아니라서."

"네……?"

"환자들에게 의심받은 것도 아니고, 수상쩍은 제삼자의 말에 휘둘릴 필요는 없잖아?"

어깨를 으쓱이고, 나는 들고 다니던 나이프를 꺼내 그녀에게 던졌다. 내가 던진 칼의 의미를 알아차리고, 그녀는 고민 없이 칼날로 팔목을 그었다. 그러고는 당당하게 세시오에게 손을 내밀었다.

"고쳐 보시지요."

역시, 그냥 의원은 아닌 모양인데. 눈 하나 깜짝하지 않는 담대함에 호기심이 한층 강해졌다.

세시오는 피가 흐르는 팔목 위에 제 손을 올리고, 나를 힐금 쳐다봤다. 그의 눈이 장난스럽게 휘어졌다. 그리고 다음 순간 흰빛이 나왔으나, 팔에 난 상처는 그대로였다. 좀 전의 표정을 보면, 실패한 건 아닌 것 같지?

세시오의 웃음을 보지 못한 여자는, 실망한 표정으로 한숨을 내쉬었다. 그녀의 눈빛이 한결 서늘해졌다.

"역시, 당신들은—."

그때, 세시오가 다시 한번 흰 빛을 터뜨렸다. 조금 전과는 달리, 방을 가득 채울 만한 찬연한 빛에 눈이 아플 지경이다. 오늘 열 명만 치료해서 힘이 남아도는 건지, 대단한 쇼맨십이었다.

빛이 가시고 나자, 나는 넬의 팔을 확인할 수 있었다. 당연하게도, 팔목은 긁힌 자국 하나 없이 깔끔했다.

몹시도 당황스러운지 넬의 눈이 격하게 흔들렸다.

"이 정도의 신성력이라니……."

"그래, 사기꾼이 아니라는 확신은 얻은 것 같네."

"……."

"받기만 하고 입을 다물면 곤란하지. 그쪽, 여기 사람들을 도와주는 의원이라고 했던가?"

이 여자의 정체는 여전히 궁금했지만, 묻는다고 답을 들을 리 없다. 하지만 그렇다고 지금 얻을 수 있는 게 없다는 이야기는 아니었다.

"증상이 심각한 환자들 목록도 있을 것 같은데."

착한 일 하려는 거니, 좋게좋게 내놓으라고.

기분 좋게 첫 발걸음을 떼고 우리는 성으로 돌아왔다. 마침, 후작성에는 에콰이어도 귀환해 있었다. 안타깝게도, 그녀가 전한 소식은 그리 달가운 종류는 아니었지만.

"이오마테르가 딸의 치료를 거부했습니다."

에콰이어가 곤혹스럽게 내뱉는 말은, 조금도 예상하지 못한 말이었다.

"솜씨가 못 미더워서? 아니면, 목적을 알면서 세시오에게 치료받는 게 자존심이 상한다고 하던가요?"

"넬리사, 본인이 치료를 거부했다고 들었습니다."

"넬리사……?"

"아, 이오마테르 딸의 이름입니다."

어이가 없어, 나는 헛웃음을 터뜨렸다. 넬이라는 수상한 의원을 만나고 돌아왔더니, 대원로의 딸이 넬리사라. 가명이 너무 단순한 게 아닌가. 설마 그냥 우연은 아니겠지.

"치료를 거부한다……. 그 이유는 뭡니까. 혹, 후작을 지지하는 사람인가요?"

"그건 아니에요. 넬리사는 알버트 오라버니를 극도로 싫어하니까요. 영지민들을 사랑하는 사람이에요."

"그럼 그냥 권력 투쟁에 휩쓸리고 싶지 않은 건가."

"넬리사를 찾아가 볼까요?"

"아니, 일단은 내버려 두고 가신들을 설득하는 데나 전념해 주세요."

에콰이어는 그래선 안 된다고 생각하는 눈치였으나 어쩔 수 없단 듯 고개를 끄덕였다.

없으면 만들어 달라는 의미로 한 말이었지만, 넬에게는 정말 중환자 목록이 있었다. 왈릿의 신전에서 치료 봉사를 돌 때 전달하려고 만들어 두었다고 한다.

목록에 있는 이들은, 빈민가에 들어서며 본 다른 환자들보다 상태가 많이 안좋았다. 특히 상위권에 적힌 사람은 기동조차 힘든 사람이 많았다. 그래서 우리는 틈틈이 임시 진료소를 바꾸어야 했다.

"감사합니다, 정말 감사합니다! 이 은혜를 어찌 갚아야 할지……."

막 치료를 받은 중년의 사내가 울면서 인사를 건넸다. 그는 오늘의 백 번째 환자였다.

드디어 또 하루가 지나갔다는 사실에 기뻐하며, 나는 환자를 내보내고 바닥에 아무렇게나 주저앉았다.

"환자 한번 정말 많다."

치료 능력이 없는 나는 기사들과 함께 잡일이나 했을 뿐인데도 기력이 쭉쭉 빨렸다. 매일같이 신성력을 퍼부어대는 세시오나, 그 옆에서 다른 환자들을 돌보는 넬 선생을 보면 조금 존경스러울 만큼이나.

아무 생각 없이 내뱉은 혼잣말에, 넬 선생이 무뚝뚝하게 답했다.

"몇 년간 줄곧 방치됐으니까요."

"의원은?"

"여기까지 오지 않습니다. 돈 없는 환자를 돌보는 의원은 없으니까."

"그래, 이야기 속에 나올 법한 떠돌이 의원은 당신뿐이란 거네."

"아니요, 제가 이 일을 하는 건 죄책감 때문……."

죄책감? 생각지 못한 단어에 눈을 빛내자, 그녀는 말실수했다는 표정으로 입을 다물었다.

"아무튼, 오늘도 수고하셨습니다."

"넬리사, 아니 넬 선생도. 요즘 실언이 잦아서 이름이 자꾸 잘못 나오네."

"……."

그녀가 입을 꾹 다물고 나를 노려봤지만, 나는 아랑곳하지 않았다. 혀가 꼬이면 말 좀 잘못 나올 수도 있지, 뭐.

넬이 길게 한숨을 내쉬었다.

"왜 이렇게까지 하시는 겁니까."

"뭐가?"

"식량을 나누어 주시는 것만으로도, 얻어 갈 민심은 충분할 겁니다."

나는 넬의 말에 잊고 있던 걸 떠올렸다. 서로만 에디즈를 한번 찾아가려 했는데, 오늘 가야겠네.

"그 이상 공을 들여도, 영지민들은 아무것도 해 줄 수 없습니다."

"선생도 별로 시야가 넓진 않네."

약간의 동질감을 느끼고 한 말에, 그녀의 눈썹이 꿈틀 움직였다.

"나라의 근본은 백성이다, 몰라?"

"말뿐인 이야기지요. 데이브릭 후작 각하와 영주님이 여태 이 땅을 버려 두셨지만, 그분들은 아무것도 잃지 않으셨습니다."

"영지민들에게 다른 선택지가 없으니까 가능했지."

왈릿의 지도자들이 하나같이 그 모양이었으니 다른 희망을 품을 수도 없었을 것이다. 에콰이어를 비롯하여 몇몇은 달랐으나, 그들에게 큰 영향력은 없었으니까.

"물론, 단기적으로 대단한 길 기대하진 않아. 좀 멀리 보자는 거지."

그쯤이면, 나는 이 땅과 상관없는 사람이 되어 있겠지만.

"우린 딱히 선행을 하러 온 것도 아니고, 사기를 치러 온 것도 아니야. 거래라고 생각해."

"일방적으로 돈과 신성력을 퍼부으시면서요."

"한때는 민심을 얻으러 온 사기꾼이라며. 범죄자가 달라붙을 정도면, 민심도 꽤 매력적인 재화 아닌가?"

그녀는 복잡 미묘한 얼굴로 한참 동안 나를 쳐다보다가 한숨을 내쉬었다.

넬도 돌아가고 나는 세시오가 있는 방으로 들어갔다. 보통 지친 게 아닌지, 그는 거의 의자와 한 몸이 되어 있었다.

"하루에 백 명씩, 괜찮은 거 맞아?"

"······아니, 책임져 줘."

입은 살아 있네.

"언령을 쓰지 못할 때라며. 아직 입이 살아 있는데."

"지금은 과로사 직전 단계지."

"저번, 사냥대회 때처럼 들어 올려 옮겨 줄까?"

"······내가 원하는 방식의 책임이면 좋겠군."

"모든 걸 다 내려놓으면 편해질 텐데 말이야."

"그래, 목숨 같은 걸 말이지."

달갑지 않은 농담에 세시오를 노려보자 그가 어깨를 으쓱였다.

세시오는 자리에서 일어나려 했으나, 무릎이 꺾여 잠시 휘청거렸다. 가까이 있던 탓에 나는 늦지 않게 그를 부축할 수 있었다.

"무겁지 않나."

"한 500킬로그램 정도 더 붙이고 오면, 그렇다고 해 줄게."

그래도 키나 체격이 워낙 큰 탓에 부축하는 자세가 영 어정쩡했다. 저번처럼 안으면 간단할 텐데.

"당신, 돈 많이 벌었겠다."

"그게 무슨……. 아아, 선행을 했으니까."

시답잖은 잡담을 하며 오늘의 임시 진료소를 나오자, 기사들이 우릴 기다리고 있었다. 그리넬 경은 내가 세시오를 부축하는 걸 빤히 바라봤지만, 그래도 몇 번 봐서 그런지 처음처럼 제가 하겠다며 나서진 않았다. 다만, 최근 들어 언제쯤 파혼할 거냐고 묻는 게 잦아지긴 했다.

하루의 일과를 마치고 언제나처럼 골목을 돌아 나오는 때, 그 앞에서 요란한 소리가 났다.

"으아아앙!"

어린아이의 울음소리였다. 샐리와 아이들이 모여 있었는데, 한 명의 뺨이 크게 부풀어 있었다. 개중 샐리는 어찌할 바를 모르고 발을 동동거리다가 우리를 발견하고 소리쳤다.

"아, 신관님들!"

신관 아니라니까.

"친구 뺨이 왜 이래. 무슨 일이 있었나?"

"아니요, 그게……."

모여 있는 아이 중 가장 큰 아이가 조심스럽게 사정을 설명했다.

"벌집의 꿀을 훔쳐 먹다가 쏘였어요."

"바보 아이비. 제대로 도망치지도 못하면서 꿀은 왜 훔쳐. 네가 곰이야?"

"바보 아냐! 나뭇가지에 손이 끼는 바람에 도망 못 간 건데, 네가 더 바보야!"

"신관님들 앞에서 싸우지 마! 뚝 그치지 못해!"

아이들이 다투는 말에서 어쩐지 데자뷔가 느껴졌다. 미묘한 얼굴로 세시오를 쳐다보자, 그는 숨죽여 웃고 있었다.

"화내지 마, 엘라. 아이비가 많이 배가 고팠대."

"그렇다고 도둑질을 해!"

내게 상황을 설명하던 아이가 빽, 소리를 질렀다. 전혀 예상치 못한 잔소리라 하마터면 웃을 뻔했다.

풉. 그리넬 경 쪽에서 웃음소리가 나서 돌아보자 그녀는 시치미를 뚝 떼고 정색하고 있었다. 입꼬리가 떨린다고 말해 주고 싶었다.

그때, 뺨이 쏘인 아이가 억울함에 사무친 목소리로 외쳤다.

"몰라! 도둑질이고 뭐고, 그저께부터 수프 한 접시밖에 못 먹었는데 벌들만 배부르게 먹고 있잖아!"

"이 애가 정말……!"

그 순간, 웃음기가 싹 가셨다.

분위기가 달라진 걸 알고, 아이들이 입을 꾹 다물고 눈치를 살폈다.

나는 벌에게 쏘인 아이 ―아이비라고 불렸다.― 에게 다가가, 좀 자세히 살펴봤다. 부푼 얼굴에 시선을 빼앗겨 바로 보지 못했으나, 확실히 뼈에 가죽을 씌워 둔 듯 말랐다. 목소리가 절로 가라앉았다.

"……요즘 누가 식량, 빵 같은 걸 나누어 준다고 들었는데."

"그건 굶어 죽기 직전인 사람들의 몫이랬어요."

큰 아이가 기죽은 목소리로 답했다. 전에 샐리에게도 들은 말이었지만 감상은 같지 않았다.

처음에는 체계가 안 잡혀 배분 속도가 느릴 수도 있으나, 지금은 제법 시간이 지났다. 식량이 부족할 만큼 돈을 아낀 것도 아니고, 치료 봉사와 달리 세시오 하나만 믿고 일을 하는 것도 아니다. 믿고 맡겼더니 이 꼴이라니. 서로만 에디즈의 얼굴을 떠올리자, 입매가 비틀렸다.

"그 굶어 죽기 직전인 사람이 누군데."

"네? 아, 잘 모르는데. 에쉬린 할머니가 아닐까요?"

"아니야, 할머니도 빵을 못 타셨다고 했어."

"그럼 조디 아저씬가. 아닌데, 그 아저씨도 사흘간 굶으셨댔는데."

이거 봐라. 그러면 내 돈이 어디로 빠졌다는 걸까.

절로 입에서 실소가 나는데, 세시오가 나를 툭 건드리며 아이들을 향해 눈짓했다. 그제야 나는 아이들이 겁을 먹고 있다는 걸 알아차리고 애써 표정을 풀었다.

"신관님, 제가 꿀을 훔치려 해서 화가 나신 거예요?"

"뭐?"

"그럼 이제 치료 안 해 주실 거예요? 곧 있으면 저희 엄마 차롄데. 그러지 마요. 잘못했어요, 다시는 안 그럴게요. 울지도 않을게요."

아이비가 내 소매를 붙잡고 끅끅거리며 말했다. 다른 아이들도 덩달아 울음을 참는 얼굴이 돼서, 나는 어찌할 바를 모르고 고개를 저었다.

"아니, 그런 게 아니라……. 너희한테 화가 난 게 아니야. 난…….."

그때, 내게 부축받고 있던 세시오가 내 팔을 걷어 내고 아이비에게 다가갔다. 조금도 휘청거리지 않고 곧게 걷는 모양새에, 나는 이 와중에도 어이가 없었다. 누구더러 사기꾼이래.

그러나 힐난할 새도 없이 그는 곧바로 면죄부를 얻었다. 아이비의 뺨을 감싼 세시오의 손에서 흰빛이 터졌다. 오늘 중 백한 번째 신성력이었다.

"당······."

말릴 새도 없이 벌어진 일에 입을 벌렸다가, 나는 한숨을 내쉬었다. 그래, 한 번 정도는 괜찮겠지.

"와아······. 이게 그거예요? 그 신······. 신산······."

"신성력이야, 바보야."

"나도 알거든!"

세시오가 빙긋 웃으며, 본인의 뺨을 툭 건드렸다. 이제 괜찮냐고 묻는 모양새에, 아이비는 얼굴을 붉히고 고개를 끄덕였다.

"네, 이제 안 아파요."

"고맙습니다, 해야지, 아이비."

"고맙습니다, 천사님!"

눈가에는 여전히 눈물방울을 매단 채로 아이가 밝게 웃었다. 마음이 뭉클해지는 광경이었으나, 세시오의 두 눈이 커지는 걸 보니 어쩐지 불안해졌다. 애한테도 왜 고맙냐고 따지고 들진 않겠지. 설마 싶으면서도 사고를 미연에 방지하기 위해, 나는 서둘러 입을 열었다.

"벌써 해가 기울고 있는데, 이제 들어가야지."

"네, 그럴게요. 감사합니다!"

"감사합니다!"

"아, 잠깐만."

돌아가려는 아이들을 말리고 나는 기사 하나에게 손을 내밀었다. 요즘 일이 많이 힘든지, 피곤할 때마다 사탕이나 초콜릿을 하나씩 까먹던 기사였다.

내가 뭘 바라는지 모르고 그는 눈만 껌벅였다. 그러자 그리넬 경이 나 대신 말해 주었다.

"사탕을 바쳐라."

아이들에게 사탕을 한 줌씩 건네주고 나니 해가 졌다.

딱, 누군가를 조지기 좋은 시간대였다.

"전 죄가 없습니다."

리한의 대상단 틸던의 부상단주, 서로만 에디즈. 그는 식량 배급을 어찌한 거냐는 내 질문에 당당히 답했다.

나는 허리춤의 검을 검집째로 풀어 들고, 그를 향해 웃었다.

"유언, 멋지다."

"아니요, 실언이었습니다. 잘못했습니다. 죄송합니다. 죄 많은 영혼이지만 부디 살려 주세요."

당당하던 기세는 어디로 갔는지 그는 털썩 무릎을 꿇고 내 다리에 매달렸다. 그 모습을, 세시오가 물끄러미 내려다보았다. 그뿐인데 서로만의 손이 슬그머니 내 몸에서 떨어져 나갔다.

왜 이래.

"식량을 배급하고, 소문이 도는 걸 확인하는 것까지가 제 일이었잖습니까."

그래, '세시오 데이브릭'이 식량을 푼다, 소문이 도는 건 내 귀로도 듣긴 했다.

"그래서 소문만 퍼뜨리고 횡령했단 말인가?"

"무서운 소리 마십시오! 저는 그냥 식량을 나눠 주고, 그게 정말 빈민가 사람들 입으로 들어가는지 확인을 안 했을 뿐입니다."

"중간에 누가 가로채 갔단 말이야?"

"그런 게 아닐까요? 왈릿이 그렇게 도덕적인 영지는 아니잖습니까. 마냥 무법 지대도 아니지만."

눈치를 살살 보며 하는 말이 영 미덥지는 않았으나, 아예 헛소리도 아니었다. 가뭄 때, 지도자들이 구휼 식량의 반을 가로채 간 전적도 있었으니까.

"사실…… 그런 소문이 들리긴 했습니다. 식량을 타고 돌아가는 길에, 일련의 무리에게 빼앗겼다는."

"빼앗겨?"

"예. 더 굶주리는 사람이 있는데, 염치없이 어디 식량을 탐내냐고. 몽둥이를 들고 강제로 가져갔다고 합니다."

"그런 소문이 돌았는데도 너는 입을 꾹 다물고 있었고?"

"자, 잠깐 들은 소문입니다. 모든 소문에 일일이 반응할 수는 없지 않습니까."

별로 설득력 없는 변명이다. 검집을 꾹 움켜쥐자, 서로만 에니즈가 슬금슬금 몸을 물리며 말했다.

"그래서 말인데, 직접 확인해 보시는 건 어떻습니까? 제가 들은 소문대로면, 마침 이 시간대에 출몰한다고 합니다."

"그냥 빈민가를 돌면서 누가 구휼 식량을 빼앗기는지 감시라도 하란 소리야?"

"아니요. 직접 나누어 주신 다음에, 빵을 받은 사람을 쫓아가시면 되잖습니까."

그는 퍽 간사하게 웃으며 손바닥을 비볐다. 금방이라도 황실 관리에게 뒷돈을 쥐여 줄 것만 같은 표정이었다.

"당장의 상황을 모면하려고, 아무렇게나 지껄인 소린 아니길 바라."

"그렇게 못난 놈은 아닙니다. 헤헤, 그럼 바로 변장할 옷을 준비하겠습니다."

그는 빠르게 사람을 불러와 옷을 준비하라고 시켰다. 그러고는 세시오가 의복을 갈아입는 동안, 내게 다가와 귓속말로 속삭였다.

"아까 보셨습니까?"

"보긴 뭘 봐."

"소공작님의 약혼자 말이에요, 제가 소공작님의 다리를 붙들자마자 눈빛이 딱 변해서는. 오싹해서 소름이 다 돋더라니까요."

정말 근본 없는 헛소리였다. 사람 보는 눈 자체가 없는 것 같은데, 틸던을 이 남자한테 맡겨도 되는 걸까. 내가 무슨 생각을 하는지 모르고 그는 계속해서 미친 말을 이어 갔다.

"질투가 심할 상이에요. 조심하셔야겠습니다."

"너는 그 입 때문에 단명할 상이야."

"세상에! 충심에서 거듭난 조언을 해 드렸더니 겨우 몇 달 만난 약혼자 편을 드십니까? 차라리 살해 협박을 하십시오."

"내가 하면, 협박으로 안 끝나지."

그제야 서로만이 입을 꾹 다물었다. 그러나 그도 잠시, 삐죽 나온 입술로 투덜거렸다.

"갈수록 전하를 닮아 가셔."

"진짜 죽으려고."

아무래도 안 되겠다 싶어서 검집을 드는데, 타이밍 나쁘게도 옷을 다 갈아입은 세시오가 돌아왔다.

"일단 시간이 빠듯해서 가는데 도망칠 거면 유서는 미리 써둬라."

"옙. 다시 뵐 때까지 어떻게든 상쇄할 만한 공을 세워 놓겠습니다!"

북부의 바다에 빠뜨려도 둥둥 떠오를 입 같으니.

나는 그를 한 번 노려보고는 밖으로 나갔다.

나와 세시오는 상인의 옷을 뒤집어쓰고 다시 빈민가의 골목으로 돌아왔다. 무리가 많아 봐야 의심만 살 것 같아서, 기사들은 성으로 돌려보냈다. 혹 얼굴을 알아보는 사람이 있을까 싶어, 한밤중에 베일까지 뒤집어써야 했다.

해가 저문 시간이었지만, 식량을 나누어 준다는 소문이 금세 돌았는지 꽤 많은 사람이 나와 빵을 받아 갔다.

그 뒤, 우리는 틸던의 다른 상인에게 그 일을 떠맡기고는 개중 가장 힘이 없어 보이는 노인 무리를 뒤따르기 시작했다. 혹 들킬까, 골목의 벽에 딱 달라붙어 숨을 죽이고 있으니 뭐랄까.

"정말 별짓을 다 한다."

제몬에게 후작위를 빼앗고 싶었을 뿐인데 지금 뭘 하는 걸까. 나는 나를 이렇게 만든 사내를 노려봤다가, 금방이라도 죽을 사람처럼 죽은 낯빛을 보고 한숨을 쉬었다. 그래, 아무렴 신성력을 남발하고 온 사람이 더 피곤하겠지.

"당신은 그냥 돌아가지 그래. 혼자 해도 되는데."

"내 일인데 그럴 순 없지. 생각보다 멀쩡하니 걱정 마."

"거울 보여 줄까?"

진심으로 어처구니가 없어 묻자, 쉿, 세시오가 검지를 그의 입가에 가져다 댔다. 고개를 돌리자, 빵을 가지고 돌아가던 사람들이 멈춰 선 것이 보였다. 그리고 그 앞에는.

"어허, 이 사람들! 말귀를 못 알아듣는 데도 정도가 있지! 더 굶주리고 있는 사람들이 있다고 몇 번을 말해야 알아듣소!"

덩치가 큰 일련의 무리가 그들을 가로막고 있었다.

"에, 에드워드."

"뭘 멍하니 있는 게요. 당장 그 식량을 내놓지 않고!"

"하지만……."

"이 빵이 없으면 저희는 당장 굶어 죽을지도 모릅니다. 제발 형편을 봐주십시오!"

"당신들은 주둥이를 놀릴 힘이라도 있지. 당장 숨넘어갈 입이 몇 갠지 알아? 아니면, 내 말을 못 믿겠다는 거요?"

에드워드라고 불린 사내가 눈알을 희번덕거리며 사람들을 위협했다. 체격 차이가 심하게 나다 보니, 마치 거인과 소인처럼 보이기도 했다.

"내가 누군지 알아? 내 사촌 형님이 새벽 2기사단 부단장이시라고! 그걸 알면서도 내 말을 못 믿겠다고?"

"그, 그렇게 말하지는 않았습니다."

"당연히 네 말이 맞겠지. 우린 다만—."

"됐으니 결론만 말해. 그래서. 못 내놓겠단 거야?"

"어, 못 내놓겠다는 거야."

필요한 이야기는 다 나왔고, 가만 보다간 안 그래도 많은 환자가 더 늘어날 판이다. 검집을 세게 움켜쥐고 나는 두 무리 사이에 끼어들었다. 내 기척을 전혀 알아차리지 못했는지, 거구의 사내가 퍼드덕 놀라며 몸을 물렸다.

"그, 그 옷은……!"

그의 눈은 나와, 뒤따라 나온 세시오의 옷을 향해 있었다. 틸던의 문양이 새겨진 상인복으로.

"틸던에서 나오셨소?"

"입고 있는 옷 보면 알잖아."

그들은 무겁게 신음하고 저들끼리 슬쩍슬쩍 눈짓하기 시작했다. 딱 봐도 꿍꿍이를 꾸미는 눈이었지만, 나는 모르는 척하며 검집으로 손바닥을 탁탁 두드렸다.

"굶어 죽겠는 사람이 있으면 직접 와서 타 가든가. 왜 내가 나눠 준 걸, 마음대로 유통하고 있어."

"오해시오. 지금부터 다 설명해 드리겠소. 이게 어찌 된 일이냐 하면—."

에드워느는 앞으로 니외 내 주익를 끌며 어딘가로 눈짓했다.

"조심하십시오!"

겁에 질려 숨죽이던 한 노인이 소리침과 동시에, 뒤쪽에서 몽둥이가 날아왔다. 나는 단번에 그걸 붙잡으려 했으나, 세시오가 몽둥이를 부러뜨리고 급습한 이의 명치에 주먹을 박아 넣는 것이 먼저였다. 예상했던 것보다 몸놀림이 좋다. 북부를 기준으로도 평기사 수준은 넘겠는데.

"당신이 안 해도 된다니까."

"기사단까지 갈 생각이잖나. 그냥 시간을 절약한다고 생각해."

베일을 썼나고 입을 여는 데 거리낌이 없다. 나는 그를 말리려다가 한숨을 내쉬었다.

"모, 모두 달려들어라! 저놈들을 잡아!"

급습이 실패할 줄 몰랐는지, 에드워드가 당황하여 외쳤다. 그 모습을 보며 나는 희게 웃었다.

"그래, 저놈의 사촌 형님 좀 보려면 빨리 끝내야겠지."

나는 검집을 힘껏 움켜쥐었다.

왈릿의 후작성, 새벽 2기사단의 거처 앞. 에드워드의 멱살을 잡아 그곳에 내던지자, 단번에 기사들이 뛰쳐나왔다.

개중 하나가 거구의 얼굴을 알아보고 달려 나왔다.

"에드워드, 이게 어찌 된 일이냐!"

"어찌 된 일인지는 내가 물어야지."

"무슨 소립니까, 리한 소공작!"

"님'자 빼먹은 거 봐라, 하여튼 예의 있어."

거침없는 비아냥에 사내의 얼굴이 와락 일그러졌다.

"데이브릭 새벽 2기사단의 부단장, 홀렛 마이뉴입니다. 일이 어떻게 된 건지 들어야겠습니다."

"이놈이 뭘 했는지 정말 몰라?"

"지금 모르니까ㅡ."

"부단장의 이름을 팔아서, 빈민가에 풀리던 식량을 가로채 가던 거 정말 몰랐냐고."

알 거라고 생각하고 물었는데, 두 눈을 부릅뜨는 모양새가 정말 몰랐나 보다. 대놓고 그의 이름을 팔던데 모르다니, 어떤 의미론 대단하다.

"그게 사실이냐, 에드워드!"

"범인한테 사실이냐고 물으면 퍽도 정직하게 대답하겠다."

"일방적인 말만을 무작정 믿을 수는 없습니다."

"어차피 당신 빼고 다 알아. 그러니까, 식량을 빼앗기고도 어디 말도 못 하고 쉬쉬거리고 있던 거지."

알게 되자마자 함정을 팠는데 곧바로 걸려든 걸 보면 하루 이틀 일도 아니다. 그런데도 여태 소문이 안 난 건, 겁을 줘 입을 다물렸다는 뜻이었다.

강도의 도구로 이용된 주제에 뭐가 잘났다고 믿을 수 있니, 없니. 나는 코웃음 쳐 부단장을 비웃었다.

"조사대를 편성하든 말든 알아서 하고."

"……."

"이자가 중간에 빼돌려 팔아치운 식량 가격의 딱 다섯 배. 월급에서 차감될 거야. 에콰이어에게 전해 둘게."

"리한 소공작!"

참 줏대 있는 무례함이다.

말해 보란 듯, 턱을 까딱이자 그가 이를 악물었다. 주위의 기사들도 눈을 부릅뜨고 나를 노려봤지만, 강도 무리로 보일 뿐이다.

"좋습니다, 마음대로 하십시오. 하지만 여기까지입니다. 계속해서 에콰이어님을 믿고 영지를 헤집어 놓다간, 아무리 리한 소공작이라도 그 끝이 좋지 않을 테니까."

협박하는 모양새가 제 사촌 동생을 쏙 빼닮았다. 이래서 피는 못 속인다는 거군.

"그거야말로 내가 마음대로 할 일이고. 기사들이 이렇게 많이 있어서 하는 말인데, 궁금한 게 하나 있거든?"

"답해 줄 거라고 생각―."

"혹시 말이야, 평민이나 신분이 낮은 기사들이 종종 사직서 하나만 남기고 사라지지 않나?"

분에 차 씨근덕거리던 이들의 얼굴이 일제히 싸해졌다. 합을 맞춘 듯한 표정 변화가 감탄스러울 지경이다. 그리고 개중에는 드물게, 우물쭈물하며 입을 달싹이는 이들도 있었다.

"그런 건 왜 물어보십니까."

"아니, 그냥 그런 일이 있을 것 같아서."

"혹시 소공작님께서는 에이티스 경의 행방을―."

"닥쳐라, 이놈!"

다급한 불호령에, 입을 열었던 기사가 찔끔하며 물러났다.

"아, 그렇게 입을 다물리는구나."

"말조심하십시오."

부단장의 말에, 나는 비죽 입꼬리를 올렸다.

"말조심을 누가 해야 할지는 차차 보기로 하자고."

원하는 바는 다 이뤘기에, 나는 몸을 돌렸다.

구휼 식량을 빼돌리려는 이는 에드워드뿐만은 아니었다. 소문을 듣고 몰려든 도둑이 어찌나 많은지. 하는 수 없이 나와 기사들은, 별 도움 안 되는 잔심부름에 매달리는 대신, 방향을 틀었다.

동이 틀 때가 되면 성을 나와 빈민가로 갔고, 세시오가 사람들을 치료했고, 우리는 식량을 빼돌리려는 강도들을 때려잡았다. 차츰차츰 그런 무리들이 사라지고 나서는 다시 잔심부름에 복귀했지만.

너무 외진 곳에 있어 소문이 잘 돌지 않을 것이 걱정이었으나, 생각보다도 금방금방 퍼져 나갔다. 그 이야기를 한 줄로 요약하자면 그랬다.

"빈민가에 나타난 천사가 사람들을 구제하고 있다……?"

"예, 그리고 식량을 훔쳐 가는 무리를 징벌하는 영웅이 있다는 말도―."

"아니, 그런 소문은 없는 셈 치자."

나는 바로 그리넬 경의 말을 끊어 냈다. 성자가 아니라 천산가. 대단한 차이는 아니었지만.

"아무튼, 잘되고 있다니 다행이네."

다소 체계 없는 방식이라 조금은 걱정했는데, 만족스러운 성과였다.

그리넬 경이 보고한 바가 아니더라도, 소문이 퍼지는 게 체감되고 있긴 했다. 빈민가 사람들의 틈바구니에서 소식을 전해 들은 다른 이들도 하나둘 나타나기 시작했으니까. 어지간한 부유층이 아니고서야 신관들에게 치료받을 수 없으니 빈민가의 천사를 찾아온 것이다. 이따금 신전에서 자원봉사를 돌긴 하지만, 그들에게까지 순번이 돌진 않았으니까. 선전은 제대로 했다.

"이쯤 되면 슬슬 신전에서도 반응하겠는데?"

"아나타 닉스 대신관이 소문을 확인하러 이쪽으로 출발했다고 합니다."

대신관이 올 줄이야. 소문이 그만큼 요란하게 난 건지. 아니면 내가 이 영지에 와 있어서 확인하러 온 건지.

"그럼 슬슬, 넬 선생과도 결판을 내야겠군."

그리넬 경에게 그녀를 불러 달라 전하고, 나는 자리를 옮겼다.

"치료를 마친 기분이 어떠십니까, 천사님?"

세시오가 쉬고 있는 방으로 들어가며 나는 농담을 던졌다. 그가 바로 알아듣지 못하고 되물었다.

"천사?"

"소문이 그렇게 났더라고."

"3센티미터 정도 빗겨 났군."

"성자가 아니라 아쉬워?"

"그쪽이 더 마음에 들어."

그렇게 말하고, 세시오는 정말 천사처럼 웃었다. 계속 고생한 탓인지, 다소 야위고 창백해진 얼굴은 느낌이 좀 달라졌다. 어째서 성자가 아니라 천사가 됐는지 알 것 같기도 했다.

처음 며칠을 제외하고는 중환자만 골라 치료했는데도, 확실히 수가 많았다. 환자들을 치료하다가 본인이 환자가 되더라도 이상치 않을 만큼.

"언령은 어때. 좀 좋아진 것 같아?"

"이만큼 선행을 쌓아 보긴 처음이라, 정말 무슨 일이든 할 수 있을 것 같군."

"그거, 계속하다 보면 정말 리한 공작 백 명쯤 만들 수 있는 거 아니야?"

"힘에도 한계는 있어서."

"뭐, 생각해 보면 당신한테 더 대단한 힘이 필요하지도 않겠다."

"있어서 나쁠 건 없지."

"지금도 안 되는 게 거의 없잖아. 리한 공작 백 명을 만들고 싶어 그래?"

"아니, 그대가 과거를 기억하지 못했으면 해서."

"당신 정말 집요하다."

세시오의 말에 나는 질린 듯이 중얼거렸고, 그는 즐겁다는 듯 웃었다. 내가 최근 꾸는 꿈을 알더라도 저렇게 웃을 수 있을까.

세시오 데이브릭의 집요한 바람과 다르게, 나는 거의 매일같이 과거를 꿈꾸고 있었다. 어쩌면 그와 지내는 시간이 길어진 탓에 뇌가 자극을 받는 건지도 모른다.

대부분 시답잖은 내용이었다. 제몬을 기다리면서 세시오와 대화를 나누고, 그러면서 그와 점점 가까워진 기억이다. 때로는 내 연인을, 때로는 숙부를, 또 때로는 후작저의 사용인 혹은 무도회장에서 만난 귀족들을 욕하고 그는 날 위로해 주면서……. 음, 이렇게 말하니 새삼 스스로가 철없고 졸렬하게 느껴졌지만, 전부 마땅한 욕이었다. 그렇다고 해도, 기억 속의 세시오는 두텁게 벽을 쳐서 친구라 할 수는 없었겠지만.

꿈은 순조롭게 내 과거를 풀어내고 있었고, 내 뇌도 열심히 기억을 떠올리고 있었다. 내가 잃어버린 기억을 다 찾을 날도 머지않았을 것이다. 그때가 되면, 세시오가 왜 저리 집요하게 구는지도 알 수 있겠지. 엄청난 비밀을 기대하지는 않아도, 적어도 세시오가 창피해할 일이 하나쯤은 숨어 있을 것이다.

혹시 다른 방식으로라도 방해받지 않기 위해, 나는 생각을 감추고 웃었다.

"왜 그렇게 불길하게 웃지?"

"좋아서 웃었다, 좋아서."

당신 엿 먹일 생각하니까 기뻐서. 내 속내를 들여다본 것도 아닐 텐데 세시오의 눈이 가늘어졌다.

"뭐가?"

"당신이."

"……."

"후작이 될 날이 머지않은 것 같아서."

이전에 그가 했던 말장난을 그대로 돌려주자, 그는 뒤통수를 얻어맞은 사람처럼 실소했다.

"이런 장난을 하지 말라던 이유를 알 것 같군."

"역지사지가 돼서 기쁘다."

잡담을 그만두고, 니는 시계를 쳐다봤다. 분침은 50분을 가리키고 있었다.

"곧 넬 선생이 올 시간이네. 오늘 중에는 담판을 지어야지."

"쉽진 않을걸."

"글쎄, 난 느낌이 좋은데."

백작을 감옥에 구금한 뒤로, 일은 내내 순조로웠다. 새벽 기사단과는 사이가 나빴으나 브루넬 멀든을 잘 쓰면 금세 해결될 일이다. 왈릿의 민심은 거의 다 잡아서 이제 천사의 정체가 세시오란 걸 밝히면, 끝날 듯했다.

에콰이어도 열심히 해 주었다. 가신들은 전부 이쪽으로 넘어왔다고 하니까. 백작을 설득하는 건 진전이 없지만, 그래도 분명히 될 거라고. 이따금 데이브릭 후작에게 협박성 짙은 서신이 날아오기도 했지만, 전부 갈가리 찢어 벽난로에 던져 버렸다. 나 같으면 서신 쓸 시간에 진작 출발했을 텐데. 설마 체면 때문에 엉덩이가 무거운 건 아니겠지.

아무튼, 이제 남은 건 넬을 설득하고 기사단을 뒤집는 것뿐이었다.

"당신은 무리 없이 후작이 될 거야. 그렇게 만들어 줄게."

내 호언에 세시오는 무슨 생각인지 모를 얼굴로 나를 보다가, 느리게 고개를 끄덕였다. 그리고.

"아가씨, 손님이 찾아왔습니다."

기다리던 이가 도착했다.

세시오의 힘이 신성력이란 걸 확인한 뒤에도, 넬은 매일같이 임시 진료소에 들렀다. 사람들을 돕기 위함이었다. 심각한 질병은 세시오가 치료했고, 그녀는 순서가 아닌데도 고통을 이기지 못하고 찾아온 이들을 돌보았다. 그러면서 차츰 넬의 눈빛은 수그러들었고, 날이 서 있던 분위기도 아주 느슨해졌다. 특히 민심 이야기를 나눈 뒤부터는, 그녀의 입이 풀어지기 시작했다.

"데이브릭 후작님께 왈릿이란, 그저 세금 덩어리에 불과합니다."

그녀는 내게 영지가 어떤 꼴로 돌아가고 있는지, 영지민들이 데이브릭 일가를 어떻게 생각하고 있는지 말해 주었다. 처음에는, 내가 그녀를 찔러 봐서 대답한 줄 알았으나 나중에는 그게 아님을 알았다. 넬은 내가 묻지 않아도 왈릿의 정황과 제 생각을 펼쳐 놓았다.

그리고 치료가 끝났으니 이제는 움직일 때였다. 나는 그리넬 경을 시켜 그녀를 불렀고, 넬리사 데이브릭은 거절 없이 자리에 왔다. 후작성의 응접실에서 그녀를 다시 보니, 어딘가 기분이 남달랐다.

나는 단단한 눈빛의 여인을 보고 웃었다.

"어서 오십시오, 넬리사 데이브릭 부인, 이제는 존대를 해 드려야겠네요. 그래도 조금 걱정했는데 와 주셔서 감사합니다."

넬리사는 한숨을 내쉬며 들어와, 내 맞은편에 앉았다.

"하나 묻고 싶습니다. 세시오가 쓰는 힘은 정말로 신성력입니까?"

"정말 의심이 많으시네요. 이미 확인하시지 않았습니까."

나는 전과 다름없이 고개를 끄덕여 주었다. 언령으로 만들어 낸 신성력이라고 한들, 그 힘의 형질이 변하는 건 아니었다.

"소식을 아예 모르고 산 건 아닙니다. 분명 세시오 공자에게 신성력은 없었습니다."

"후천적으로 생겼을 수도 있죠."

"그런, 들어 본 적 없는—."

"의미 없는 논쟁은 이쯤 합시다. 중요한 이야기를 해야 하잖아요."

그녀의 입에서 무거운 침음이 들끓었다. 넬리사가 가볍게 한숨을 내쉬었다.

"리한 소공작께서는 제 병을 치료해 아버님을 포섭하시려는 거겠지요."

"네, 맞습니다."

"의원은 고치지 못해도, 신성력으로는 치료가 가능한 병입니다. 수석 신관이 아닌, 평신관도 말입니다."

뭐? 당혹감을 드러내서는 안 된다는 걸 알면서도 티를 낼 수밖에 없었다. 이건 예상치 못한 답이었다.

"고치지 못한 게 아니라, 고치지 않은 거라고요? 어째서죠?"

"왈릿의 모든 영지민이 고통에서 해방되기 전까지는, 그럴 자격이 없다고 생각하니까요."

넬리사가 댄 이유에도 다시 한번 나는 말문이 틀어 막혔다. 전에 그녀가 무심코 한 말이 떠올랐다.

"아니요, 제가 이 일을 하는 건 죄책감 때문……."

그 감정과 관련된 이유일까.

"수년 전 왈릿에 가뭄이 왔을 때, 구휼 식량을 착복한 사람 중에는 제 가족도 있습니다. 저는 그 책임을 져야 합니다."

"하지만."

"물론 불가능한 일이겠지요. 그 대단한 신성력으로 며칠을 매달려도 목숨이 위험한 환자만 겨우 고쳐 낸 상황이 아닙니까."

"……."

"그럼에도 저는 불가능을 바라고 있습니다. 그러니 제 병을 고쳐 아버님의 지지를 얻어 내는 방법은 포기하십시오."

그녀는 눈을 내리깐 채, 말을 이었다.

"다른 방법을 택하더라도 충분히 후작위를 거머쥘 수 있을 겁니다."

그걸로 용건이 끝났다는 듯, 그녀가 자리에서 일어났다. 넬리사의 허리가 정중히 구부러졌다.

"그리고 후작이 되시더라도 부디, 지금 본 광경을 잊지 말아 주십시오. 그 부탁을 드리러 왔습니다."

그 인사에는 그녀의 마음이 고스란히 묻어났다. 어떻게 반응하면 좋을지 몰라, 나는 눈가를 찡그렸고 세시오는 가져온 수첩 위로 펜을 움직였다.

「반대로 묻고 싶습니다. 넬리사 님.」

글씨가 적힐 때의 사각거리는 소리 때문에, 그녀는 곧바로 세시오의 수첩으로 눈을 돌렸다. 이런 식의 대화가 낯선 듯 보였으나, 넬리사가 곧 입을 뗐다.

"저를 설득할 생각이라면─."

「데이브릭에 사는 모든 영지민이 건강해진다면, 그때는 치료를 받으시겠습니까?」

넬리사는 멈칫했고 나는 눈가를 찡그렸다. 가능성을 따지기 이전에, 하루 백

명만으로 낯빛이 나빠진 이가 영지의 사람들을 다 고쳐 내면 어떻게 될지 염려한 탓이다. 그러나 당장 세시오의 말을 가로막을 수는 없었다.

"아무리 공자라 한들, 그런 기석이 가능할 리기……."

「대답해 주십시오, 넬리사 님.」

답을 채근하는 글자에, 그녀는 결국 고개를 끄덕였다.

"성자가 아니라 신이 되려는 거야?"

그럴 생각까지는 없었는데 목소리가 비꼬는 것처럼 날카로워졌다. 나는 한숨을 내쉬었다.

"당신 몸 상태를 좀 생각해. 아무리 언령이라고 해도 왈릿의 영지민들을 다 고치는 게 말이 돼?"

"그러니 앞서 말해 두지 않았나. 책임져 달라고."

그 말에, 수일 전에 나눈 대화를 떠올릴 수 있었다. 동시에, 얼굴이 일그러졌다.

"잠깐만, 그럼 그 말을 했을 때부터, 영지민들을 다 치료할 생각이었단 말이야?"

"그 정도가 아니면, 왜 그대에게 겁을 줬겠나."

"제정신이야?"

"할 수 있으니 하겠다고 말했을 뿐이야. 그러니 그대는 책임지겠다는 약속만 지켜 주면 돼."

세시오가 손을 뻗어 엄지로 내 미간을 쓱 문질렀다. 찡그렸던 이마에서 절로 힘이 빠진다. 그에 만족한 듯, 사내는 눈을 휘어 웃었다.

"날 좀 믿어 줘, 테릴."

여유가 한가득 묻어나는 말.

절로 한숨이 났다. 나는 한결 기세가 꺾인 목소리로 말했다.

"당신이 못 할 거란 이야기가 아니라, 그럴 필요가 없다는 거야. 어차피 민심
은 이미 넘어왔어, 넬리사, 그 여자도 사실—."

"……테릴."

"왜."

"숙여!"

숙이라고? 맥락 없는 요구를 이해하지 못했으나, 나는 기계적으로 몸을 수그
렸다. 세시오는 소리친 즉시 내 몸을 끌어안고 위치를 바꾸었다. 몸을 감싸는
온기에 당황했으나 잠시뿐이었다.

비수가 날아들었다. 조금 전 내가 앉아 있던 방향으로, 지금은 세시오가 있
는 방향으로. 칼이 가까워지는 모습에 마음이 싸늘하게 식었다.

"어디, 잔챙이가."

날이 사내의 어깨를 파고들기 전, 나는 비수로 손을 뻗어 잡아챘다. 손가락
일부가 날에 베였으나, 그 정도는 문제랄 것도 없었다. 나는 세시오의 몸을 밀
어내고 검을 뽑아 들었다. 바깥에서 도망치는 기척이 느껴졌다. 선명하고 익숙
한. 그러나 뒤쫓을 수는 없었다.

내가 붙잡아 팽개친 단검에서 보랏빛 연기가 폭발적으로 터져 나왔다. 독?
당황하며 숨을 멈추자, 세시오가 소매로 내 입가를 덮고 나를 품으로 끌어당겼
다. 이런 식으로 보호받기는 처음이라 조금은 당혹스러웠다. 나는 주먹을 말아
쥐었다.

"마법이군. 비수에 밀어 넣은 마나와 사람의 피가 만나면 독이 되게 만들었
어."

"……흑마법이잖아."

저주니, 흑마법이니. 고릿적 유물을 어디에서들 이렇게 꺼내 오는 건지. 그 덕에 범인을 짐작하기는 쉬웠시만.

우리는 잠시 입을 가린 채 연기가 가시길 기다렸다. 비수를 중심으로 생겨난 독연은 아무것도 하지 않았음에도, 빠르게 옅어지더니 사라졌다. 마법적 효력이 다한 것으로 보였다.

아까 느꼈던 기척을 다시금 떠올리며, 나는 비수가 날아온 방향을 노려봤다. 기척을 기억한다, 찾을 수 있다.

그렇게 생각하던 때 돌연, 세시오의 무릎이 꺾였다. 낯빛이 창백했다.

"중독됐어?"

"그런 것 같군."

"신성력, 아니 언령으로 해독을……."

아니지, 오늘도 세시오는 수많은 환자를 치료하고 온 데다가 중독까지 당했다. 신성력이나 언령으로 부담을 더할 수는 없었다.

사람을 불러와야 한다. 신전이 얼마나 멀었지. 한시가 급한 독이면 어떻게……. 머릿속이 아득해진 차에, 그의 입가를 타고 죽은 피가 흘러내렸다.

"세시오!"

가슴 안을 두드리는 소리가 요란해졌다. 나는 입술을 잘근잘근 씹으며, 조심해서 그를 바닥에 눕혔다.

"조금만 기다려, 사람 불러올게."

"……잠깐, 테릴."

"뭐?"

바로 뛰쳐나가려는데 그가 나를 붙들었다. 이어, 세시오는 내 손을 잡고 손가락을 얽었다.

평소보다 낮은 체온. 뼈마디가 엇갈리며 맞물리는 그 감각이 몹시도 생경하게 느껴졌다. 손가락을 벤 상처에서 낸 핏물이 넓게 번지며, 그의 손을 같은 색으로 물들였다. 그리고 그 붉은 색채 아래에서 흰빛이 터지며 내 자상을 집어삼켰다. 신성력이었다, 이 와중에도.

상처가 깨끗이 나은 손가락을 보며, 사내는 흐리게 웃었다.

"이게 신경 쓰여서…… 기절할 수가 없잖아."

"지금, 그걸 말이라고—."

황망함에 그를 타박하고 싶었으나, 세시오의 눈꺼풀이 그대로 내려갔다. 내 것과 얽혔던 손도 힘없이 떨어진다. 풀썩 쓰러지는 그의 몸을 다급히 바쳤으나, 목을 짓눌린 것처럼 목소리는 잘 나지 않았다.

"……세시오?"

불러도, 대답이 없다. 죽은 건 아니다. 즉사할 만한 독도 아닐 것이다. 그랬다면, 애당초 몇 마디 말을 하기도 전에 죽었을 테니까.

그런데 눈앞이 자꾸만 희게 질려서, 제대로 생각이 돌아가지 않았다. 입 안으로 욕지거리를 내뱉으며 나는 정신을 차리려고 애썼다. 신관을 불러와야 한다. 가까스로 몸을 일으킨 차에.

"이게 무슨 일입니까, 대체."

전에 들어 본 적 있는 목소리가 들려왔다. 고개를 들자, 아나타 닉스가 보였다. 가슴께를 짓눌린 것처럼 옅게만 오가던 숨결이, 그제야 폐 깊은 곳까지 들어왔다.

나는 다급히 일어나 그녀에게 다가갔다.

"흑마법의 기운이 느껴져서 와 봤는데 어찌……."

"마침 잘 오셨습니다, 대신관님. 해독 좀 부탁드립니다."

갑자기 날아든 비수. 폭발한 독. 중독된 세시오와 갑자기 나타난 대신관. 이전에 그랬던 것처럼, 정말 그린 듯 맞아떨어진 타이밍이었다.

그러나 여전히도, 나는 이것이 세시오의 행운으로 느껴지진 않았다. 악운에 강하다고 하면 또 모르겠지만. 설마 시련이니, 뭐니 그따위 종류는 아니겠지.

내가 잡생각을 하며 불안을 몰아내는 동안, 대신관이 세시오의 방을 나왔다. 그녀의 얼굴은 평온해서, 결과를 짐작할 수 있었다. 과연.

"이제 괜찮으실 겁니다."

"감사합니다, 대신관님."

크게 잘못될 거라고 믿은 건 아니었지만, 생각보다도 걱정이 컸던 모양이다. 긴장이 풀어지고야, 내가 온몸에 힘을 주고 있었다는 사실을 알았다.

바보 같은 일이었다. 그가 잘못될 리 없다는 걸 머리로는 알고 있었는데도 괜히 초조해져서는. 나는 한숨을 내쉬며, 머리를 쓸어 넘겼다.

"그런데……."

"말씀하십시오."

"세시오 공자의 몸에 신성력이 흐르더군요. 그것도 교황 성하를 뵙는 듯 막대한 양이."

그래, 대신관이 아무런 이유도 없이 여기까지 온 건 아니었지. 그제야 나는 그녀의 방문 목적을 떠올릴 수 있었다.

"그렇죠."

덤덤히 답하자, 아나타 닉스의 눈에 이채가 스쳤다.

"제가 갑작스레 찾아왔음에도 소공작님은 놀라지 않으셨습니다. 제가 올 걸 알고 계셨습니까?"

"신전에서 소문에 반응할 거란 정도는 짐작했습니다. 대신관님께서 몸소 오실 줄은 몰랐지만요."

"제가 온 건 소문이 진실일지도 모른다고 생각했기 때문입니다. 신께서 세시오 공자를 어여삐 봐주었단 말씀이 기억나더군요."

예쁘게 봐줬으면 지금 이 꼴이 났을 리가. 순간적으로 반발이 치솟았으나, 대신관에게 화풀이할 일은 아니었다. 더군다나, 그 말은 대신전에서 내가 했던 말이니까. 어쩌다 기적이 일어났냐는 질문에, 답을 회피하기 위해 적당히 내뱉은 말이었지. 공교로운 우연이었으나, 이렇게 된 이상 그걸 이용해야 했다.

"후천적으로 신성력을 발현한다는 말을 못 들어 봐서, 말을 아낄 수밖에 없었습니다."

"아아, 그렇군요. 신전 밖에는 알려지지 않았지만, 종종 있는 일입니다."

"후척적인 발현이요?"

"리한 소공작님께서는 신께서 신성력을 나누어 주는 기준을 아십니까?"

그녀의 말에 나는 멀뚱히 눈을 깜박였다. 있던가.

"오직 선인만이 기적을 나누어 받을 수 있습니다."

"선인이라 하심은……."

"품성이 바르고 행동이 올곧아야 하지요. 그런 의지에 깃드는 힘입니다."

쉽게 말해, 착해야 가질 수 있는 힘이란 뜻이었다. 생각보다 단순하고, 교훈적인 메커니즘이다. 세시오가 언령에 대해 말해 준 적이 있어서, 나는 대신관의 말도 어렵지 않게 받아들일 수 있었다.

잠깐만. 착한 사람이 다 신전으로 들어가면, 그럼 신전 밖에는 리한 공작만 잔뜩 있는 건가.

"그 올곧은 정도에 따라 다루는 힘도 달라지지요. 그러니 세시오 공자는 정말로 선량한 분이십니다."

"그럼 후천적인 발현은."

"사람의 품성이란 좀처럼 바뀌지 않는 법이나, 드물게는 그런 경우도 있지요."

개과천선해서 생겼다는 말이군. 후천적인 신성력 발현이 왜 드문지 알 것 같았다.

"소공작님과의 만남이 공자께 좋은 자극이 된 모양입니다."

호의가 가득 담긴 목소리에 나는 답하지 못하고 그저 웃었다.

대신전에 막대한 기부금을 건넸을 때도 그녀는 내게 호의적이었지만, 그때에 비할 바 없이 농도가 싙다. 나쁜 일은 아니지만, 어쩐지 죄책감이 드는데.

"그럼 저는 이만 가 보겠습니다. 즐거운 만남이었습니다."

"잠시만요, 대신관님."

소문의 진위를 확인하는 것만이 목적이었는지, 주저 없이 떠나려는 그녀를 내가 붙잡았다. 솔직히는 이게 맞는지는 모르겠지만. 마음이 내키지도 않았지만.

"날 좀 믿어 줘, 테릴."

세시오의 의지는 분명해 보였다. 생각이 바뀌었다고 하면, 그때 가서 취소해도 괜찮을 테니까.

"왈릿의 신전에서 단체 기도를 진행하려는데, 혹 허가해 주실 수 있겠습니까?"

"예?"

"세시오가 모든 영지민에게 축복을 내리고 싶어 해서요."

"아, 멋진 계획이군요. 하지만 지금 몸 상태로는 곤란하지 않겠습니까. 중독이 아니라도 많이 지치신 듯한데."

"본인의 뜻이 워낙 완고합니다."

"정 그러시다면…… 알겠습니다. 왈릿의 수석 신관에게 말을 전해 두도록 하겠습니다."

난감해하는 한편으로, 그녀의 두 눈에 흐뭇함이 돌았다. 아나타 닉스가 진심을 담아 말했다.

"두 분께, 신의 축복이 함께하기를."

그런 건 필요 없다고 말하고 싶은 걸, 나는 겨우 참았다.

데이브릭 후작성의 별채, 원로 일가와 그 사용인이 머무르는 곳에서는 원로 회의가 한창이었다. 바깥의 소문을 듣고 원로 하나가 되물었다.

"천사? 천사라고 했습니까?"

"허허, 참. 그렇게 부릅디다."

"리한의 새끼 짐승이 왈릿을 들쑤시는 것만으로 기가 찬데, 이제는 피도 안 섞인 벙어리더러 천사라?"

"말조심하게, 클레멘. 어디 그따위 저속어를 지껄이는가."

"영지 꼴이 말이 아닌데, 이보다 더한 말이라도 못하겠습니까?"

"그래서. 내 앞에서 원로회의 품격을 떨어뜨리겠다는 말인가?"

"……실언이었습니다, 대원로님."

대원로, 이오마테르의 노기 섞인 말에, 3원로는 고개를 숙였다. 대원로가 허를 찼고, 그 모습을 지켜보던 2원로는 눈을 빛냈다.

"말 나온 김에 하나 묻고 싶군요, 대원로님."

"뭔가, 스텔라."

"혹시나, 세시오 공자가 넬리사의 치료를 떠맡겠다고 하진 않던가요?"

"홍. 넬리사가 스스로 치료를 거부한다는 것도 여태 모르는가?"

"그랬지요. 영지민들의 몸이 다 낫기 전까진, 제가 치료받지 않겠노라고. 하지만 사람의 생각이란 하루에도 열두 번씩 바뀌는 것이 아닙니까?"

"그래서 무슨 말을 하고 싶은 겐가. 감히 내 딸을 모욕할 셈은 아니겠지."

의도가 명확한 말에, 대원로가 노기를 터뜨렸다. 두 사람의 눈이 허공에서 사납게 맞부딪쳤다. 그러나 30초도 채 되지 않는 시간이었다. 2원로가 먼저 시선을 놀렸다.

"하루빨리 병을 치료하길 바란 염려이니, 노여움을 거두시지요."

그 말이 진정일 리 없다. 기분이 상한 대원로는 인사도 하지 않고 자리를 나가 버렸다. 그러나 2원로는 그 모습에 기분이 상한 티를 내기보다는, 잘됐다는 듯 입꼬리를 올려 웃었다. 누군가 엿들을 걸 염려하는지, 그녀의 목소리가 확연히 낮아졌다.

"가주께 연락이 왔소. 대원로를 감시하라 하시더군. 딸을 치료하기만 하면 개처럼 꼬리를 흔들 걸 알아보신 게지."

"어찌 가주가……."

"하기야 원래도 대원로와 사이가 좋진 않았지요."

"대원로를 버리겠다고 말씀하셨단 말입니까?"

"아직은 감시뿐이네만, 줄을 잘못 선다면 목을 잘라도 좋다 하셨지."

원로회는 대원로, 이오마테르의 것이나 다름없다. 치욕스럽게도 그런 말이 돌았으나, 가주와 손을 잡으면 그의 힘을 빼앗아올 수 있었다. 모처럼 온 기회를 놓칠 수는 없었다.

"하지만 저희가 뭘 할 수 있단 말입니까. 원로회의 사병은 전부 대원로가 거머쥐고 있고 성 내부 세력은 에콰이어가 장악하고 있는데요."

"내 이미 기사 몇은 포섭해 두었네. 더군다나 아직 백작이 살아 있지 않은가."

"영주를 복권시킬 생각이십니까? 하나 리한 소공작이 있는 한 무리입니다. 가주 직속의 암살단으로 죽이지 못한 이를 어찌 처리하시려고요."

"그렇다면, 죽일 수 있는 이를 죽이면 되겠지."

묘한 투의 말에, 다른 원로들도 그녀의 말을 알아들었다. 차츰차츰, 이 일에 가능성을 느꼈는지 그들의 얼굴에 탐욕이 번지기 시작했다.

"안 그래도 시험해 봤다네. 그리 대단치 않은 독에도 쓰러지더군."

"쓰러졌……. 설마, 그 독을 쓴 게 2원로님이셨습니까?"

"내 직접 할 리가 있겠나. 잘못 걸리면 나만 덤터기를 쓰는걸. 영주가 몸소 나서 줬다네. 쓸데없이 대신관이 들이닥치는 바람에 죽일 수는 없었지만."

"허허, 그렇다면 가능성이 보이는군요."

"더군다나 말이야, 대신관이 왈릿의 수석 신관을 찾아가 단체 기도를 잡아 달라고 말했다더군. 세시오가 전 영지민에게 축복을 내리고 싶다 말했던데."

"전 영지민이라니, 미친 게 틀림없군요."

"그토록 무모할 수가."

"뭘 할지는 몰라도, 마치고 나면 몸 상태가 최악이겠지."

병든 닭의 모가지를 비트는 건 쉬운 일이 아닌가.

자신만만하게 내뱉은 말에, 다른 원로들의 얼굴에도 같은 웃음이 떠올랐다. 그들 역시도, 이오마테르의 장기 집권을 달가워하지 않았으니까.

알버트 데이브릭은 유능한 인사를 싫어했다. 그가 무능한 인재로 갈아치운 건 비단 성의 가신들뿐만은 아니었다.

아나타 닉스를 배웅하고 방으로 들어가자, 세시오는 창밖을 보고 있었다. 제가 환자라는 자각도 없군. 아니, 해독은 끝났을 테니 환자도 아닌가.

"멀쩡히 선 거 보면, 몸이 괜찮은가 봐."

"덕분에."

어깨를 으쓱이며 말하고, 그는 내게 다가왔다. 자연스럽게 내 손을 가져가 상처가 있던 부분을 쓸 듯이 만저 보았다. 아까와 달리 그의 손은 따뜻했다.

"다 나았군."

세시오는 만족스럽게 웃고는 손을 놓아 주었다. 그럼에도 그 감촉이 남아 있는 것 같아, 나는 몇 번 더 손끝을 움찔거렸다.

지금 뭘 하는 건지. 나는 길게 한숨을 내쉬었다.

"그래서, 그 무모하고 무용한 일을 기어이 하겠다는 거지?"

"쓰러지기 전보다는, 태도가 많이 누그러진 것 같은데."

"대답이나 해."

"그래, 물릴 생각은 없어."

"의무적으로 해야 한다는 그 선행 때문에?"

"아니. 돕고 싶다고 하지 않았나."

넬리사의 이야기인가, 싶었으나 바로 다음 순간.

"그대가 말이야."

"잠깐. 나 때문이라고?"

162

나는 잠시 말을 잃었다. 세시오에게 성자가 되라고 제의할 때 그런 말을 하긴 했다. 어렵게 살던 내 과거가 생각나서, 조금이지만 이입이 돼서. 당연하게도, 영지민들을 다 고치길 바라고 한 말은 아니었다. 그게 가능하다고 생각한 것도 아니었고. 그러나 그 얼토당토않은 이유가 당황스럽기보다는, 다른 의미로 마음이 흔들렸다.

아. 얼굴이 일그러졌다.

"당신, 나 좋아해?"

"……뭐?"

몇 번 얼굴을 쓸고 나는 대답을 듣기도 전에, 고개를 가로저었다. 어차피 뻔했으니까.

"아니, 아니겠지. 또 거래가 유리하니, 선행이 필요하니 나는 이해하기 힘든, 그런 이유겠지."

나한테 감정이 있어서 내 말을 신경 써 주는 건 아니겠지. 그래, 세시오가 남들한테 친절한 게 처음도 아니니까. 하물며 브루넬 멀든도 살려 줄 정도니.

홀리지 않게 조심하자고 진작부터 생각했으면서, 감정은 멋대로 흘러가고 마음은 세시오의 행동을 자의적으로 해석하고 싶어 한다. 머리가 지끈거려, 나는 이마를 짓눌렀다. 사람의 호의란 게 독이 될 수도 있구나. 세시오가 말한 게 어떤 건지 좀 알 것 같았다.

나는 고개를 들어 세시오를 바라보았다. 그는 당황한 얼굴로, 눈을 깜박이고 있었다.

"내가 말이야, 생각보다 더 당신을 좋아하나 봐."

그의 숨이 한순간 멈추었다.

"방금 말이야, 많이 놀랐거든. 당신이 독에 쓰러진 걸 보고…… 그럴 리 없겠지만, 죽는 게 아닐까 해서 무서웠어."

163

"……."

"대신관에게 단체 기도를 잡아 달라고 부탁했어. 영지민들을 다 고치려면 일단 나와야 할 테니까."

"아……."

"영지민들을 다 고치고 싶은 이유가 뭐가 됐든 무대는 마련했어. 그러니, 그 위에 오르고 싶다면 약속해."

"뭘 말인가."

"죽지 않겠다고."

내 말에 세시오의 눈이 흔들렸다.

"이번만이 아니라 앞으로도, 적어도 나와 약혼한 동안에는, 내 눈에 당신 시체를 보이지 마."

나는 그의 두 눈을 똑바로 바라보며 말했다.

"그게 내 조건이야."

"……조건이 아니라 명령 같은데."

"당신이 늘 내뱉던 그 지긋지긋한 핑곗거리, 별로 좋아하지는 않지만, 이번만큼은 써 볼까."

세시오가 열어 놓은 창문 밖에서 찬 바람이 불어 왔다. 몸도 성치 않을 텐데, 잘도 이런 걸 맞고 있다. 시야를 가리키는 머리칼이 방해돼, 나는 신경질적으로 머리를 넘기며 말했다.

"불리한 처지 주제에 토 달지 마."

약속이든 조건이든. 명령이든 협박이든. 세시오가 어떻게 받아들이더라도, 양보할 수 없었다. 적어도 그의 죽음을 받아들일 수 없을 만큼은, 마음이 커져 버린 상태니까.

죽지 말라는 말이 뭐 그리 엄청난 요구라고, 세시오는 곤란한 얼굴이었다.

애써 웃었으나, 입가에 그려진 호선도 빠르게 흐려졌다.

"내게 너무 잔인한 약속이야."

그건 간접적인 시인이었다. 세시오에게, 그 자신의 목숨이 별로 귀중하지 않다는 인정. 만티코어 앞에서, 내 아버지 앞에서 죽음을 겸허히 받아들이는 듯 보였던 그 태도가 진실이라는 수긍.

지금껏 예상해 온 바와 다르지 않았기에, 놀랍지도 않았다. 그렇기에 나는 같은 표정으로, 같은 눈빛으로 그를 바라보며 답을 채근할 수 있었다.

"그렇지만……."

무언의 재촉에, 세시오의 입이 느리게 벌어졌다.

"그래, 그대가 바란다면 기꺼이."

그제야, 조금이나마 만족할 수 있었다.

나는 아까부터 신경 쓰였던, 창문을 소리 나게 닫고 몸을 물렸다.

"쉬어."

문이 닫히는 소리가, 유독 크게 들렸다.

세시오와 이야기를 마치고, 내가 향한 곳은 지하 감옥이었다. 한 손에는 램프를 들고, 다른 손으로는 에콰이어에게 받은 열쇠를 만지작거리며 나는 아래로 내려갔다. 백작을 설득하는 일은 그녀에게 맡겼고, 거의 다 넘어왔다는 말도 들었지만. 이제는 마냥 믿고 기다려 줄 수 없는 상황이었다.

손안의 불빛만이 유일한 길잡이가 되는 어둠 속, 돌계단을 내딛는 소리가 규칙적으로 울려 퍼졌다. 내려갈수록, 습하고 음산한 공기가 살갗에 달라붙는다. 정말로 죄인들을 위한 공간이었다.

얼마나 계단을 밟았을까, 마침내 철창 사이로 백작의 모습이 보였다. 그 또한 나를 발견했는지, 낯빛이 좋지 않았다. 나는 그에게 다가갔다.

"오래간만이야, 백작. 그간 잘 지냈나?"

"······여기까지는 어쩐 일이냐."

"오, 이제는 반말도 서슴없이 하네."

"흥. 일이 이렇게 된 마당에 내 나이의 반도 안 찬 계집애에게 존댓말을 써 줄 성싶으냐."

백작이 독에 받친 소리로 말했다. 몸을 달달 떨면서 이야기해 봐야, 별로 무섭게 들리진 않았지만. 나는 그의 모습을 쓱 훑었다. 눈빛은 다소 퀭했으나, 불룩 나온 배는 여전하다. 며칠간 감옥에 처박혀 있었는데, 조금도 야위지 않은 게 말이 되냐고.

나는 웃으며 철창을 움켜쥐고 옆으로 쭉 잡아당겼다. 죄인을 가둔 철창이 힘없이 휘어지며, 내가 들어갈 수 있도록 비켜 주었다.

"으허억!"

백작이 소스라치게 놀라며 벽에 찰싹 달라붙었으나, 나는 개의치 않고 안으로 들어갔다.

"이야기 좀 하려고 왔어. 확인해 볼 것도 있고."

사내는 주춤주춤 물러나며, 어느 벽면을 등지고 주저앉았다.

"희한하기도 하지. 문이 열렸는데 도망갈 생각은커녕, 오히려 벽에 달라붙다니 말이야. 그새 쥐가 됐나."

"가, 가까이 오지 마!"

"거기 숨겨 둔 거라도 있나 봐. 이를테면······."

"허억!"

나는 웅크린 백작의 멱살을 잡고, 옆으로 집어 던졌다. 그러고는 그가 지키던 자리에 램프를 비춰 보았다. 희미했으나 명백히, 벽에 실선 같은 것이 보였다. 역시.

"……비상 탈출구 같은 거?"

램프를 위아래로 움직이자 유독 손때가 많이 묻은 자리가 보였다. 지그시 누르자, 실선이 새겨진 벽면이 드르륵 열리고 눈앞으로 계단이 드러났다. 위로 향하는 계단은, 바깥으로 이어졌을 것이 뻔했다.

그걸 보고야, 나는 다시 백작에게로 고개를 돌렸다. 사내의 낯빛이 잿빛으로 창백했다. 집어 던져질 때 허리를 잘못 부딪쳤는지, 그는 허리를 부여잡고 도망칠 생각도 못 하고 있었다.

"어떻게 외부인이 그런 걸 찾아냈는지는 몰라도 나, 난 그런 게 있는지도 몰랐다!"

"개소리하지 마. 그럼 에콰이어가 와서 감옥 문을 열어 줬단 소리야?"

"뭐?"

"아까 독을 던지고 도망친 거 당신이잖아."

썩어도 고위 귀족이라고 마나를 익히고 있는데, 그 기척을 못 알아볼 리 없지. 찰나에 불과했으나 나는 확신하고 있었다. 과연 백작의 몸은 솔직해서 그의 어깨가 움칠 튀어 올랐다.

"독이라니, 말도 안 되는 소리! 너 같은 괴물을 어찌 독 따위로 엄습한다는 말이야!"

"내가 아니라 세시오를 노렸잖아. 그가 죽으면, 내가 왈릿에 참견할 자격은 사라지니까."

"그, 그런……."

"죽이려고 온 거 아니니까 긴장 풀어. 그냥 몇 가지만 물어볼 테니 대답해 주면 돼."

나는 바닥에 널브러진 이에게 다가가, 허리를 구부리고 귀에 감각을 집중했다.

"하나. 그 독은 후작이 보내준 건가? 세시오를 죽이라고?"

"……."

"둘. 아무것도 계산하지 않고 무작정 던지고 도망친 걸 보면, 후작이 세세한 계획을 정해 주지는 않았나 봐?"

백작은 실수로라도 답하지 않겠다는 듯 이를 악물었으나, 별로 상관없었다.

"칼이 날아올 때까지 내가 당신의 기척을 못 느낀 거 보면, 은신 계열 마법을 썼나? 아티팩트?"

"……."

"성내에 당신의 조력자가 남았다는 이야기네. 혹시 에콰이이는 아니지? 아, 아니구나."

에콰이어가 내통자였다면, 일이 상상 이상으로 복잡해질 테니 다행이었다.

"마지막으로 궁금한 건 그거야. 왜 후작은 이 지경이 될 때까지 왈릿에 내려오지 않는 걸까."

"……."

"혹시 말이야. 정말로 체면 때문인가? 나를 칠 만한 명분이 없어서 타이밍을 잰다거나. 아, 정말 그거였어?"

"나, 나는 하나도 대답하지 않았는데, 혼자 무슨 소릴 하는 게냐!"

"뭐, 당신 입은 대답하지 않았지. 그런데 당신 심장 소린 참 솔직하던데."

내가 물어본 게 맞으면 크게 뛰고, 내가 물어본 게 틀리면 변화가 없다. 이렇게까지 솔직하다니, 세작질에는 재능이 없는 사람이다. 길거리를 돌아다니는 사람 아무나 붙들어도, 이렇게 반응이 크진 않을 텐데.

필요한 걸 다 들었기에, 나는 구부린 허리를 펴고 검을 빼 들었다. 백작의 눈이 크게 흔들렸다.

"답은 잘 들었고, 당신 목숨값으로 부탁 하나만 해도 될까? 이번엔 심장 말고 입으로 대답해."

"하지 않으면, 내 목숨을 빼앗겠다고?"

"하면 살려 준단 말이잖아. 어때, 관대하지."

나는 검날을 백작의 턱에 겨누었다. 덜덜 떨리는 몸 때문에, 그의 얼굴은 검에 조금 가까워졌다 멀어지기를 반복했다.

"후작한테 서신을 써. 세시오 암살에 실패했고, 당장 왈릿으로 내려오지 않으면 리한이 왈릿을 삼켜 버릴 것 같다고."

이제는 '빨리 끝내고 싶다'가 아니다. 세시오 데이브릭은 가능한 한 일찍 후작이 돼야 한다. 내가 그의 죽음을 걱정하는 단계에서 더 넘어가기 전에. 리한에 대한 책임감을 저버리기 전에.

그러기 위해선, 데이브릭의 주인이 왈릿에 와야 했다. 그가 없어도 기사단을 굴복시킬 자신이 있었지만, 속도에는 분명한 차이가 있을 테니까.

답을 들을 때까지 검날을 치우지 않자, 백작은 그러겠노라 답할 수밖에 없었다.

백작에게 사람을 붙이고 지하 계단에서 올라오자, 누군가 나를 기다리고 있었다. 내게 열쇠를 건네준 에콰이어 데이브릭이었다.

"백작의 일이라면—."

"아, 아니요. 그건 천천히 말씀해 주셔도 됩니다. 소공작님께 손님이 오셨습니다."

"이 시간에 저한테요?"

밤이 깊은 시간, 백작을 협박하고 나오자마자 손님이라. 마침 성에 백작을 도운 조력자가 있을 거라 확신한 상황이다. 그저 공교로운 우연일까.

"누굽니까."

"그게⋯⋯."

에콰이어가 막 입을 떼려는 차, 발걸음 소리가 났다.

흉흉한 호랑이 같은 노인이었다. 나이는 60대가량으로 보였으나 온몸에 힘이 가득 들어가 있다. 표정이며 분위기며, 참으로 넬리사를 떠올리게 하는 사람이었다.

"이오마테르 데이브릭이라고 하네, 잠깐 시간 좀 내주게."

날 찾아온 이는 대원로였다.

"테릴 리한입니다."

응접실로 자리를 옮기고, 나는 예의상 인사를 건넸다. 어쩐지 주인과 객이 바뀐 것 같다는 기분이 들었지만, 노인은 신경 쓰지 않았다.

느긋하게 차를 한 번 기울였다가, 그가 입을 뗐다.

"세시오 공자의 몸은 좀 어떤가."

"염려해 주신 덕분에, 괜찮습니다."

정말로 염려했을 리는 없지만. 과연, 단순한 인사치레에 불과했던지 대원로는 곧바로 찾아온 목적을 꺼냈다.

"간단히 말하지. 이 이상 왈릿에서 활개 치고 돌아다니지 않는 게 좋을 걸세."

"대원로께서도 백작처럼, 저를 죽이기라도 하겠단 말로 들리는군요."

"그 멍청한 영주 놈처럼 허술하진 않겠지만."

이오마테르의 말에 나는 손끝을 움찔했다. 허술하다⋯⋯ 란, 데이브릭 검의 흔적을 남긴 걸 이야기하는 거겠지. 그렇단 말은 날 엄습한 이들이 가주 직속의 암살단인 걸 모른단 말인가? 어째서 모르는 걸까. 가주와 긴밀히 연결되어 있지 않아서? 하기야 유능한 이가 싫어, 동생 중 무능한 에릭손을 영주로 세웠다고 할 정도니 후작이 대원로를 아낄 리 없었다. 그럼, 백작을 도운 이도 대원로는 아니겠군.

한결 마음이 가벼워졌다. 후작과 관계가 깊지 않다면 넬리사의 일만으로 대원로를 설득할 수 있을 테니까.

"유감이지만, 충고를 따르긴 어려울 듯합니다."

"어린 나이에, 망아지처럼 날뛰는 것도 정도가―."

"그쪽 따님의 부탁을 들어줘야 하거든요."

"뭐……?"

노인의 얼굴에 떠오른 당혹감을 즐기며 나도 차 한 모금을 머금었다. 밤중이라 차보다는 술을 마시고 싶었지만, 나쁘진 않았다.

"모든 영지민을 치료하기 전까지는, 제 병을 고치지 않겠다더군요. 이쪽은 귀찮아졌죠."

"넬이……. 허, 그 말도 안 되는 조건을 무슨 수로 감당한다는 말인가."

제 딸의 가치관을 모르던 건 아닌지, 이오마테르가 착잡한 한숨을 내쉬었다.

"제가 벌인 일도 아닌데 죄책감을 느껴서는."

"아신다니 이야기가 빠르겠네요. 그것 때문에라도 좀 더 망아지처럼 날뛰어야겠습니다."

"허허. 그런 게 가능하다고 생각하나?"

그는 찻잔을 들어 올리려다가 말고, 내 눈을 노려봤다. 두 눈에는 한층 흉흉한 기세가 감돌았다. 검을 제대로 배웠는지, 어지간한 부단장급은 되었으나 그저 그 정도였다.

"이런 늙은이라도 듣는 귀가 있어. 세시오가 왈릿의 신전에서 모든 영지민에게 축복을 내릴 거라 계획하는 건 들었지."

"알면서 물으십니까."

"축복이네. 그 많은 인간에게 축복을 내리는 것도 불가능하지만, 성공한다 쳐도 끽해야 감기나 낫게 하는 힘이란 말이야."

"될지 안 될지는 저희가 알아서 합니다. 정 믿기 힘드시면, 내기라도 하시겠습니까?"

"내게 그런 저속한 방식을 들이미는가."

"어차피 넬리사를 치료한 후에도, 대원로님과 협상을 해야겠지요. 좀 성가셔서요."

가능하다면, 대원로가 직접 찾아온 김에 시간을 절약하고 싶었다. 최대한 빨리 일을 끝내고 싶다는 동기가 한층 강해졌으니까.

"저희가 넬리사 데이브릭을 고쳐 낸다면, 세시오의 편에 서 주십시오."

"지지 선언을 말함인가."

"원로회의 수장께서 어찌 딸의 목숨값을 그리 저렴하게 흥정하십니까."

"원하는 바가 있다면 분명히 하게."

"후계 다툼에 간섭할 권한이 있으시잖습니까."

"제몬을 후계 자리에서 폐해 달라?"

"더해서 세시오를 소후작에 앉히는 것까지."

세시오가 소후작이 되고 나면, 그 이후는 간단했다. 후작이 작위를 내려놓게 하는 방법은 못 해도 수백 가지는 있으니까.

대원로는 기가 막힌 듯 코웃음을 치다가 나를 한참은 노려봤다. 눈싸움이라고 한들, 내가 질 리는 없다. 나는 조금도 시선을 피하지 않고 그의 눈을 마주 봤고, 이오마테르가 어쭙잖게 기세를 싣기에 더한 힘으로 눌러 줬다. 그러자 노인이 갑자기 웃음을 터뜨렸다. 세시오 관가.

"북부에서 와 그런가, 아주 직설적이고 건방진 애송이로구나."

"제가 그런 편이긴 한데, 따님만은 못합니다."

"좋다, 내 이름을 걸고 약속해 주지."

그의 호쾌한 말에, 비로소 내 입가에도 웃음이 맺혔다.

"하나 그 호언을 지키지 못한다면, 자네도 각오해야 할 거야."

왈릿의 전 기사단이 내게 달려든다고 하더라도 각오할 일은 못 되지만, 기분을 맞춰 주기 위해 나는 그러겠노라 대답했다.

대신관이 지시한 일이라 그럴까. 왈릿의 신전에서는 빠르게 기도일을 잡아 주었다.

에콰이어는 우리가 무슨 일을 계획하는지는 정확히 몰랐지만, 후작성의 사병들을 동원하여 사람들을 모아 줬다. 그 덕에 몇 시간이 지난 뒤, 신전 앞에는 까마득하게 많은 사람이 모이게 됐다. 물론 오지 않은 이들도 있겠지만, 이 정도면 넬리사 데이브릭도 납득할 것이다.

신전에서 축복을 내려 준다고 말했기에, 대부분은 얼굴빛이 밝았다. 생계가 급박한 이들을 위해 형식적인 절차는 되도록 생략하고, 왈릿의 수석 신관이 기도문을 읊기 시작했다. 원래 규정대로라면, 몇 시간은 진행할 절차였지만 본 목적이 기도가 아니었기에 20분 만에 그쳤다.

수석 신관은 기도를 마무리한 뒤 물러나고 세시오가 단상에 올랐다. 교황급의 신성력으로도 불가능한 일을 저지를 예정이라, 오늘은 언령이 필요했다. 입이 움직이는 걸 보이지 않기 위해, 그는 눈 밑으로 베일을 쓰고 있었다. 뒤쪽에서 기다리던 나도, 세시오의 옆으로 모습을 드러냈다.

"저 사람은……."

"잠시만, 빈민가의 그분 아니야?"

"엄마, 천사님이에요!"

인파의 어딘가에서 웅성거림이 시작됐다. 얼굴을 가렸다고 한들, 그뿐이다. 백금빛 머리칼, 훌쩍 큰 키, 그리고 저 체격. 멀리 있으니 눈동자 색은 보이지 않더라도, 드러난 요소 하나하나가 흔치 않았다. 더군다나.

"아, 그 멋진 언니도 있어요!"

"천사의 호위기사다!"

세시오의 옆에는, 얼굴을 하나도 가리지 않은 나도 있었다. 어째서 내가 세시오의 호위기사 취급을 받는지는 모르겠지만, 마왕 취급을 받는 것보다는 나았다. 정말 눈썰미가 나쁘지 않은 한은, 눈치챌 수밖에 없는 상황이지. 설사 몰랐더라도 옆 사람이 가르쳐 줄 것이다. 나는 정답이라는 듯 내중을 향해 웃으며 손을 흔들었다.

그리고 사람들이 우리의 정체를 확신한 순간, 수석 신관이 입을 열었다.

"끝으로 데이브릭 후작님의 장자, 세시오 님께서 여러분께 축복을 내리고자 합니다. 모두 눈을 감아 주십시오."

그 말과 함께 그는 눈을 감았으나, 다른 이들은 아무도 눈을 감지 않았다. 외려 동요는 극심해지고 쑥덕이는 소리가 시끄러울 만치 커졌다.

누구라고? 세시오? 소후작님의 이름은 제몬이 아니었나? 식량을 나누어 주신 분이잖아. 우리를 치료해 준 분도 그 공자님이시라고?

세시오, 세시오, 세시오. 우리가 오기 전에는, 아마도 왈릿에서 거의 언급된 적 없을 이름이 몇 번이나 그들의 입에 거론되었다. 모르긴 몰라도, 제몬보다는 많이 불렸을 것이다.

그 소란에 파묻혀, 세시오는 영지민들을 눈에 담고 중얼거렸다. 바로 옆에 있는 내게만 어렴풋이 들릴 만큼 작은 소리로.

"왈릿의 모든 영지민이 고통에서 해방되기를."

하늘이 열리고 신전 앞으로 새하얀 빛이 쏟아졌다. 원기둥 모양으로 내려온 빛무리는 아픈 이들과 그렇지 않은 이들을 모조리 삼켰다.

시야가 불분명해지고, 눈앞이 점멸한다. 발밑이 붕 떠오르는 듯 감각이 혼란스러웠으나 마음은 이상하리만치 평온했다. 그 웅장한 광경 속에 소리는 없었다. 그래서 다른 감각들이 더 선명히 느껴졌다.

그가 언령을 다루는 걸 본 것이 몇 번이던가. 그러나 그중 어떤 것과도 비교할 수 없었다. 정말로, 기적이라고밖에 할 수 없는 광경이었다. 나는 언령이 신의 힘이라 말한, 세시오의 말을 이 순간 온몸으로 이해했다.

"하……."

하늘에서 내려온 빛은, 장내에 자리한 모든 이들을 보듬고 땅 밑으로 가라앉았다. 모든 이들의 고통을 가지고서.

"와아아!"

기적을 목도한 사람들은, 너 나 할 것 없이 소리를 지르기 시작했다. 환호성은 강렬한 기쁨과 흥분으로 가득했다. 눈을 감았던 수석 신관은 어느새 눈을 뜨고, 경외 어린 눈으로 세시오를 바라보고 있었다.

"……신이시여."

신관이 아닌 나조차 종전의 감각이 황홀한데, 그의 기분이 어떨지는 짐작할 수 있었다. 나는 참았던 숨을 느리게 내쉬고, 세시오에게 고개를 돌렸다.

일순간, 눈이 마주쳤다. 황금빛. 어느 때보다도 찬란하게 빛나는 신의 색. 스르륵, 베일이 풀려 땅으로 떨어졌다.

드러난 그의 얼굴은 별로 기뻐 보이지는 않았다. 인간의 고통을 가지고 땅 밑으로 스며든 빛처럼, 가라앉고 가라앉은 얼굴.

당신은 무슨 생각을 하고 있을까. 찰나의 황홀함은 흩어지고, 나는 그에게 원인 모를 연민마저 느꼈다.

"수고했어."

말하며 손을 뻗자 세시오의 입매가 힘없이 휘어졌다. 그의 몸이 내게로 기울어진 걸 바치자, 묵직한 무게감이 전해졌다. 어깨에 닿은 그의 얼굴은 불덩이처럼 뜨거웠다. 세시오를 부축하며, 나는 그의 귓가에 속삭였다.

"걸을 수 있겠어?"

그는 힘없이 고개를 끄덕였다.

우리는 신전 안으로 향했다. 뒤쪽에서 들리는 환호성이, 꼭 다른 세계의 일처럼 느껴졌다.

사람들의 눈이 있는 동안은 참았던 걸까, 안으로 들어서자마자 세시오는 피를 토했다. 한두 번도 아니다. 속에 있는 걸 다 쏟아 낼 것처럼 여러 차례에 걸쳐서 고통을 게웠다. 이미 예상한 반응이라, 나는 말없이 그의 손을 붙잡고 세시오를 지탱해 주었다. 고통이 심한지, 맞잡은 손등에서 핏줄이 꿈틀거린다.

그 모습을 내려다보며, 나는 잠깐 생각했다. 이런 고통을 감내하면서까지 했어야 할 일일까. 하나 세시오는 죽지 않았고, 내가 내건 조건은 그것뿐이기에, 더는 아무것도 간섭할 수 없었다.

다른 신전들이 그러하듯, 왈릿의 신전에도 환자들을 위해 비치된 공간이 있었다. 나는 거기까지, 세시오를 부축해 들어가 그를 침대에 눕혔다.

"누워 있어."

정말로 한계였는지 그는 금세 잠이 들었다.

그가 신전 안으로 들어온 뒤에도, 바깥에서는 오랫동안 환호성이 쏟아졌다.

한참이 지나서야 사그라들었고, 그 후로도 한동안은 귀가 먹먹했다.

뒤늦게, 수석 신관이 사람들을 돌려보내고 우리를 따라 들어왔으나, 그가 할 수 있는 일은 없었다. 세시오가 기댈 건 자가 치유뿐이었으니까. 다만 세시오의 옷은 피투성이가 된 터라, 다른 신관 복으로 갈아입히는 정도는 도와주었다.

사람이 많으면 불편할 것 같아, 나는 그리넬 경에게 간단한 보고만 받고 다른 이들을 내보냈다. 그러고는 한동안 그의 얼굴을 지켜봤다.

파리한 낯. 차가운 피부. 미미하게 드나드는 숨결. 자세히 들여다보지 않으면, 죽은 사람이라고 해도 믿을 것이다. 무심코 든 불안감에 손등을 세시오의 뺨에 대보았다. 차가웠으나, 희미하게나마 온기는 있다. 그것에 안도한 스스로가 우스워, 나는 실소하고 말았다.

"아, 역시."

그에게서 손을 떼어 내고 나는 양손으로 얼굴을 쓸었다.

"이번만이 아니라 앞으로도, 적어도 나와 약혼한 동안에는, 내 눈에 당신 시체를 보이지 마."

"내게 너무 잔인한 약속이야."

독에 당했던 엄습은 어쩔 수 없다고 쳐도 지금은 다르다. 세시오는, 지금 이꼴이 되어 있지 않을 수 있었다. 정말로 내가 했던 말 때문인지, 넬리사를 설득하기 위해서인지는 몰라도 그는 얼굴도 모르는 사람들의 안위보다는 제 몸을 더 생각할 수 있었다. 그러지 않은 건, 세시오의 선택이었다.

"난 감당이 안 될 것 같아."

나는 제 생명을 귀하게 여기지 않는 이를 사랑하기는 힘들었다. 하기야 이런 말도 우습지. 세시오 데이브릭은 내가 무슨 생각인지, 무슨 마음인지 짐작도 못 할 텐데 혼자서 어디까지 가는 건지.

자조적으로 웃다가, 문득 내 손등에 묻은 피가 눈에 들어왔다. 그가 흘린 핏자국이었다. 손수건으로 그걸 닦아 내려다가 말고, 나는 그냥 자리에서 일어났다.

뒤를 돌자, 흰옷을 입은 소동이 보였다. 신전에서 기르는 아이인가. 아이는 쭈뼛거리며 나를 힐끔거리다가 눈이 마주치자 어깨를 움찔했다.

"무슨 일이지."

"아."

"리한 소공작님이시죠? 누군가 소공작님을 찾으셔요."

"누가?"

"성함은 듣지 못했는데, 키가 이렇게 큰 할아버님이셨어요. 호랑이처럼 무서운."

이오마테르 대원로? 아이의 설명을 듣자마자 떠오르는 이름은 그랬지만…….

"어디로 오라든."

"아, 제가 안내할게요!"

나는 잠든 이를 흘끔 봤다가, 종종거리는 아이를 뒤따랐다.

흐리고 뭉개진 형상은, 갖은 애를 써야 사람인 걸 분간할 정도였다. 그러나 아이는 무리 없이 그녀를 알아봤다. 여인은 흐느적거리며 걸어와 아이의 앞에 무릎을 꿇었다.

"미안, 미안하구나. 세시오. 내가 어떻게 네게―!"

오열? 절규? 비슷한 분위기의 말은 뭘 갖다 붙이든 좋았다.

"나를 용서하지 말렴. 전부 내 잘못이란다. 아아, 이럴 바에는 차라리―."
"말하지 마세요!"

아이는 다급히 그녀의 말을 가로막았다. 듣고 싶지 않다는 듯, 몸을 웅크리고 제 귀를 두 손으로 가렸다. 그러고도 여인의 목소리가 들릴까 봐, 끊임없이 중얼거렸다.

부정하지 마세요. 저를 버리지 마세요. 포기하지 마세요. 그럴 바에는 차라리.

"잊어 주세요."

세시오는 한밤이 다 돼서야 눈을 떴다. 오래간만에 꾼 악몽 때문에 기분이 좋지 않았으나, 몸 상태는 그 이상으로 최악이었다. 몸을 걸레처럼 비틀어 짜낸 듯, 힘이 하나도 없었다. 내부를 가득 채운 열기는 살갗을 기는 벌레 같았고, 꿈에서 깼음에도 머리가 어지러워 현실감이 없었다. 개중 가장 최악은, 몸 안이 뜨거운 것과 반대로 피부 바깥쪽은 얼음을 붙여 놓은 것처럼 차갑다는 것이었다.

있는 대로 인상을 찡그리며, 세시오는 저도 모르게 옆을 쳐다봤으나. 당연하게도 테릴은 없었다. 그리고 그 대신이라고 하기엔 비교할 수도 없지만.

"숨을 끊어 봐라!"

두 명의 암살자는 있었다. 칼날은 빠르게 가까워졌다. 세시오는 그걸 올려다보다가, 천장의 등이 눈을 아프게 해서 인상을 찡그렸다. 다가오는 검을 막을 힘도 없고, 솔직히는 막고 싶은 마음도 없었다. 그러나.

"그러니, 그 위에 오르고 싶다면 약속해."
"죽지 않겠다고."

뇌리에 선명히 남은 그 말 때문에, 세시오는 몸을 일으켰다. 스스로의 안위를 위해 움직여 본 게 얼마 만이던가. 눈앞이 핑 돌고 팔이 후들거린다. 움직이지 않아도 죽지 않을 거란 장담이 있었으나, 그는 구태여 손을 뻗고 검을 찌르는 이의 팔을 꺾어 눌렀다. 동시에, 세시오는 흰 시트 위로 피를 토했다.

구부린 등허리를 보고 두 번째 암살자가 목을 노린다. 도저히 움직일 수 있는 상황이 아니었으나, 그는 어떻게든 몸을 비틀어 피했다. 목 바로 아래부터 옆구리까지 옷이 길게 찢겨 나가고, 피부에도 얇은 자상이 났다.

뼈도 근육도 없이 몸속이 액체로 가득 찬 것처럼, 그는 온몸에서 울렁거림을 느꼈다. 세시오는 암살자를 보며, 습관적으로 입을 열었으나 아무 소리도 나지 않았다.

'이 꼴이 됐으니 가능할 리가 없지.'

하는 수 없이 그는 날아오는 칼날을 향해 손을 뻗었다. 목이 찔리느니 그편이 나았다. 그러나 다행스럽게도, 두 번째 자객의 상대는 다른 사람이었다. 천장에서 튀어나온 이의 검이 복면을 쓴 이의 가슴팍을 찔러 들었다.

붉은색 말총머리, 날카로운 눈매의 기사. 안도라 그리넬. 복면을 쓴 이들의 숨이 모두 끊겼다.

그 모습을 보며, 세시오가 얕게 한숨을 내쉬었다.

'살았군, 어떻게든.'

그는 억지로 움직이던 걸 멈추고, 눈을 감았다. 이 울렁거림을 어떻게든 진정시키고 싶었다. 잠깐의 시간이 지나고, 조금은 괜찮아졌을 때 그리넬이 말을 걸었다.

"괜찮으십니까, 공자."

그녀의 목소리에는 숨이 흐트러진 기색조차 없었다. 대답하기 위해, 세시오는 무의식중에 수첩을 찾으려다 한숨을 내쉬었다. 근처에 수첩이 있을 리도 없고, 글씨를 쓸 기력도 없었다. 아무리 테릴의 수하라고 한들, 성의껏 상대해 줄 상황이 아니다.

그는 대충 고개만 끄덕이고 말았다. 그 모습에 귀찮음이 묻어날 텐데, 기사는 꿋꿋이도 묻는다.

"그런 상태로도, 무술에 익숙하시더군요."

그야, 정말로 테릴이 상상한 것처럼 언령으로 만든 근육은 아니니까. 아무것도 하지 않아도 죽지 않는다는 걸 알아차리기 전까지는, 세시오도 죽음을 두려워했다. 언령이 아무리 신의 힘이라 한들, 말을 할 여유가 없으면 의미 없다. 그래서 그는 꽤 열심히 몸을 단련했다. 어렵진 않았다. 후작저의 누구도, 방에 틀어박힌 세시오를 찾지 않았으니 바깥에 나가 몸을 단련하다가 돌아오면 그뿐이었다. 의미 없는 노력이었지만.

"신관을 불러오겠습니다."

그는 좀 신경질적으로 고개를 저었다. 신관이 온다고 그의 몸이 좋아지지도 않을뿐더러, 지금 보고 싶은 건 다른 사람이었다.

신관이 아닌, 저 기사도 아닌. 언령이 별것 아니라고 말해 준. 제 죽음이 무섭다고 죽지 말라고 요구해 온. 제 기적을 보고도 저를 경외하지 않은 그의 약혼자가. 잔인하리만치 달콤한 테릴 리한이.

"소공작님을 좋아하십니까?"

예상치 못한 물음에 세시오의 눈이 커졌다. 그러나 곧.

"아니면, 이용하기 위해 호의를 사려는 겁니까."

감정 조절에 미숙하지는 않은데도, 몸 상태가 이래서일까. 한껏 가라앉은 눈으로 세시오는 기사를 노려봤다. 새까맣게 들끓는 감정이 스스로에게도 낯설게 느껴졌다. 테릴을 닮은 그녀의 기사는, 조금 흠칫하는가 싶다가도 마주 그를 노려봤다.

"노려보지 마십시오. 그분께서 공자의 존재를 용납하는 한 아무 일도 하지 않을 테니까요."

"……."

"하나 파혼하신 뒤에는, 조심하셔야 할 겁니다. 말도, 행동도."

그 말에 세시오는 머리를 얻어맞은 사람처럼 멍해졌다. 당연한 일인데, 늘 인지하고 있던 사실인데 이상하게도 그 사실이 낯설게 느껴졌다.

그래, 파혼은 머지않았다. 거래 내용은 간단했다. 리한 공작부인을 습격한 흉수를 찾아 주고 그 대가로 데이브릭 후작위를 받는 것. 대원로를 설득하는 건 시간문제니, 정말로 작위는 코앞에 다가와 있었다. 마음이 더 넘어가기 전에 하루라도 빨리 후작이 돼야겠다고 생각했는데. 분명 영지로 오기 전에 그런 생각을 했는데. 코앞에 닥친 끝이 기쁘지 않다. 아니, 그 정도를 넘어 세시오는 문득 의심이 들었다.

'정말로 테릴을 놓을 수 있을까.'

3년 전 놓은 줄 알았단 감정이, 여태껏 가슴팍에 달라붙어 있는 걸 아는데. 그걸 알게 된 지금도 그럴 수 있을까.

그때.

"겨우 둘 온 거야?"

언제 돌아온 건지, 테릴의 목소리가 들렸다. 그녀는 바닥에 널브러진 암살자들을 내다보고 있었다.

"아무리 아픈 사람이라지만, 성의조차 없네."

아는 체를 하지도 않고 세시오는 물끄러미 그녀를 바라봤다. 정확히는, 그럴 수밖에 없었다. 마지막이 다가옴을 인지했기에 더더욱.

시선을 알아차리고 테릴이 고개를 들었다. 그녀와 눈이 마주친 순간, 세시오는 빙긋이 웃었다. 눈치를 준 것도 아닌데 뭐가 찔렸는지 그녀가 빠르게 입을 열었다.

"웬 어린아이가 왔더라고. 누가 날 찾는다고 불러서, 따라가지 않았다가는 그 애가 곤란해질 것 같아 다녀왔어."

"……."

"그런데 한참을 돌아다녀도 아무도 안 보이더라고. 이럴 리 없다면서 애가 울려고 해서, 겨우 달래고 왔지."

"……."

"그래서 일찌감치 당신에게 그리넬 경을 붙여 뒀는데……."

변명을 잇다가, 문득 테릴이 눈가를 찡그렸다. 미묘한 얼굴을 하고 그녀가 가까이 다가왔다.

"아무튼 고생했어, 그리넬 경."

"아닙니다, 별거 아니었으니까요."

안도라 그리넬은 고개 숙여 인사하고 방을 나섰다. 그걸 보고는, 테릴이 옆의 의자에 걸터앉았다.

"아까부터 왜 입 다물고 있어."

지금 세시오는 말할 수 없으니까.

그는 답하고 싶었으나, 그럴 수 없었다. 한시적이었지만, 언령의 과도한 사용은 그에게 정말로 소리를 앗아 갔다. 하는 수 없이, 세시오는 제 입을 가리키고 손으로 가위표를 그렸다. 테릴의 눈이 경악으로 커졌다.

"말이 안 나와? 설마 당신이 말한 부작용이 _그거였어?_"

그 반응에, 문득 세시오의 가슴께가 서늘해졌다. 그는 과거, 파넬로와 있던 일을 떠올렸다.

파넬로 앵게스트는 아노비스의 가신이었다. 그는 어린 나이에 세시오의 언령을 보고 깊이 감명을 받아, 다 자란 뒤 집사로 위장해 데이브릭까지 쫓아 들어왔다. 저를 만나고 싶었다고 말하는 소년을 보며, 세시오는 그가 제 편이라 믿었다.

그러나 그건, 정말 한때의 믿음이었다. 언령의 한계를 모르던 어린 날, 세시오는 쉼 없이 기적을 휘두르다가 지금처럼 입을 나물렸다. 그때, 피넬로는.

"……정말로, 말이 안 나오십니까? 그럼, 언령도 쓸 수 없으시겠군요."

한 번도 본 적 없이, 싸늘해진 태도로 그리 말했다. 언령이 돌아올 수 있다는 희망 때문인지, 세시오의 곁을 떠나진 않았으나 그가 다시 말할 수 있게 되는 날까지 그랬다. 그랬기에 언령이 돌아온 날, 기뻐하며 오열하는 모습을 보고도 세시오의 감정이 이전과 같을 수는 없었다. 오히려 그는 약간의 역겨움을 느꼈다. 그때, 세시오 데이브릭은 제 가치란 것이, 제 인생을 일그러뜨린 언령뿐임을 깨달았다.

테릴은 파넬로와 다르다. 그녀는 언령 때문에 제 옆에 있는 게 아니다. 그렇게 되뇌려고 해도 이상하게 마음이 조급해졌다.

세시오는 삐걱거리는 손가락을 움직이며 무언가 쓰는 시늉을 했다. 그에 테릴이 머뭇거리다가도 종이와 만년필을 가져다주었다.

「잠……」

그는 서둘러 글자를 적으려 했으나, 조급한 마음 때문인지 몸에 힘이 없어서인지 한 글자조차 알아볼 수 없었다. 몇 번을 다시 써도 마찬가지라, 급기야 세시오는 만년필을 부러뜨리고 말았다. 그는 반 토막 난 펜이라도 쥐고 다시 글을 썼으나, 테릴이 그의 손을 붙잡고 만류했다.

"급하게 전할 말이라도 있어?"

걱정 어린 목소리에, 세시오는 뒤늦게 정신이 들었다. 어느새 거칠어진 숨을 진정시키며 그가 고개를 저었다.

"그런 게 아니라면 나중에 해도 되니……. 설마, 영원히 말을 못 하게 되는 건 아니지?"

세시오는 서둘러 고개를 저었다. 그녀가 안도의 한숨을 내쉬었다.

"다행이네."

다행이라고? 어떤 의미로? 언령을 쓰지 못할까 봐? 묻지 못할 질문에, 그의 가슴이 철렁했다. 그걸 알 리 없는 테릴은 태연히 말을 이었다.

"솔직히 당신 몸 상태가 멀쩡했으면, 한 대 패 줬을 거야. 어쩐지 제대로 말하지 않더라니. 이런 부작용을 숨기고 있었을 줄이야."

이어지는 말을 듣고도 여전히 본의를 가늠할 수가 없다. 세시오는 느리게 눈을 깜박였다. 확실히 알고 싶다는 마음과 모른 척 지나가고 싶다는 바람이 번갈아 지나갔다.

승리한 건 후자였다.

"그래도 나을 때까지 말 못 한다니 그건 마음에 든다. 쓸데없는 일에 무리하진 못하겠지. 좋아, 그럼 듣기만 해."

"……."

"민심이 좋아. 그리넬 경이 알아 온 바로는 당신의 호칭이 천사에서 성자로 격상됐대."

천사에서 성자가 된 걸 격상이라 말할 수 있을까, 세시오는 짧은 의문을 느꼈다.

"원래 예정대로는 이쯤에서 넬리사 데이브릭을 찾아, 몸을 치료해 줘야겠지만 그러지 않아도 되겠지."

"……."

"평신관의 신성력으로도 치료할 수 있다던가. 그 정도면 당신이 그 여자 팔에 난 자상을 고칠 때, 병도 나았을 거야."

병이 나은 줄 몰랐던 건지. 아니면, 남지도 않은 병으로 거래하려던 건지는 불분명하지만. 테릴의 말에 세시오가 느리게 고개를 끄덕였다. 모르고 있던 사실도 아니니까.

그러자 그녀는 어이가 없다는 듯 입을 벌렸다.

"알고 있었어? 아니, 알고 있었다는 건 정말 내가 한 말 때문에……."

그녀는 한결 복잡해진 얼굴로, 한숨을 내쉬었다. 이해하기 힘든 말이었으나, 지금 상태로는 되물을 수도 없었다.

새삼 세시오는 지금 제 상태가 몹시 답답하게 느껴졌다. 말을 하지 못하는 건, 아주 익숙했음에도 불구하고.

"그래, 다 끝난 마당에 뭘 더 말하겠어."

푸념처럼 내뱉더니 테릴이 곧 어깨를 으쓱였다.

"원로회도 다됐어. 내일 중으로 브루넬 멀든을 데려와서 새벽 기사단도 정리 시작하자. 받아들일 때까진 조금 시간이 걸리겠지만, 금세 끝날 거야."

테릴의 말에 마냥 고개를 끄덕이려다가 세시오는 한순간 멈칫했다.

끝. 그녀의 입으로 듣는 그 말이 다르게 들렸다.

"후작이 될 날이 코앞이네. 일단은 소후작이지만, 데이브릭 후작이 자리를 내놓게 하는 건 간단하니까."

자신만만하게 웃는 저 조그만 머리통에 무슨 생각이 담겨 있을까. 세시오는 웃었으나, 스스로가 느끼기에도 제 미소는 다소 억지스러운 구석이 있었다. 끝이란 말이 못이 되어 마음에 박힌 것처럼, 계속 껄끄러웠다. 그걸 아는지 모르는지, 테릴이 다시 한번 망치질을 했다.

"그럼 이제 작별이 머지않았네."

"……."

"있잖아, 세시오."

그녀가 물끄러미 세시오를 바라봤다. 짙은 색 속눈썹으로 그늘이 져, 은회색 눈동자는 마치 달처럼 보였다. 두 덩이의 달이 그의 시선을 끌어당겼다. 세시오는 순간적으로 들이켠 숨을 내뱉지도 못하고, 그저 테릴을 보기만 했다.

끝, 작별, 마지막. 못은 점점 깊숙이 박혀 든다.

테릴의 말이 거기서 더 나아갈 수 없을 텐데도 그는 그 입에서 떨어질 말이 두려워졌다. 그걸 알기라도 하는 것처럼, 그녀는 하려던 말을 삼키고 웃었다.

"아냐, 그냥 축하한다고."

싱거운 말 한마디를 남기고 테릴이 자리에서 일어났다. 심장이 쿵 떨어지는 기분이 들었다.

세시오는 저도 모르게 그녀의 팔목을 쥐었다. 몸 상태가 엉망이라 티가 나지는 않았으나, 지금 낼 수 있는 힘을 전부 쥐어짠 것이었다. 그럼에도 한참은 부족한 힘이었다.

그녀가 의아한 얼굴로 눈을 깜박였다. 그러면서도 그의 손을 떼어 내지는 않고, 외려 허리를 숙여 그를 들여다봐 주었다. 그 다정함에, 세시오는 일순간 목이 멨다.

"왜?"

“…….”

“몸이 아파서? 어리광쟁이가 따로 없네.”

테릴이 그를 놀리는 투로 말했으나, 세시오는 반박하지 못했다. 공기가 가득 찬 것처럼 목 안이 꽉 눌려서, 자칫 입을 벌렸다가는 무언가 터져 버릴 듯했다.

테릴은 도로 자리에 앉으려 했다. 그러나 그때, 누군가 안으로 들어왔다. 수석 신관이었다.

“저, 리한 소공작님 계십니까? 아, 세시오 공자님께서도 깨어나셨군요! 참으로 다행입니다.”

그는 퍽 조심스러운 투로 말하다가 세시오가 깬 걸 확인하고는, 급격히 목소리의 톤을 높였다. 세시오는 조금 불쾌해졌으나 내색하지는 않았다.

“아, 수석 신관님. 무슨 일이십니까?”

“데이브릭의 원로님이 찾아오셨습니다.”

“두 번 쓰기엔 진부한 방식인데.”

“예?”

“진짜로 원로분이었습니까?”

“예. 아, 분명합니다. 이오마테르 님의 얼굴은 저도 아니까요. 약속을 지키러 왔다고 전해 달라시더군요.”

그 말에 짐작 가는 것이 있는지, 테릴의 눈이 빛났다. 그녀는 고개를 끄덕이고 자리에서 일어났다. 그대로 방을 나서려는 듯해서, 세시오는 무심코 테릴의 팔을 다시 붙들었다.

“세시오?”

조금 당혹스러운 얼굴로 그를 내려보다가, 하는 수 없다는 듯 그녀가 어깨를 으쓱였다.

"이쪽으로 모셔와 주십시오."

다행이다. 안도가 세시오의 가슴에 내려앉았다.

머지않아 대원로, 이오마테르가 안으로 들어왔다. 저를 오라 가라 한 일에 화를 낼 줄 알았으나, 의외로 노인의 얼굴은 담담하기만 했다. 그는 나와 간단한 인사만을 주고받고는 세시오에게 다가갔다.

"그래, 네가 세시오로구나."

의외로, 그의 목소리는 부드럽고 호의가 담겨 있었다. 넬리사 데이브릭의 병이 나았다는 사실을 들은 것이 틀림없었다. 하기야 그가 약속이라고 칭할 만한 건 하나뿐이었으니.

"약혼자 뒤에 숨어서, 떠먹여 주는 걸 삼키려는 한심한 놈인 줄 알았더니."

목소리는 고운데 말투는 왜 저래. 신랄하기 짝이 없는 말에 내가 다 기분이 상했으나, 세시오는 아무렇지 않아 보였다. 언제 봐도 대단한 정신력이다. 나는 혀를 차면서 이오마테르를 지켜봤으나, 잠시 뒤에는 혀를 깨물 뻔했다.

대원로가 세시오를 향해 정중히 허리를 숙였다.

"내 딸을 고쳐 줘서 고맙네. 이 은혜는 평생토록 잊지 않을 거야."

덤덤하던 세시오의 얼굴에도 금이 갔다. 그는 입을 열었다가, 제가 말할 수 없다는 사실을 깨닫고 곤혹스럽게 얼굴을 일그러뜨렸다. 다행히도, 이오마테르는 금세 고개를 들었다.

"소공작과 약속한 대로 내, 자네를 후작으로—."

"이, 이러시면 안 됩니다! 안에 이미 손님이 계신데, 어찌!"

노인의 말을 끊고 바깥에서 소란이 일었다. 신관의 목소리와 여럿의 발걸음

소리. 그러더니 벌컥, 문이 열렸다.

무작정 들이닥친 이들은 50대 이상의 중장년들이었다. 머리부터 발끝까지, 걸친 것들은 쇠 최상품이었고 표정은 흉흉하기 짝이 없었다. 그들을 보고, 이오마테르가 눈가를 찡그렸다. 그의 눈에는 진한 경멸이 서려 있었다.

개중, 한 사람이 앞으로 나섰다. 이오마테르와 비슷한 연배의 여성이었다. 대원로에게 닿기 전, 그녀의 눈이 빠르게 세시오를 훑고 지나갔다. 찡그린 눈에는 어떤 낭패감 같은 것이 담겨 있다. 마치 그가 살아 있는 것이 유감스럽기라도 하는 양.

그걸 보고, 나는 백작의 조력자가 누군지 알 수 있었다. 주먹을 움켜쥔 사이, 그녀는 다시 이오마테르에게 고개를 돌렸다.

"역시 여기 계셨군요, 대원로님."

"2원로."

"넬리사의 병이 나았다는 소식은 들었습니다. 그 사실을 알게 된 대원로님께서 곧바로 이곳으로 향했다는 말도요."

2원로라 불린 노인이 입매를 길게 늘였다. 그들의 나이대만으로 얼추 짐작하고 있었으나, 호칭이 더해지니 분명했다. 밀고 들어온 노인들은 전부 원로다. 이오마테르가 원로회를 장악한 게 아니었던가. 나는 팔짱을 끼고, 가만히 상태를 지켜봤다.

대원로와 2원로가 이야기를 나누는 동안, 다른 이들도 방 안으로 들어섰다. 신전 자체의 규모가 작은 만큼 환자를 위해 마련된 방도 크지 않았다. 그 때문에 꾸역꾸역 밀고 들어오자 공간이 꽉 들어찼다. 대표로 한 사람만 들어오면 될 걸 왜 눈을 갑갑하게 한담.

"정녕 그 애를 치료해 준 것만으로, 외부인에게 데이브릭을 넘기시려는 건 아니겠지요."

190

"설마 리한 소공작을 말함은 아닐 테고. 세시오가 어째서 외부인이란 말인가."

"데이브릭 대후작가에 전례 없는 일입니다! 선조의 피도 섞이지 않은 후계자라니요!"

"있을 수 없는 일입니다!"

"허허, 데이브릭이 대단하면 얼마나 대단하기에 리한 앞에서 주름을 잡는가."

"이오마테르 님!"

"자네들의 아집이 데이브릭을 콩가루로 만들었어. 가문의 힘은 영지에서, 영주의 힘은 영지민에서 나오는 것도 잊어버린 머저리들 같으니."

대원로는 뒷짐을 지고, 원로들에게 몇 걸음 다가갔다.

"알버트도, 그 아들도, 영주도, 윗사람이라 하는 자네들도 마찬가지거늘. 이따위 가문이 대후작가라……?"

"귀한 몸이 비천한 이들을 내려다보는 게 어때서요. 그건 당연한 세상의 이치입니다."

"그래, 옛날엔 그런 말이 있었지. 귀족은 타고나길 고귀하여 몸에서 푸른 피가 흐른다고."

하지만.

노인은 멋대로 내 검을 빼 들더니, 제 손등을 베었다. 뚝뚝, 바닥으로 떨어지는 액체는 붉은색이었다.

"붉지 않은가."

"대원로님!"

"앞으로 나아가기 위해서는 시대가 달라진 걸 인정해야지. 자네들이 그걸 받아들일 수 없다면."

이오마테르는 원로들을 바라보는 채로, 내게 검을 돌려주었다. 검집이 아니라 내 손에.

"도태되는 수밖에."

대원로의 표정이, 본 것 중 가장 싸늘해졌다. 한순간 달라진 기세에 원로들의 표정이 굳었다.

"내, 소공작에게 건의 하나 하지. 저이들을 다 죽이는 게 세시오의 앞날엔 도움이 될 걸세."

참으로 과격한 제안이었다. 내가 무어라 답도 하기 전에, 차가운 얼굴의 2원로가 입을 열었다.

"딸을 치료해 줘 넘어갔을 뿐이면서, 말로는 그럴싸하게 지껄이시는군."

"참으로 고마운 일이 아닌가. 내 딸을 고쳐 주고, 내 아집을 꺾을 핑계까지 만들어 주었으니."

"정녕 데이브릭을 저버리겠단 것이오?"

"저 아이에게 신성력이 깃든 걸 보면, 아마도 신은 이쪽의 편이겠지. 구태여 인간의 편을 들 이유가 뭐가 있겠나."

일말의 여지도 남기지 않는 이오마테르의 답에 원로들이 서로 눈짓하기 시작했다. 그러더니 그들의 얼굴에 같은 표정이 떠올랐다. 진한 비웃음이었다.

원로들을 대표하여, 2원로가 입을 열었다.

"사실은, 이리 나올 거라 짐작했습니다."

그녀가 손가락을 튕기자, 원로들이 뒤로 물러났다. 그들이 비운 자리에 기사들이 몰려들었다. 꾸역꾸역 들어온 건, 눈을 가리기 위함이었던 모양이다.

다른 원로가 배에 힘을 주고 소리쳤다.

"모두 제압해라! 필요하다면 죽여도 좋다!"

"허……. 마스터를 상대로 어리석기 짝이 없구나."

"흥, 마스터라고 해 봐야 인간이오. 이 좁은 공간에서 이 많은 검을 상대로 살아 나갈 수 있을 것 같소?"

"역시 낡고 늙은 머리로다. 그렇다면 자네 생각은 어떤가, 소공작."

대원로가 다시 날 끌어들였다. 가만히 듣다 보니 완전히 날 무기처럼 휘두르고 있는데. 그 뻔뻔함은 놀라웠지만, 기분이 상하지는 않았다. 제몬에게 소후작 자리를 뺏어 줄 사람인데 이쯤이야 뭐. 그러나 옳은 걸 그르다고 할 수는 없었다.

"전 인간이 맞긴 합니다."

"무어라?"

"괴물은 북부에 있거든요."

그렇다고 해도, 저 기사들을 다 잡는 데 괴물씩이나 필요하진 않지만. 나는 검에 묻은 이오마테르의 피를 털어 내고, 그들에게 검을 겨누었다.

"세시오의 병력이 될 터이니, 죽이진 않겠습니다."

그렇게 말한 순간, 대원로가 껄껄 웃었다. 그와 동시에.

"이, 이게 무슨 짓들이냐!"

기사들의 검이, 내게서 원로들에게로 돌아갔다.

뭐가 어떻게 돌아가는 거야.

"아무렴, 손님한테 쓰레기 청소를 맡길 리 있겠는가?"

"……절 속이셨군요."

어정쩡하게 검을 쥔 채 눈가를 찡그리자, 노인이 유쾌하다는 듯 소리 내어 웃음을 터뜨렸다.

"머리가 조금이라도 있는 이들은 원로회가 내 것이라 말하지. 그런데 자네들은 어찌 그걸 모르는가."

"분명 포섭에 성공했는데 어찌―."

"허허허, 이렇게까지 순진하다니 정말로 참, 도저히 살려 줄 수가 없는 멍청함이구나."

혀를 찬 이오마테르가, 호랑이처럼 눈을 빛냈다.

"자세한 사정은 훗날 지옥에서 말해 드리리. 잘 가시게들."

"원로들에게서 연락이 끊겨?"

"예. 기사들을 이끌고 신전에 들어갔으나, 신전을 나온 이는 대원로뿐이었다고 합니다."

뜻은 명확했다. 원로들이 세시오를 죽이는 것도, 대원로를 처리하는 것도 실패했다는 의미.

데이브릭 후작이 이를 가는 소리가, 섬뜩하게 울려 퍼졌다. 실핏줄이 터진 눈이 붉게 물든다. 십수 년간 원로회의 힘을 빼 둔 사람이 본인이었기에, 후작은 그들의 역량을 잘 알았다. 그래서 거창한 걸 시키지도 않았다. 겨우 세시오의 목을 거두라는 그 간단한 걸 시켰을 뿐인데.

"천하에 다시없을 머저리들 같으니."

머리로 열이 몰렸다. 목에 핏대를 세운 후작은 벌건 눈으로 어딘가를 노려봤다. 리한이 붙은 걸 감안해도 상황은 급속도로 나빠졌고 종전의 보고는 그 정점을 찍었다. 원로회의 실패도 문제였으나, 그보다 먼저 들은 소식이 더 심각했다.

"성자라고."

도대체 무슨 짓을 벌였기에 그런 위명이 붙었단 말인가. 속임수를 쓴 것이 분명하다. 그러나 그렇게 생각하면서도, 후작의 마음속에서는 의심이 피어났다. 어쩌면 반대로, 여태 제가 속고 있던 게 아닐까.

22년 전, 그는 세시오의 아킬레스건을 직접 끊었다. 대신관도 고쳐 낼 수 없는 시기가 될 때까지, 매일 그 상처를 확인했다. 그럼에도 세시오는 두 다리를 회복했다. 어떻게?

처음에는 교황과 접촉한 줄 알았으나, 최근에야 당시 교황이 성지에서 모습을 감춘 적이 없다는 사실을 알게 되었다. 그렇다고 이름조차 헷갈리는 리한의 약물이 정말 기적을 일으켰을 리도 없다. 하나 세시오의 몸에 갑자기 막대한 신성력이 깃들었다면, 그 말도 안 되는 이야기를 설명할 수 있었다.

지난 경험이, 후작의 추측에 신빙성을 더했다. 원로들을 무능하다 욕했으나 후작도 다르지 않았다. 그는 몇 번이나 세시오를 죽이는 데 실패했다. 가장 최근은 사냥대회 때의 일이었지만, 그전에도 그랬다. 제가 마법 계약서에 묶여 손을 쓸 수 없는 동안, 그는 후작부인이 세시오를 죽이려는 걸 묵인했다. 계약서에서 비교적 자유로워진 후에는 직접 시도하기도 했다. 그러나 전부 실패했다. 그것도 정말 말도 안 되는 방식으로.

세시오는 창에서 밀려 떨어져도, 나뭇가지에 걸려 부상이 적었고, 그의 음식에 독을 타면, 공교롭게도 광증이 도진 후작부인이 소리쳐 식사를 엎었다. 핑계를 대어 밖으로 내보내고 청부 업체를 부르니, 지나가던 황실 기사가 그를 구해 주었다. 하다못해 제 암살단을 직접 쓴 날에는, 갑자기 천장의 샹들리에가 떨어지더니 어처구니없게 제 부하를 깔아뭉갰다. 번개나 지진에 방해를 받은 적도 있다.

마치, 하늘이 세시오를 죽이는 걸 용납하지 않는 것처럼 그는 무슨 일이 있어도 죽지 않았다.

"말도 안 되는 소리."

제 추측을 망상이라 치부하며 현실을 외면해 왔으나, 세시오의 몸에서 신성

력이 발현되었다는 소식에 그는 떠올릴 수밖에 없었다. 어쩌면이라는 의혹이
그의 마음을 물들였다.

"……말도 안 되는 소리."

그는 소리 내어 재차 제 생각을 부정했지만, 목소리에는 힘이 없었다.

이대로는 안 된다. 마음이 꺾여 들면 정말로 모두 끝이었다. 그 전에 일을 정
리해야 한다. 최근 타니타르 공작의 분위기가 묘해 자리를 비울 수 없었으나,
지금은 그런 걸 신경 쓸 여력이 없었다.

대원로에게는 후계에 간섭할 권한이 있다. 세시오가 후계가 되는 날, 리한의
그 젊은 사자가 무슨 짓을 벌일지는 너무도 뻔했다.

하는 수 없이, 정말 어쩔 수 없이 후작은 입을 열었다.

"코르보 남작. 기사단을 모두 출정시킨다."

"예? 그게 무슨……."

"직접 왈릿으로 가겠다."

목소리는 단단했으나, 알게 모르게 그의 눈빛은 흔들리고 있었다. 바람에 흔
들리는 촛불과도 같이.

이튿날이 되었다.

나는 그리넬 경에게 브루넬 멀든을 불러오라 지시하고, 신전에서 간단히 식
사 중이었다. 수석 신관을 비롯하여 다른 신관들이 세시오에게 찬양을 퍼붓고
있었다.

"정말 대단했습니다, 그야말로 신의 강림이……."

몇 번째인지 모를 세시오의 찬사를 듣고 있을 때, 그리넬 경이 안으로 들어

왔다. 그녀의 표정은 좋지 않았다.

"식사 중 죄송합니다. 보고드릴 게 있습니다."

"브루넬 멀든이 사라졌어?"

"아니요, 그쪽은 곧 도착한다고 합니다."

"그러면."

"데이브릭 후작이 왈릿으로 오고 있다는 전언입니다."

그리넬 경의 말에, 사람들이 움찔 몸을 떨었다. 누군가는 나이프를 떨어뜨리기도 했다. 반응하지 않은 건 세시오와 나뿐이었다.

"얼마나 남았지?"

"30분쯤 지나면 도착할 겁니다."

"일곱 시간은 걸리는 거린데, 도착하기 30분 전에야 보고를 한다고?"

"시정하겠습니다."

"됐어, 경의 잘못은 아닐 테니 아래쪽이나 한번 잡아 놔."

나는 포크로 방울토마토를 찍어 입에 넣고, 식사를 마쳤다.

"가지."

나는 세시오와 함께 후작성으로 돌아왔다. 세시오의 몸 상태는 어제보다 조금 좋아졌을 뿐이지만, 어쩔 수 없이 그가 있어야 하는 자리였다.

성에도 후작의 방문 소식이 전해졌는지, 많은 이들이 나와 있었다. 에콰이어를 비롯하여 영주를 제외한 후작가의 가신들. 이오마테르는 없으나 새벽 1기사단부터 새벽 5기사단까지 성의 정예가 모두 집결한 채였다.

"……오셨습니까, 소공작님."

"좋은 아침입니다, 에콰이어. 지금 후작이 온다지요."

무감하게 내뱉은 말에, 기사단의 시선이 날카로워졌고 에콰이어의 낯빛이 죽었다. 개중 2기사단의 눈이 조금 더 날카로웠지만, 알 바 아니었다.

그래, 에콰이어 데이브릭의 장악력은 여기까지다. 멍청한 영주보다는 에콰이어가 낫겠지만, 그녀의 권위는 결코 데이브릭 후작을 넘어설 순 없다. 새벽 기사단이 충성 맹세를 한 대상은 가주인 알버트였으니까. 그들이 모두 나온 것은, 주인을 맞이함과 동시에 주인의 명을 따라 불순 세력, 그러니까 나와 세시오를 정리하기 위함이다.

이걸 염려하여 에콰이어는 후작이 오기 전에 모든 일을 처리하길 바랐다. 넬리사를 치료하는 것도, 이오마테르를 설득하여 원로회를 장악하는 것도 되도록 서두르기를. 대원로가 공식적으로 후계에 간섭할 권리를 주장하면, 새벽 기사단의 개입 없이 모든 일이 해결될 테니까.

그 때문에 그녀의 얼굴이 까맣게 죽어 있어서, 나는 예의상 위로를 건넸다.

"걱정할 것 없습니다, 에콰이어. 절정을 지나지 않고 막을 내리는 연극은 없잖아요."

"부디 잘 해결되기만을 바랄 뿐입니다."

그때, 먼 곳에서 한 무리의 인파가 보이기 시작했다. 마차 대신 말을 타고 왔는지, 선두에는 백마에 올라탄 데이브릭 후작이 있었고 그 뒤로 후작가의 아침 기사단이 보였다. 왈릿의 새벽과 달리 수도 후작저를 지키는 기사들이라 내게도 눈에 익은 이들이었다. 눈으로 가늠해 보건대, 저택의 기사들을 죄 끌고 나온 모양이다.

"뭔, 전쟁이라도 하러 오나."

주인이 자기 영지에 오면서 병력을 다 끌고 오다니 창피하지도 않은가. 데이브릭 후작의 심적 부담감이 느껴져서, 조금 비웃음이 났다. 내 말에 새벽 기사단의 눈빛이 좀 더 차가워졌으나 시원하고 좋았다.

그들이 다가오는 동안, 나는 그리넬 경에게 물었다.

"얼마나 남았어."

"근방입니다. 10분 내로 도착할 겁니다."

"타이밍이 멋지겠네."

"왈릿의 전 신하들은 들으라!"

어느새 근처까지 다다른 데이브릭 후작이 큰소리로 외쳤다. 그의 손가락은 정확히 나를 가리키고 있었다.

"저치는 내 불쌍한 아들을 꾀어내 차기 후작으로 만든 뒤, 그를 죽여 데이브릭을 삼키려는 악마다!"

무도회에서 듣던 소문을 한 줄로 요약한 듯한 대사였다.

"가련한 내 아들은 신의 사랑을 받아 막대한 힘을 거머쥐었음에도, 사랑에 눈이 멀어 저치에게 이용당하고 있다!"

왈릿에서 세시오의 평판이 좋아진 걸 인지한 모양이다. 이런 논리로 나올 줄은 몰랐는데.

"그러니 세시오를 진정으로 위하고, 데이브릭에 진정으로 충성하는 이라면 누구나 저 여자를, 리한을 죽여야 한다!"

정말 대책 없이 화끈한 말에, 나는 하마터면 손뼉을 칠 뻔했다. 제 땅이 먹힐 것 같으니 완전히 돌아버렸구나! 타니타르가 리한을 상대할 수 있다는 확신이라도 얻었나, 어쩜 저렇게 용감할까.

그 만용이 신기할 뿐이었지만, 새벽 기사단은 다르게 받아들였는지 일제히 검을 뽑고는 내 주위를 둥글게 감쌌다. 내 기사들도 검을 빼 들고 그들을 견제했다.

나는 손을 들어 그들을 만류하고, 웃으며 후작에게 말을 건넸다.

"얼마 전 보낸 암살단도 실패하셨으면서 저를 어떻게 죽이시려는지 궁금하네요."

"지금부터 몸으로 확인하게 되겠지. 새벽 기사단은 당장—."

"가주께서 리한 소공작을 죽이고자 하심이 정녕 왈릿을 위한 것이오!"

불현듯 에콰이어가 소리를 높이며 끼어들었다. 불안과 근심으로 가득하던 얼굴에는, 어느새 결연한 의지가 서 있었다.

"본인의 자리를 위협받는다는 착각 때문이 아니라?"

"에콰이어 데이브릭!"

"가주께서 왈릿을 사랑하지 않는다는 건, 이 자리에 있는 모두가 아는 사실이오."

"네가 지금 누구의 편을 드는 게냐!"

"가뭄이 왔을 때, 흉년이 들었을 때, 태풍으로 밭이 뒤집어졌을 때 한 번이라도 왈릿의 영지민들을 위해 무언가 해 본 적이 있으시냔 말이오!"

"닥쳐라, 에콰이어!"

"일말의 근거조차 대지 않고, 충성심에 호도하다니 가주가 내 동기란 것이 창피—!"

"지금부터 한 마디라도 더 지껄이면, 네 목부터 벨 것이다!"

논리라고는 눈을 씻고 찾아봐도 없는, 조악한 외침. 그러나 기사들은 그 목소리에 반응했다. 에콰이어는 입술을 짓씹고 재차 입을 벌렸으나, 나는 고개를 저었다. 굳이 입 아프게 소리치지 않아도 해결할 수 있다.

내 기사 하나가 후드를 뒤집어쓴 누군가를 데리고, 가까이 다가오고 있었다. 새벽 기사단 몇이 그들의 발걸음을 막으려 했으나, 그들에게 발목을 붙들릴 만큼 형편없는 솜씨라면 리한의 기사조차 될 수 없었다.

"데려왔습니다, 소공작님."

"수고했어, 클로버 경."

나는 다시 후작에게로 고개를 돌렸다. 참으려고 해도 어쩔 수 없이, 입가에 진한 비웃음이 서렸다.

"저를 처단하든 징벌하든 능력껏 하셔도 좋습니다만 그전에. 소개하고 싶은 사람이 있습니다."

"어떤 저속한 혀로 나를 현혹하려—."

"브루넬 멀든 경입니다."

데이브릭 후작의 말을 끊고는, 나는 멀든 경의 후드를 벗겨 버렸다.

그는 창백하게 질린 낯을 하고, 벌벌 떨고 있었다. 눈은 후작에게 고정된 채다. 그러나 멀든 경은 차마 도망칠 생각은 못 하는 듯했고, 후작은 그의 상태를 확인할 여유는 없는 듯했다.

"저, 저……!"

데이브릭 후작의 눈이 저토록 컸었나. 눈동자가 튀어나올 만큼 눈이 찢어지고, 턱이 덜덜 떨렸다. 숨조차 제대로 쉬지 못하고, 가슴팍이 움푹 꺼졌다 갑자기 부풀기를 반복했다.

그리고 후작만큼의 반응은 아니었으나, 다른 사람들에게서도 동요가 나타나기 시작했다.

"브루넬 경이 왜 저기에……?"

"사직을 청하는 서신을 남기고 사라진 게 아니었나?"

"눈치를 보니, 멀든 경을 아는 사람이 많나 봐. 하기야, 가주 직속의 기사였으니까 좀 유명은 하겠지?"

"어, 떻게 네놈이!"

겨우 경악을 수습했는지 후작이 외쳤지만, 더듬더듬 끊어지는 말은 제대로 알아듣기도 힘들었다.

"테릴 리한이 세시오를 죽일 거다. 그리 말씀하셨는데, 주어를 착각하신 모양입니다."

"뭐, 뭣들 하는 게냐. 당장 저 방자한 입을—."

"브루넬 멀든을 시켜, 세시오를 죽이려 한 사람은 각하가 아닙니까."

그 어떤 소란보다도 인상 깊은 정적이 장내를 무겁게 짓눌렀다. 그 안에서 입을 놀리는 건, 그 적막을 만들어 낸 나뿐이었다.

"멀든 경이 비윤리적인 행위를 거부하니 그러셨다면서요. 말을 듣지 않으면 멀든 경의 아내를 죽이겠다고."

"……."

"신분이 낮은 기사들이라면 다 멀든 경과 같은 취급을 받는다지요. 이미, 각하의 더러운 일을 해 주고 소리 소문 없이 사라진 기사들도 많고요."

"그런, 이……!"

"이 자리에 있는 이들도 그런 일을 겪은 것 같던데. 동료가 그만두겠다는 서신만 남기고 사라진 적이 있지 않나?"

"……에이티스."

"카들라 경이랑 모론 경도 갑자기 사라졌잖아."

"닥쳐라, 이놈들! 어느 안전이라고 입을—."

"하지만 단장도 이상하다고 말씀하시지 않았습니까! 가족을 내버려 두고 말도 없이 사라질 녀석들이 아니라고—!"

"있나 본데 전부, 멀든 경과 같은 꼴이 되었을 거야."

그들이 하나하나 떠드는 소리를 다 들어줄 수 없어, 나는 소란을 끊어 내고 말했다. 그것으로 충분했다.

반대로 놀랍기도 했다. 전에 2기사단에게 강도를 내던지러 갔을 때보다도, 반응이 순순했으니까. 그때 이후로 줄곧 생각해온 건지도 모르겠다. 그걸 감안해도 퍽 빠른 의심이었지만. 기사들의 충성심이 낮았던 건지, 후작이 형편없던 건지.

"다행히 멀든 경은 나를 만나 목숨을 부지했지만 말이야."

"이, 이! 저 얄팍한 혀에 속지 마라!"

후작이 뒤늦게 외쳤으나, 동요를 가라앉히기엔 부족했다. 파도에 돌멩이를 던진 꼴이다.

"죽은 게 아니라고 한들, 후작께 비윤리적인 일을 강요받고 협박당해 입 다문 이들도, 이 자리에 있지 않겠나. 일을 마치면 토사구팽당할 거야."

"닥치지 못하겠느냐? 브루넬 멀든! 네 입으로 지껄여 보아라!"

내 말에 소리치는 것만으론 흐름을 가져올 수 없다고 생각했는지, 불똥이 다른 데로 튀었다. 브루넬 멀든이 허겁지겁 입을 열었다.

"아, 아, 후작 각하."

"네게도 가족이 있겠지, 멀든. 수도에 있는 가족을 생각해서라도, 바른 대로 이야기하란 말이다, 당장!"

아주 대놓고 협박인데.

"물론 멀든 경한테도 가족이 있죠. 지금은 수도가 아니라 리한의 땅에 가 있지만."

"뭐……?"

"어디였더라. 콰르테 백작령이었나, 엘릿 후작령이었나, 노르노트 남작령인가? 영지가 하도 많아 어디였는지도 기억이 안 나네요."

"네놈! 멀든의 가족을 인질 잡은 거냐!"

"인질을 잡은 거라면, 어디에 있는지 정도는 기억하고 있지 않을까요?"

열받으라고 대놓고 생글생글 웃으며 말하자, 후작의 얼굴로 시뻘건 열기가 몰렸다. 그러나 이 지경이 될 때까지도, 브루넬 멀든의 입은 열리지 않았다. 지금은 내가 흐름을 쥐고 있어 괜찮아도, 나중까지 이러면 곤란해지는데.

입 안이 껄끄러워, 나는 마른침을 한 번 삼켰다. 그렇다면 좀 적극적으로 나가 볼까.

"죽여라! 당장 저 계집을 죽여! 어서 목을 자르란 말이다!"

"왜, 멀리 떨어져서는 주둥이만 놀리시는 겁니까, 각하."

"뭐, 뭣?"

"저를 죽이고 싶으시다면 직접 하시는 게 빠르지요. 아니면, 혹시 본인의 목숨은 아까워서 말로만 떠들어대시는 건가요?"

후작의 불호령을 이기지 못하고 움직이던 기사들이 다시 몸을 멈추었다.

"제 목숨을, 가족의 안위를 인질 잡히면서까지 섬길 만한 주군인가."

나는 그들을 향해 기세를 풀어내며, 검을 겨누었다.

"물론 이 자리에는 핏줄의 한계가 없는 귀한 출신도 있겠지. 하나 신분이 낮은 기사들 또한 경들의 동료가 아닌가."

"닥!"

"주인이 무슨 짓을 하더라도 목숨을 바치는 건, 개돼지가 되겠단 뜻일 뿐이야."

그 말을 끝으로, 나는 자리를 박차고 후작에게 달려갔다. 그 속도를 따라, 주위의 경관이 빠르게 바뀌었다.

"막아!"

그 말에, 내 앞을 막아서는 기사들도 있었다. 하지만 대부분은 땅에 뿌리박힌 듯 움직이지 않았고, 나선 이들 또한 검을 한 번 휘두르곤 부딪히자 힘없이 나가떨어졌다.

후작의 눈치를 보며 막아서는 시늉뿐이었군, 약은 놈들.

속으로 혀를 차면서도, 내심 안도했다. 진심으로 충성하는 사람이 없을 만큼 후작이 형편없는 사람이라는 반증이었으니까. 어쩌면 내가 틀렸을지도 모른다는, 아주 야트막한 우려가 조각나고 나는 확신을 얻었다.

기사들을 죄 끌고 왔음에도 써먹을 수 없게 된 후작은, 하는 수 없이 제 검을 빼 들고 나와 맞섰다. 그러나 단 한 합 만에 후작의 검은 날아갔다. 벌겋게 충혈된 눈이 나를 노려본다.

나는 눈을 휘어 웃으며, 후작에게로 기세를 퍼부었다. 그를 이기지 못하고 후작이 내 앞에 무릎을 꿇었다. 정말로, 보고 싶은 광경이었다. 그는 언제나 나를 경멸스럽게 내다보는 사람이었으니까.

하나 그런 상황에조차 입은 살았는지, 그는 나를 씹어 삼킬 듯한 목소리로 말했다.

"……네가 이런다고 세시오가 후작이 될 성싶으냐? 용케 다리를 고쳐 놓았다 한들 그래 봐야 말도 못 하는 외부인이다. 데이브릭의 명예가 굴복하지 않아."

"아, 말을 못 하면 후작이 될 수 없습니까?"

"당연—."

"그럼 각하의 혀가 사라지면, 각하께서도 후작위를 내려놓으셔야겠군요?"

그렇게 말하며 슬쩍 검 끝을 후작의 입가에 가져다 대자, 그가 다급히 입을 다물었다. 그 우스꽝스러운 광경에 웃자, 알버트 데이브릭의 얼굴이 수치심에 벌게졌다.

"농담입니다. 그런 규정이 없는 것쯤은 저도 아니까요."

"네, 네놈, 감히!"

금방이라도 숨이 넘어갈 사람처럼 씨근덕거리다가, 후작의 눈에 순간 빛이 돌았다. 무언가 좋은 생각이라도 난 걸까. 그가 기분 나쁘게 입매를 휘었다.

"전부 네 입에서 나왔구나."

"뭐?"

"이 간사한 혀에 놀아날 것 없다! 전부 이 여자의 입에서 나온 말이야, 브루넬 멀든은 단 한 마디도 하지 않았다!"

배에 힘을 주고 후작이 힘껏 소리쳤다. 쓸데없이 눈치는 빨라가지고.

희망을 품은 눈이 불쾌했으나, 나는 어쩔 수 없이 고개를 돌렸다. 기사들은 다시 동요하며 누군가에게로 눈을 돌렸고 그 중심에는 브루넬 멀든이 있었다. 그는 어찌할 바를 모르겠다는 얼굴로, 석고상처럼 굳어 있었다.

그때, 리한의 기사들에게 보호받고 있던 세시오가 멀든 경과 눈을 마주쳤다. 그는 아무 말 없이 웃으며 다가가 쪽지 같은 걸 건넸다. 말을 할 수 없으니 당연하겠지만, 이제 와 쪽지 정도로 뭐가 될 리가.

그러나 세시오가 건넨 쪽지를 편 순간, 멀든의 눈이 격하게 흔들렸다.

도대체 뭐라고 쓴 거지. 보일 리 없음에도, 나도 모르게 안력에 마나를 집중했으나 그럴 여유는 많지 않았다.

내가 고개를 돌린 걸 기회로 삼은 후작이 다른 기사의 검을 빼앗아 내 등을 찔러 온 탓이었다.

"죽어라!"

뒤쪽에서 느껴지는 기척에 나는 몸을 비틀어 피하고, 그 반동을 이용해 후작의 옆구리를 걷어찼다.

"커헉!"

"아, 힘 조절 좀 못 했네."

다행히 배가 터진 것 같지는 않았지만, 비명은 퍽 요란했다. 주위에 있던 기사들의 기세가 단번에 흉흉해졌다. 그래도 제 주인이라 이거지.

이래서 후작을 제압하면서도 칼을 대진 않은 거였는데 골치 아프게 됐다. 하는 수 없이 피를 봐야겠다고 생각하는 차에.

"……소공작님께서 하신 말씀이 전부 맞습니다."

바야흐로 브루넬 멀든이 입을 열었다. 쪽지가 먹혔다고? 말을 못 하니 언령을 썼을 리도 없는데, 도대체 무슨 수로?

여러 생각이 머릿속을 스쳤으나, 나는 일단 지금 상황에 집중했다.

"저는 아내를 지키기 위해, 각하의 명대로 세시오 공자님을 죽이려 했습니다."

"그렇다는군요."

내가 어깨를 으쓱이며 이죽거리자, 기사들의 얼굴에 다양한 감정이 들끓었다. 분노, 참담함, 당혹감, 혼란. 그리고 후작의 얼굴은, 전에 없이 싸늘해졌다. 돌이킬 수 없는 지경에 이르렀다고 판단했는지, 그의 얼굴이 악귀처럼 일그러졌다.

"이 버러지 같은 놈들이 뭣들 하는 게냐! 저놈을 출신답게 대하는 게 뭐가 어때서. 내게 목숨을 바쳐 충성하겠다고 맹세한 건 뭐였느냐 말이다!"

"허……."

"인질을 잡아야 명을 따르는 저놈이 이상하다고 생각해야지! 이런 명령은 듣고 저런 명령은 거부하고, 그게 뭐가 충성이야!"

"……."

"시키는 대로 따르고, 검을 휘두르면 다만 그뿐인 것을. 뭔, 쓸데없이 대접이니 대우 같은 걸 따지고 있어! 이 멍청한 놈들, 이 무례하고 천박한 것들!"

자충수를 두고 있다는 걸 아는지 모르는지. 말이 이어질수록, 후작은 제 말에 취해 소리를 높였다. 그리고.

"정녕, 이 많은 기사 중 주인에게 충성하는 이가 단 하나도 없단 말이야!"

"신 수잔 나데르!"

"그래도 한 놈쯤은 충성심이―."

"이 시간부로 새벽 3기사단을 그만두겠습니다."

"뭐…… 라고?"

그렇게 말하고, 기사는 검을 내던졌다. 그 말이 시작이었다.

둑이 터져 나가듯, 여기저기서 기사들이 검을 팽개쳤다. 그 소리가 하나하나 쌓이자 귀가 먹먹해질 만큼이나 많이. 그건 비딘, 새벽 기사단만의 일이 아니었다. 평민과 평민이 아니라도 신분이 낮은 가문, 그리고 그들과 동조한 기사들이 제 목소리를 냈다.

주군의 실체를 이렇게나 노골적으로 봤는데 충성을 맹세할 리가 없지. 그들은 동화 속의 미련 맞은 기사가 아니라 현실의 사람이었다.

그러나 후작은 전혀 예상하지 못한 일이었는지 그 모습들을 멍하니 지켜보다가, 기가 막힌 듯 웃었다.

"멍청한 놈들 같으니. 주인을 등지고 도망친 기사를 어느 가문에서 써 줄 것 같은가."

"그건 염려하실 문제는 아닙니다. 엔하르트 백작가에서 이들을 맡아 줄 예정이거든요."

"뭣이!"

"그러니 사직 의사를 밝힌 기사들은 전부 물러나 대기하도록 하라!"

내 말에, 기사들의 얼굴에 안도가 번졌다. 그들이 대열에서 빠지자, 한결 밀도가 낮아졌다.

나는 그 분위기를 확인하고, 후작을 내려다봤다. 깔보듯, 입매를 비튼 건 당연했다.

"그러면 이제, 후작 각하의 용건은 다 끝나신 듯하군요. 그만 돌아가시면 되겠습니다."

"……네놈, 이러고도 무사할 줄 아느냐."

"아. 조만간, 이오마테르 님께서 드릴 말씀이 있다더군요. 대원로에겐 후계 박탈권이란 게 있다던가. 그땐 잘 부탁드리겠습니다."

데이브릭 후작이 이를 다 없애 버릴 기세로 갈아붙였다. 눈빛은 형형하고, 실핏줄이 죄 터져 악귀 같았지만, 더 해 볼 여지는 무엇도 없었다.

후작은 비틀비틀 자리에서 일어나 말에 올라탔다. 그는 그 누구에게도 뒤따르란 말을 하지는 않았지만, 여전히 후작을 따르는 몇몇이 그 뒤에 따라붙었다. 저택에서 온 기사단 중에도 그만둔다고 한 이들이 제법 있었기 때문에, 돌아가는 무리는 상당히 조촐해져 있었다.

"조심히 돌아가시길."

죽이면 지금 후계인 제몬에게 작위가 돌아갈 테니 일단은 살려 보낸다. 하지만 타니타르의 손을 끝끝내 놓지 않는다면.

"끝을 봐야겠지."

그 치욕스러운 뒷모습이 작아져 사라질 때까지, 나는 가만히 지켜보았다.

후작을 돌려보낸 뒤, 우리도 떠날 준비를 했다. 일행이 나와 세시오뿐이면 채비도 금세 끝났겠지만, 데려가야 할 기사들이 산더미 같아서 제법 시간이 걸렸다. 해가 지고 밤이 되어, 결국 이튿날 떠나기로 결정했다.

어중간하게 남는 시간에, 나는 세시오의 제안으로 다시 성의 지붕 위로 올라왔다. 여러 가지 일이 있었음에도 왈릿의 밤하늘은 첫날과 같았다. 검푸른 하늘에 촘촘히 박힌 별. 손톱 모양의 달이 별들을 가로질러 비스듬히 누워 있었다.

"몸 정말 괜찮아?"

「후작을 돌려보낸 뒤로 계속 자서, 머리가 아플 지경이야.」

"당신이 그렇다면야. 대원로의 건의가 통과될 때까진, 두 달 정도 걸린대."

「정말 잠깐이군.」

이오마테르 데이브릭이 가진 권한은, 정확히 말하면 후계 박탈권이다. 가주가 독단으로 무능한 후계를 세울 때를 대비한, 견제책이었다. 그러나 후계를 박탈하더라도, 새로운 소후작을 지목하는 건 다시 후작의 몫이다.

그렇다고 해도 걱정할 문제는 아니었다. 최우선 순위는 당연히 직계 자손이었고, 그들에게 엄청난 결격 사유가 존재해야만 방계로 순번이 넘어가니까. 왈릿의 민심이 이렇게까지 세시오를 받쳐 주는 데다가, 후작의 입지가 줄어든 지금, 그에게 선택권은 없다.

가장 중요한 점은 한 번 자격을 박탈당한 후계는 대원로가 말을 번복하지 않는 한, 다시 그 자리에 오를 수 없다는 것이다.

간단히 말해, 제몬 데이브릭은 이제 후작이 될 수 없다. 그를 향한 내 복수는 오늘부로 마무리된 셈이다. 타니타르가 데이브릭의 손을 잡고 있어서, 어쩔 수 없이 계속 부딪히긴 하겠지만.

그러나 나는 당초의 목적보다 다른 쪽이 더 신경 쓰였다. 목 안쪽에 모래가 들어찬 것처럼 까끌까끌한 감각이 느껴졌다. 마른침을 한 번 삼키고, 나는 입을 열었다.

"파혼은 당신이 작위를 계승한 다음 날로 해."

절차는 간단히 끝날 것이다. 힘겹게 뱉은 말에, 세시오가 나를 물끄러미 쳐다봤다. 열이 남아 얼굴에는 여전히 붉은빛이 입혀 있었다.

"고생했어, 세시오."

「……그대도.」

"이렇게 얘기하니, 당장 내일 헤어질 것 같네."

「아쉬운가?」

응. 하지만.

"아니, 후련해."

「서운하군.」

"당신에게 빚진 기분이었다고. 가난하게 살 때도, 빚을 내지는 않았는데."

「거래였잖나.」

"당신은 이미 대가를 치렀고 내가 치를 대가만 남았으니 부채지."

사실 속이 시원한 건, 부채감보다는 다른 이유 때문이었지만. 말을 길게 해 속내를 잡히는 대신, 나는 장난스럽게 다른 말을 끌어왔다.

"후회되네, 당신을 성자로 만들 줄 알았으면, 무도회장에서 굳이 사랑에 빠진 시늉을 할 필요도 없었는데."

「시늉? 아, 키스.」

말이 아닌 글자로 보고 있기 때문일까 세시오가 내뱉는 단어는 적나라했고, 그래서 더 무감하게 보였다.

아니, 별것도 아닌 말을 신경 쓰는 내 마음이 더 적나라한 걸까. 나름대로 조심한다고 하는데도, 의식할 때마다 마음이 더 커져 있는 것 같아서 어이가 없을 따름이다.

「후회한다면 내 쪽이 해야 맞지 않나.」

"뭐? 왜. 아, 당신은 시늉만 하려던 거니까?"

「아니, 난 처음이었으니.」

그의 말에, 나는 멈칫할 수밖에 없었다.

"처음?"

생각해 보면 이야기한 적 있는 주제였다. 처한 환경 때문에, 이성과 어울린 적은 없다고 했던가. 그렇지만.

"처음?"

「두 번 물을 필요가 있나.」

"아무리 봐도 당신 얼굴이랑 매칭이 안 된단 말이야."

나는 한쪽 무릎을 끌어당기고, 그 위에 비스듬히 턱을 괴었다. 삐딱한 시선으로 세시오를 올려다보자, 그는 아무렇지 않게 나와 눈을 마주치며 눈매를 휘었다.

사내가 허리를 조금 구부린 탓에, 얼굴 사이의 거리가 한층 가까워졌다. 그의 숨이 코끝을 스치는 듯한 착각이 들었다.

「내 얼굴이 여자를 만나고 다닌 것 같아서?」

"뭐, 그건 좀 비약해서 말했던 거고. 당신 외모를 생각하면 말이 안 돼서."

「내 얼굴이 마음에 든다고 했지.」

"그래, 참 잘생겼어."

살랑 불어온 바람에, 백금빛 머리칼이 흔들렸다. 워낙 결이 좋다 보니, 모래처럼 흩어지는 광경도 예쁘게만 보였다.

"예뻐."

그는 좀 당황한 듯 멈칫했다가, 다시 손을 놀렸다.

「……취했군.」

"술도 안 마셨는데 어떻게 취해."

잘생겼다고 말할 때는 눈 하나 깜짝 안 하더니. 조금 당황한 듯하여 킬킬거리며 웃자, 그도 곧 입꼬리를 당겨 웃었다.

"처음이란 말이지, 그럼 후회한다는 말은 취소."

「의미가 생겼나?」

"당신 같은 미남의 첫 키스를 훔치다니 영광이지."

나는 장난처럼 웃고는, 무릎에 괸 고개를 들었다. 허리를 펴고 기지개를 켜자, 이번에는 세시오가 꼰 다리 위로 턱을 괴었다.

「그러면, 한 번 더 허락해 주겠나.」

"뭐……?"

그는 손을 뻗어, 바람에 흩날리는 내 머리칼을 조심스레 쥐고 귀 뒤로 넘겨주었다. 의도한 것 같지는 않았지만, 세시오의 손끝이 내 목을 스치고 지나갔다. 순간적으로 심장이 떨어지는 것 같아, 입꼬리가 굳었다.

그는 입 모양만 움직여 말했다. 농담. 믿기진 않았지만.

"혹시 나 유혹해?"

그는 웃으며 고개를 저었다.

"그러면 이게 정말 장난이라고?"

내 말에 제대로 답하는 대신, 세시오의 고개가 다시 돌아갔다. 그는 여전히 웃음기가 남은 얼굴로 새까만 하늘을 올려다봤다. 멀어지는 시선이 조금 안타까워, 나는 입술 안쪽을 짓씹었다.

세시오의 시선이 다시 수첩으로 떨어졌다.

「나는 여전히, 그대에게 무엇도 바라지 않아. 그대가 좋을 대로 내주겠다고 한 호의도 말이야.」

그러고 보니 그런 말도 했었지. 하나 말만 그랬지, 정작 호의라고 할 만한 뭔가를 내보이진 않은 것 같다. 갑자기 마음이 급속도로 혼란스러워져서 나는 그냥…… 일을 했지. 차라리 말이나 하지 말걸. 호의란 게 괴로울 수 있다는 걸 이해했기에, 나는 조금 후회가 들었다.

「그러니 마음 같은 걸 감히 탐낼 리 없지.」

"그래, 오늘도 당신은 세시오구나."

「무슨 의미지?」

"여전히 자기 비하에 능하다고."

결국, 나는 이 사내가 바라던 것에서 조금도 어긋나지 않은 셈인가. 세시오 데이브릭은 전혀 달라지지 않았고, 내 마음에만 흙탕물이 끼었어졌다. 처음 봤을 때보다는 조금 상식인이 된 것 같긴 했지만.

그렇다면, 내가 남길 수 있는 흔적은 다른 것뿐이다. 다소 자조적인 감상 끝에, 나는 웃으며 손을 뻗었다. 손끝에 세시오의 머리칼이 엉겨들었다. 그는 조금 멈칫하면서도 순순히 머리를 내어 주었다.

"그러면서 키스해 달란 말은 뭔데. 내가 그걸 바라는 것 같아서, 당신이 호의를 베풀어 주는 건가?"

그는 당황한 듯 다시 입 모양을 움직여 농담이라 말하려는 듯했지만.

"농담이라고? 그 말을 믿는 사람은 아직 말을 덜 익혔거나, 바보일 거야. 그리고 난 어느 쪽도 아니지."

정말로 술을 마시지도 않고 취해 버린 건지. 아니면 마지막이라는 감상 때문에 반쯤 미친 건지. 후회할 걸 알면서도, 나는 그의 머리를 감싼 손을 그대로 당겼다.

툭, 그의 손에 있던 수첩과 펜이 성의 지붕을 타고 미끄러졌다. 워낙 높이 있던 탓에 그것들이 떨어지는 소리도 들리지 않았다. 그리고 세시오의 얼굴이 가까워졌다.

"눈 감아."

무슨 생각인지, 그 또한 거부하지 않았기에 그대로 입이 맞붙었다.

바깥은 여전히 완연한 겨울. 찬 바람이 부는 도중이라, 사람의 숨결은 따뜻해야 함에도 나는 입 안에 섞이는 타인의 숨결에서 온기를 느낄 수 없었다.

그야말로 차가운, 겨울 같은 입맞춤이었다. 짧은 맞닿음 끝에 나는 얼굴을 떼어 내며 눈을 떴다. 가까이에서 사내의 얼굴이 보였다.

바깥의 냉기 때문에 창백해진, 그럼에도 열기로 인해 붉은 물이 스민 그 얼굴. 알아볼 수 없는 감정이 울렁거리는 그 황금빛 눈동자는 딱, 내 추억의 한 페이지를 장식할 수 있을 만큼만 아름다웠다.

그래, 첫사랑도 아닌데 이만하면 만족스러운 끝이다. 나는 아무것도 모르는 세시오를 앞에 두고, 기꺼이 웃을 수 있었다.

6장

꿈의
끝

"……그 기사들을 다 맡아 달라?"

수도, 엔하르트 백작저의 응접실.

아직 몸이 낫지 않은 세시오는 먼저 리한의 공작저에 보내 두고, 나는 홀로 백작을 상대하러 왔다. 물론 데이브릭의 기사들을 한 무더기 이끌고서. 다짜고짜 기사들을 데려온 탓에 그녀는 조금 놀란 듯했지만, 나를 적대하지는 않았다. 아무렴, 양심이 있으면 그래야지.

"제 요구 한 번 들어주시기로 하셨죠. 내키지 않으십니까?"

"거절한단 뜻은 아니오."

백작은 눈을 가늘게 뜨고 한숨 같은 것을 내쉬었다. 굳이 한숨 같다고 묘사한 것은, 그녀가 지금 곤혹스러워하는 모양새가 시늉에 불과하다는 걸 알기 때문이다.

"할 수 없구려. 그럼, 오늘부로 그 이들을 엔하르트 백작저의 기사로―."

"왜 이러십니까. '맡아' 달라니까요, 그냥 드린다는 말이 아니라요."

그럼 그렇지. 신분상의 한계가 있다뿐이지, 전부 데이브릭의 정예니 북부만은 못하더라도 괜찮은 기사들이다. 백작은 데이브릭의 눈치도 안 보는 사람이라, 아까부터 저 기사들을 꿀떡 삼킬 생각만 한 게 뻔했다. 말도 안 되는 욕심이다. 아무렴, 약속한 게 있는데 세시오에게 반쪽짜리 데이브릭을 주려고.

얕은 속내를 들키고, 엔하르트 백작이 아쉬운 듯 혀를 찼다.

"북부로 데려갈 수는 없을 테고, 정말 저들을 데이브릭으로 돌려보낼 생각이오?"

"제가 데이브릭을 삼키려 한다고 생각하시잖습니까. 어차피 제 건데 뭘 그리 의아해하십니까."

"흥, 내 늙었다고 귀가 막히진 않았소. 왈릿에서 무슨 일이 있었는지 다 안다오."

"소식이 빠르시군요."

"혼인 후 소공작이 데이브릭을 삼킬 요량이었으면, 상식적으로 세시오 공자의 평판을 그리 올려놓진 않았겠지."

"그럼 이제는, 손자분을 치료한 사람이 누군지도 아셨겠습니다."

이번에는 진심으로 백작이 한숨을 내쉬었다.

"고얀지고. 본인이 베푼 은혜도 아닌 주제에, 잘도 가문의 비전이라 혀를 놀리다니."

"그땐, 다 비밀이었으니까요. 그러게, 말조심 좀 하시지 그랬습니까. 근위기사단장이란 분의 안목이 진짜 은인도 못 알아볼 정도라니."

놀리는 투의 말에 그녀가 눈가를 찡그렸으나, 노기를 터뜨리진 않았다.

"처음부터 그 공사를 후작으로 만들 셈이셨소?"

"정확한 사정을 말씀드리긴 곤란합니다."

"후작쯤은 돼야 소공작의 배우자로 면이 설 것 같아서?"

세시오와는 몇 달 내로 파혼할 예정이었기에, 나는 순간 멈칫했다. 아주 찰나였으나, 이 노회한 능구렁이는 내 동요를 바로 잡아챘다.

"당황하는구려."

"너무 터무니없는 이유를 대서서요. 리한은 가진 게 많은 가문이라, 별로 그런 쪽을 따지진 않습니다."

"그렇다면 배우자란 말에 당황한 게요? 후작은 만들되 배우자는 아니다, 그런 뜻인가."

"대답이 조금 늦어진 걸 가지고 과장이 심하시네요."

"원래 모든 일은 그 조금에 결정되는 법이지."

그녀의 입에 만족스러운 웃음이 걸렸다. 이어진 내 답들이 확신을 줬는지, 백작의 두 눈에 의심이라곤 없었다. 부정해도 의미 없겠군.

어차피 조만간 파혼할 예정인 건 맞기에, 나는 굳이 의미 없는 데 애를 쓰진 않았다.

"파혼하게 되면 연락하시오. 네빗은 짝이 없다오."

"됐습니다. 혼인한대도, 배우자는 북부에서 구할 겁니다."

"북부라. 화이트폴이 검을 수련하기에 그렇게 좋다지?"

"하나뿐인 후계를 북부로 팔아넘기시게요?"

"어차피 영지는 수도에 있지도 않은데, 수도에서 살면 어떻고 북부에서 지내면 어떻단 말이오."

"저번에도 말씀드린 것 같지만, 손자분의 의견도 좀 존중하십시오."

하여튼 수도 귀족들이란.

혀를 차며 자리에서 일어나자, 백작이 나를 따라 일어났다.

"내 손주라 하는 말이 아니라, 정말 예쁜 아이라오. 소공작이 못 본 새 몸도 아주 사내다워졌지."

"네네, 그럼 전 이만 돌아가 보겠습니—."

"그리고 소공작에게 반한 듯하오."

뭐? 놀라서, 아니 그보다는 어이가 없어서 나는 다시 엔하르트 백작을 쳐다
봤다.

"반하긴 저에 대해 뭘 안다고 반합니까. 백작님, 그렇게 자의적으로 손자분
의 마음을 해석하지 마시죠."

"내 그리 무식한 늙은이로 보이시오? 생명을 구해 준 사람에게 마음이 가는
게 무어가 이상하다고."

"구한 건 세시오라니까요?"

"하지만 반할 땐 그걸 몰랐지."

말이 안 통하는군. 대화가 길어질수록, 어쩐지 백작이 진실보다는 바람을 이
야기한다는 기분이 들어서 나는 말을 끊었다.

그냥 돌아가는 게 상책이다. 그렇게 생각하며 걸음을 떼어 내는데, 누군가
다급히 문을 두드렸다. 급한 일이라도 생겼나 싶었으나 백작의 얼굴은 태연
했다.

"들어오거라, 네빗."

소백작이었나? 백작의 말에, 네빗 엔하르트가 안으로 들어왔다. 노크에서도
느껴지긴 했지만 보통 급한 게 아니었는지, 붉게 상기된 얼굴에서 땀방울 몇
개가 떨어져 내렸다.

세시오의 언령 덕에 골격이 좋아진 건 알고 있었지만, 그때와도 모습이 많이
달라져 있었다. 살과 근육이 제법 붙어서, 10대 후반으로도 보이던 얼굴이 이
제는 또래처럼 보였다.

"소…… 공작님."

그는 백작에게 인사를 건네기도 전에 나를 발견하고 멈춰 섰다. 백작에게 그런 말을 들었기 때문인지, 소백작을 보자 뭐랄까 기묘한 착각이 일었다. 나를 본 순간, 그의 뺨이 더 붉어진 것 같았고 표정도 뭔가 수줍어하는 것처럼……

설마, 이게 엔하르트 백작의 노림수인가.

그냥 뛰어와서 그렇겠지. ……그런데 왜 달려온 거지?

"왜 이리 늦었느냐, 네빗."

"죄송합니다, 할머님. 소식을 늦게 들어서 서둘러 뛰어왔습니다."

그가 다소 쭈뼛거리며 다가왔다. 귀가 점점 불타오르는 것이, 어쩐지 착각이 아닌 것처럼 느껴졌다.

"안녕하십니까, 소공작님. 오래간만에 뵙습니다."

"오랜만입니다, 엔하르트 소백작. 좋아 보이시네요."

"덕분입니다. 그리고 가능하다면 소백작이 아니라 이름으로 불러 주시면 좋겠습니다."

다소 뜬금없이 나온 말에, 백작이 길게 입꼬리를 늘였다. 저 표정을 보니 거절하고 싶었지만, 호칭 정도야 별것도 아니니까.

"뭐, 원하신다면……."

"한데…… 돌아가시는 겁니까?"

"용건이 끝났으니까요."

"잠깐, 단 5분 만이라도 더 있다 가시면 안 됩니까?"

못 들어줄 부탁은 아니었으나, 점점 백작의 얼굴은 흐뭇해지고 내 마음은 불길해졌다. 나는 단호히 거절했다.

"죄송합니다. 세시오와 약속한 바가 있어서, 더 있을 수는 없겠군요. 그럼 이만."

그러고는 그의 인사도 받지 않고 응접실을 나왔다. 내 등 쪽에 끈질기게 시선이 따라붙은 건, 착각이었으리라 믿고 싶었다.

공작저로 돌아오니 딱, 점심시간이었다. 다이닝룸에 들어서서, 세시오를 보자마자 마음이 풀어져서, 나는 힘껏 하소연을 늘어놨다.

「엔하르트 소백작이 그대를?」

"착각이겠지? 착각일 거야. 착각이어야 해."

「그자가 마음에 들지 않나?」

당연하지, 아직 당신을 좋아하고 있으니까. 내 솔직한 마음은 속으로만 털어놓고, 나는 겉으로 그럴듯한 다른 이유를 꺼냈다.

"일 복잡해지는 거 싫어. 타니타르만 치우면 북부에 돌아갈 텐데 쓸데없는 인연 늘리기도 싫고."

「북부까지 따라오겠다고 해도 싫은가?」

"수도 귀족이랑 엮이기 싫다니까."

세시오의 눈치 없는 물음에, 나는 좀 신경질적으로 대답했다.

그가 무표정한 얼굴로, 물끄러미 나를 바라봤다.

"왜?"

그의 입매가 천천히 늘어졌다. 그러나 희한하게도 그게 미소처럼 보이지는 않았다.

「아무것도.」

그 뒤, 세시오는 내가 바라는 것처럼 네빗 엔하르트가 내게 마음이 없을 거라 말해 주었다. 별로 믿기진 않았지만.

스무 번째 생일. 나는 내가 가진 옷 중, 제일 좋은 드레스를 차려입고 제몬을 만나러 가고 있었다. 그러나 안으로 들어서기 전, 나는 걸음을 멈추었다.

막 마차에 오르기 직전인, 후작 일가가 눈에 들어왔다. 개중엔 내 연인도 있었다.

"······제몬?"

기름을 발라 머리를 넘기고, 평소에는 잘 입지도 않는 화려한 차림의 제몬이 제 어머니를 에스코트하고 있었다. 바깥에 나와 위축된 모양인지, 후작부인은 나를 보는 체도 하지 않고 서둘러 마차에 올랐다.

후작은 경멸 어린 표정으로, 나를 흘금 보고는 크게 한숨을 내쉬었다.

"빨리 따라오거라."

"예, 아버지."

그러고는 데이브릭 후작 또한 마차에 올랐다. 당혹감과 수치심을 견디지 못하고, 나는 치맛자락을 움켜쥐었다.

제 부모님이 마차에 다 오르고 난 뒤에야, 제몬이 화를 참는 얼굴로 내게 다가왔다.

"무슨 일이야, 테릴. 말도 없이 왜 온 거야."

"'말도 없이.'라니. 잊었어?"

"뭘?"

"오늘, 내 생일이라고 했잖아."

설마 했더니 역시나. 그에게 상처 입은 마음 때문에 목소리가 떨려 나왔다. 그제야 오늘이 무슨 날인지 알아차린 듯, 제몬의 얼굴에 곤혹스러움이 내려앉았다.

짜증이 가신 표정에 조금 용기가 났다. 나는 제몬이 가지 않길 바라며 그의 손을 붙들었다.

"같이 시간을 보내기로 했으면서. 어디, 나가는 거야."

"연말 무도회가 있어. 네 생일을 잊어버린 건 미안한데 빠지기 좀 곤란해."

곤란하다고? 왜. 그 자리에 롭티나 그레텔이라도 오는 거니? 묻고 싶은 말이 혀 바로 밑까지 차올랐으나, 차마 꺼내지는 못했다.

"미안해. 되도록 금방 돌아올 테니 그럼 조금만 기다려 줄래?"

"……아니야, 중간에 빠져나오기 힘들겠지. 그냥 나는 돌아갈게."

"아니야, 테릴. 빠질 순 없지만 이번 무도회는 그렇게 중요한 자리는 아니니까 저녁쯤엔 올 수 있어."

일말의 미안함은 남았는지, 그는 내 손을 한 번 힘주어 잡았다. 그러나 그게 끝이었다.

"기다려 줘."

제몬은 내가 마지못해 고개를 끄덕이는 걸 보고 손을 뺐고, 뒤돌아 마차에 올랐다.

나는 잠시, 마차가 저택을 떠나는 모습을 지켜봤다. 다그닥 다그닥, 말이 달리는 소리가 내 심장을 두드렸지만, 눈을 뗄 수가 없었다.

그러고는 다음 순간, 나는 눈꺼풀을 들어 올렸다.

천장이 보였다. 후작성에서 배정받았던 침실이 아닌, 공작저의 내 방. 한결 익숙한 공간을 보며 나는 눈을 깜박였다.

"500년 12월 31일. 제몬과 헤어지기 직전의 겨울이네."

생일이기에 날짜는 분명했다. 꿈에서 본 기억이 내 머릿속에 고스란히 떠올랐다. 입에서 실소가 났다.

"제몬이 롭티나 그레텔을 꾀어내려는 것도, 나는 사실 알고 있었구나."

"제몬 데이브릭이 언제부터 영애께 마음을 고백하던가요."
"4년 전 겨울이니까, 약혼하기 반년 전부터죠? 그런데 그건 왜요?"

시기도 롭티나에게 들은 것과 맞아떨어졌다. 그 부분까지 기억이 지워져 몰랐던 거지, 과거의 테릴 윈터글라스가 그 정도로 눈치가 없진 않던 모양이었다. 거기까지 알면서 왜 헤어지지 않았는지는 모르겠지만. 문제는.

"그럼 대체 기억은 언제 지운 거야."

치미는 의문에, 나는 눈가를 찡그렸다. 저기서 반년이 더 지나면, 나는 제몬에게 차이고 화이트폴로 떠나게 된다. 세시오는 도대체 무슨 생각으로 저 때까지도 내 기억을 지우지 않은 걸까.

해결되지 않은 답답함이 가슴을 두드렸다. 본인이 같은 저택에 있음에도 답을 듣지 못하니, 더 그랬다.

"그래도, 거의 다 왔으니까."

설사, 제몬에게 차이기 하루 전날 내 기억에 손을 댔다고 하더라도, 이젠 얼마 남지 않았다. 요즘은 꿈을 꾸지 않는 날도 드물었으니 조만간, 모든 걸 떠올리게 될 것이다. 그런 확신이 들었다.

오늘은 공작저에 손님이 찾아왔다. 수도에 내려온 이후, 거의 객을 맞이한 적이 없었으나 나는 궁금해서라도 방문을 받아들였다.

"안녕하세요, 테릴! 오랜만이에요!"

나를 찾은 이는 다름 아닌, 롭티나 그레텔이었다. 그녀는 경쾌하게 걸어 응접실로 들어오더니, 한구석에 산더미 같은 선물을 쌓기 시작했다. 누가 보면 뇌물이라도 바치러 온 줄 알 것이다.

황당해 그 모습을 가만히 지켜보고 있으니 롭티나가 허리에 양손을 짚고 당당하게 말했다.

"우리 이제 친구니까요. 친구 보러 온 게 잘못은 아니죠?"

이름으로 부르자는 말이 어떻게 친구가 되자는 말로 들리는지는 모르겠지만. 롭티나의 본모습이 아님을 알고 있어서 나는 구태여 반박하지는 않았다. 대신, 연기란 걸 알면서도 보고 있기는 조금 힘들어서.

"모리나, 사람들 좀 물려 줘."

"알겠습니다, 소공작님."

사용인들을 다 내보냈다. 모든 이가 나가고 문이 닫히자, 롭티나의 표정이 차분하게 변했다. 그러나 얼굴에 남은 발그레한 온기는 여전했다. 화장치고는 너무 자연스러운데.

"왈릿에서 하신 일은 들었어요."

엔하르트 백작은 그렇다 치지만, 이 사람도 너무 당연하단 듯 알고 있다. 왈릿에서 온 지 얼마 되지도 않았는데, 데이브릭 후작은 소문 단속도 안 한 건가. 설마 후작이 세시오를 죽이려 했다는 것까지 퍼진 건 아니겠지. 롭티나의 표정만 봐도, 그것까진 아닌 듯했지만.

"혹시, 그 소문이 수도 전역에 퍼졌습니까?"

"알 사람은 다 알죠. 젬젬, 아니 제몬도 알아요."

"예? 아쉽……. 음."

순간적으로 아쉽다는 말을 꺼낼 뻔했다. 그러나 정말로 아쉬웠다. 면전에서 네 후작위는 이제 없다고 직접 말한 뒤 제몬의 표정이 일그러지는 걸 보고 싶었는데.

하기야, 소문이 돌지 않았다고 한들 그가 모를 수 없는 이야기였다. 이오마테드가 후계 박탈권을 행사했는데, 어떻게 모르겠는가. 다만 왈릿에서 있던 일을 알면서도 여태 내게 달려오지 않는 건 좀 이상한 일이었다. 알았으면 진작 달려와서 세시오의 인성이 어쩌고, 후작부인 때문에 어쩌고, 되돌려 놓으니 어쩌고 하며 떠들어대는 게 그에게 어울리는데. 롭티나가 말을 걸지 못하게 했던 게, 지금 상황에서까지 먹힐 리는 없고.

그런 내 의아함을, 롭티나가 해소해 주었다.

"섣부른 짓 하지 말라고, 지금은 저택에 감금당해 있지만요."

"감금…… 이라면, 후작이 한 겁니까?"

"네. 아마도 소공작님을 찾아갔다가 살해당할까 걱정하신 게 아닐까요?"

그녀의 말에 나는 고개를 끄덕였다. 그러면서도, 섣부른 짓은 후작이 다 하지 않았나 하는 생각이 들었지만.

롭티나가 커다란 눈을 두어 번 깜박였다. 응접실의 조명을 받고, 핑크 다이아몬드 같은 눈동자가 반짝였다. 예쁘기도 했으나 그보다는 맑다는 말이 더 어울리는 눈빛이었다.

"혹시, 제몬을 만나고 싶으신가요?"

"그냥 그 얼굴이 일그러지는 꼴을 좀 보고 싶은 정도입니다."

그 눈을 보고 말하니 어쩐지 내 복수심이 좀 조잡하게 느껴져서, 나는 말을 돌렸다.

"그러면, 공녀께서는 어찌하실 생각입니까."

"제몬과의 약혼을 말씀하시는 거군요."

"이제 쓸모없잖습니까."

"음, 소공작님께서 조금 착각하시는 게 있어요. 저는 쓸모가 없어서 제몬을 고른 거예요."

"네?"

"전에 말씀드리지 않았던가요. 그를 택한 이유 중에는, 제몬이 똑똑하지 않아서란 이유도 있다고요."

"아, 제몬의 멍청함을 좋아하신다고 말씀하셨죠."

"제 말을 기억해 주신다니 기쁘네요."

그녀는 뺨을 한층 발갛게 물들이고 수줍게 웃었다. 정확히는, 그렇게 보였다. 이미 실체를 털어놨으니, 새삼 연기를 하는 것도 아닐 텐데, 왜지. 당혹스러운 한편으로, 나는 스스로를 돌아보게 되었다. 요즘 그냥, 내가 자의식 과잉인 걸지도 몰랐다.

"어차피 저는 그레텔을 삼킬 생각이니, 데이브릭 같은 건 누가 갖더라도 상관없어요."

"그레텔이요."

"그러고 보니 저번 무도회에서 아드윈을 만나셨다면서요?"

롭티나 그레텔의 얼굴이 경멸을 담아 일그러졌다.

그녀의 말에, 나도 지나간 일을 떠올렸다. 세시오에게 계속 시비를 걸던 술주정뱅이 쓰레기였지.

"그 술주정뱅이 쓰레기요."

그를 지칭하는 말이 완전히 같아서, 나는 조금 동질감을 느꼈다.

"혹시…… 가 아니라 틀림없이 소공작님께 무례를 저질렀겠죠?"

"뭐……. 난간에서 던져 버렸으니 사감은 없습니다. 게다가 알코올 알레르기도 생겼다고 하고."

"정말요. 그래서 좀 사람이 되나 싶더라니, 한심함이 알레르기도 이기더군요."

"그 말은······."

"술을 마시고, 알레르기 반응 때문에 앓아눕고. 매일 그 짓이에요, 기가 막히
게도."

"그 지경이 돼도 못 끊었습니까? 여러 의미로 대단하네요."

"맞아요. 대단한 오물이죠. 그 오물이 첫째라고, 공작위를 물려주시려는 아
버님도 대단하지만요."

치를 떨며 하는 말에, 나는 찻물을 조금 들이켰다.

"어차피 저는 그레텔을 삼킬 생각이니."

"그 오물이 첫째라고 공작위를 물려주시려는 아버님도 대단하지만요."

다른 사람이 없는 자리라 그런지, 가문의 사정이나 제 속내를 드러내는 데
거침이 없었다. 그 짧은 시간 내, 내게 마음의 장벽을 허문 건 아닐 테고, 혹 왈
릿에서의 일을 듣고 다른 계획을 품은 건가.

물어보면 간단해지는 일이라, 나는 찻잔을 내려놓으며 그녀의 눈을 바라
봤다.

"혹, 공녀께서는 거래를 청하러 오신 겁니까."

"거래라 하심은······. 아! 죄송해요!"

롭티나는 갑자기 당황하며 고개를 저었다.

"그게······. 저는 그냥 제가 그레텔 공작이 될 거니까 소공작님께도 쓸모가
있을 거라고 어필하고 싶었을 뿐이에요."

"저한테 쓸모 있는······?"

"네. 그쯤은 돼야, 유용한 친구라 여기실 테니까요."

백작도 그렇고, 롭티나도 그렇고. 내가 그렇게 사람의 급을 나누는 것처럼

보였나. 성을 찾고 나서 좀 거만해지긴 했지만, 아무래도 보이는 이미지가 내 생각보다 심각한 모양이었다. 북부로 돌아가면, 다시 윤리 교사를 찾아야 할지도 모르겠다. 이러다 아버지처럼 되면 큰일이야.

"……제가 어떻게 보이는진 모르겠지만, 유용성을 따지며 친구를 사귀지는 않습니다."

"세상에, 멋져라."

그녀가 손뼉을 치며 감탄했다. 혹시 나 바보 취급을 당하는 건가. 당혹감에 눈을 깜박이자, 롭티나는 주섬주섬 무언가를 꺼내 들었다. 응접실에 선물의 산을 만들어 놓고 또 뭔가 꺼낼 수 있다는 사실이 놀라웠지만.

그녀가 테이블에 올려 둔 건, 초대장이었다.

"실은 조만간 티파티를 열 예정이에요. 바라시는 걸 준비해 드릴 수 있을 것 같은데, 혹 와 주실 수 있을까요?"

저번에는 온 줄도 몰랐지만, 알았더라도 거절했을 것이다. 하나 지금은 괜찮았다. 데이브릭 후작을 압박하는 건 세시오가 소후작이 된 다음 일이고, 타니타르를 공격하는 건 또 그다음 일이었으니까. 지금은 기다리는 시기니 한 번쯤 티파티에 나가도 나쁠 건 없었다.

고개를 끄덕이자, 롭티나가 기쁜 얼굴로 웃었다.

롭티나 그레텔이 돌아간 저녁. 식사를 마치고, 나는 다이닝룸에서 세시오와 와인을 마시고 있었다. 몸 상태는 다 나았다고 말할 수 있을 만큼 좋아져서 세시오는 이제 침묵의 저주에서는 풀려난 상태였다.

"그래서 티파티에 한번 다녀오려고. 필요한 게 있으면, 집사나 모리나한테 말하면 될 거야."

"신경 써 줘서 고맙군."

"뭣하면 그림을 그려도 괜찮고, 당신 잘 그리잖아."

잔을 들던 세시오의 손이 멈추었다. 그를 보고, 나는 눈을 가늘게 뜨고 웃었다.

"심심하면, 왈릿에서의 내 영웅담이나 그려 줄래?"

"나를 놀리려는 농담인지 진심인지 모르겠군."

"아무리 생각해도 그때, 내가 스케치북을 집었을 때 당신 당황하던 거 진심 같단 말이야."

"뭐……."

"연기를 아무리 잘해도 얼굴을 붉힐 수는 없잖아."

"당황스럽긴 했지, 여러 가지로."

말을 얼버무리는 모습에 그를 좀 더 몰아가려는데 누군가의 인기척이 느껴졌다. 시녀, 모리나였다. 어차피 세시오와 말을 나누는 중에는 소리를 차단하는 터라 별로 놀라지는 않았다.

"소공작님, 엔하르트 백작저에서 사람이 왔습니다."

"무슨 일인데."

"선물을 가져왔다고 합니다. 소공작님께 전달하는 걸 꼭 확인하고 싶다는데 들여보내도 괜찮을까요?"

"잠깐 정도면."

별로 내키진 않으나, 데이브릭의 기사들이 신세 지고 있으니 조금은 신경 써 줄 수 있었다.

잠시 뒤, 모리나가 한 하인을 데리고 들어왔다. 그는 막대한 임무를 짊어진 용사처럼, 상기된 얼굴로 눈을 반짝이고 있었다. 무슨 거창한 선물을 가져왔나, 고개를 든 나는 조금 당황했다. 하인이 조심스럽게 내게 다가와 허리를 접었다.

"네, 네빗 엔하르트 소백작님께서 반드시 전달해 달라고 하셔서 무례를 범했습니다. 용서해 주셔서 감사합니다!"

그러고는 내게 꽃다발을 내밀었다. 송이가 크지 않은 조그만 꽃들의 군집. 눈에 익으나, 바로 이름이 기억나지 않는 자줏빛 꽃에서 향이 진동했다. 나는 엉겁결에 꽃다발을 받아 들고 눈을 깜박였다.

"라일락입니다."

"아, 그런 이름이었지."

"혹시 색이나 꽃의 종류가 마음에 들지 않으신가요?"

"아니, 꽃을 받아 보긴 처음이라 조금 놀랐을 뿐이야."

정말로 꽃다발을 선물 받긴 처음이다. 얼떨떨한 기분이 들었으나, 불쾌한 건 아니었다.

"소백작께 고맙다고 전해 드리게."

내 말에 뿌듯하게 웃은 하인은 다시 허리를 접어 인사하고는 자리를 떠났다.

그러는 사이, 당혹스럽던 심경은 차차 즐거움으로 변했다. 나는 꽃다발을 끌어안고 다시 그 향기를 맡았다. 괜찮은 기분이었다.

그 상황을 가만히 관망하던 세시오가 입을 열어 물었다.

"꽃을 좋아하나?"

"아니라고 생각했는데, 막상 받아 보니 의외로 괜찮은데."

기계적으로 예쁘다고 생각은 해도, 꽃에 별로 관심은 없었다. 라일락이란 이름도 듣고 나서야 떠올릴 정도였다. 그런데도 받고 나니 기분이 좋았다. 어쩌면 마음에 여유가 생긴 덕일지도 몰랐다.

"그대가 걱정한 게 착각은 아닌 모양이야."

"뭐가……. 아."

무심코 물었다가, 나는 세시오가 무슨 말을 하는지 나중에야 알아차렸다.

예상치 못한 선물이라 머리가 둔하게 굴러간 걸까. 생각해 보면, 보통 꽃을 보내는 건 축하할 일이 있거나 연애 감정을 드러낼 때였다. 소백작이 축하를 전하려던 거라면 수신인은 내가 아니라 세시오였을 것이다. 그러니 이 꽃의 의미는 아마도.

갑자기 품에 안은 것이 무겁게 느껴졌다.

"소백작이 정말 날 좋아한다고……."

"표정이 죽상이 됐군."

"당신은 갑자기 기분이 좋아 보이고 말이야."

내 부담감이 즐거운 듯 삽시간에 올라간 그 입꼬리가 얄밉다.

나는 세시오를 한번 노려봤다가 다시 꽃으로 시선을 돌렸다.

"목숨을 구해 줬다고 사랑에 빠지는 건 너무 단순하지 않나. 이제는 제 은인이 당신이라는 것도 알았을 텐데."

"그렇군. 구해 준 건 난데 그대에게 반했다니. 인어가 된 기분이야."

"그러고 보니 인어공주가 그런 이야기던가. 당신, 동화에 정말 심취했네."

"신데렐라 이야기를 먼저 꺼낸 건 그대잖아."

내가 꺼냈나. 사람들이 꺼냈지.

"납득하지 못한다니 말해 주는 거지만, 목숨을 구해 줘서만은 아닐 거야."

"그럼? 리한이라는 배경을 보고? 아니면, 검술 명가니까 내 실력에 반했나."

"그건 모르지만, 치료하기 전부터 소백작이 그대의 얼굴을 빤히 봤거든."

세시오의 말에 나는 기억을 더듬어 봤으나, 딱히 의심스러운 지점을 잡아내지는 못했다. 애당초 네빗 엔하르트를 치료할 때의 기억 자체가 내게는 별로 인상 깊지 않았다.

"처음에는 착각인가 싶었지만, 결국 이렇게 됐군."

"나는 잘 모르겠지만 당신 말대로라면 꽃은 돌려보내야겠네."

그의 마음을 받아 줄 요량은 요만큼도 없으니까. 애당초, 세시오와 아직 파혼한 것도 아닌데 이런 노골적인 수작질이라니.

급격히 마음이 식어서 나는 테이블에 물건을 내려 두었다.

"돌려보내지 않는 편이 좋을걸."

"왜?"

"남들이 보기엔, 그대가 엔하르트 백작저에 꽃을 보내는 모양새가 아닌가."

"설마 그렇게까지 수를 쓴 거라고?"

"조심해서 나쁠 건 없지. 상대는 노회한 근위기사단장이니."

"그냥 검이나 휘두르지, 사람을 또 이렇게 휘두르네."

그런 말을 듣고 나니, 라일락 꽃다발이 한층 보기 싫어졌다. 좋다고 생각한 향기도 영 별로였다. 그런 스스로가 변덕스럽게 느껴졌지만, 보낸 사람이 잘못한 거지.

"좋아, 이제부터는 그쪽에서 보낸 선물을 들여보내지 않으면 그만이니까."

나는 심드렁히 내뱉고, 모리나를 시켜 꽃다발을 가져가게 했다.

"기다리게."

타니타르 공작저를 찾아갔을 때, 데이브릭 후작이 들은 첫 마디는 그랬다.

응접실도 아닌 공작의 방으로 불려 간 데다, 그는 제 검을 손질하기만 할 뿐 후작에게 인사조차 건네지 않았다. 언제 살갑게 굴었냐는 듯 차가워진 태도에 후작이 얼굴을 일그러뜨렸다.

"도대체 언제까지 말입니까."

상황이 변했다고는 해도 저는 아직 데이브릭의 주인이다. 뜻을 합친 바가 있는데, 한순간에 절 내치는 건 도리에 어긋난 일이었다.

"침묵으로 버티는 것도 한계가 있습니다. 길어 봐야 두 달이면, 저는 제몬을 후계에서 내칠 수밖에 없단 말입니다!"

"달리, 할 수 있는 일도 없지 않나."

"타니타르 공작 각하!"

"자네는 그게 내 탓인 것처럼 말하는군."

정곡을 꿰뚫는 말에, 후작의 말문이 틀어 막혔다. 공작은 손질하던 검을 내려 두고, 처음으로 후작에게 고개를 돌렸다.

"나는 약속대로, 리한 소공작이 왈릿에 가 있는 동안 윈터글라스 남직의 행방을 흐려 놓았어."

자리에서 일어난 타니타르 공작이 천천히, 그에게 다가왔다.

"그러나 자신만만하던 자네는, 공작도 아닌 그 어린애 하나 잡는 것도 실패했지."

"……"

"그뿐인가. 자네 아들은 어느샌가 성자가 되어 있고, 원로회고 기사단이고 다 뒤집어져서는."

공작이 기가 막힌 듯, 헛웃음을 터뜨렸다. 후작의 얼굴이 한층 일그러졌다.

"평소 영지 관리를 어떻게 했으면, 민심이 손바닥 뒤집듯 뒤집히는 겐가. 도대체 평민들을 어찌 대한 게야."

"……각하께서도 다르지 않으십니다."

"나도 같다?"

"그럼 각하께서는, 천출과 고귀한 혈통이 같다고 생각하시는 겁니까?"

이를 갈아붙이며 하는 말에, 공작의 얼굴에 괘씸함이 스쳐 지나갔다. 그러나 그는 노기를 드러내는 대신 눈을 가늘게 뜨고 웃었다.

천출과 귀한 혈통이 같다?

"말도 안 되는 이야기지."

"그러면!"

"그렇다고 그걸 티 내는 바보가 어디 있단 말인가. 천한 것들에게도 현재의 삶에 만족할 만한 미끼는 필요해."

공작은 혀를 한 번 차고는, 그 예시들을 늘어놓았다. 충성심. 존경. 동경. 선망.

"뭐가 됐든 말이야, 실상은 개가 되어 꼬리를 흔드는 꼴이라도 스스로는 용맹스러운 전사라 생각하는 게 중하단 말일세."

"……조언은 필요 없습니다."

"그래, 나도 자네에게 조언 따위를 할 생각은 아니야. 다만 조금 기다려 달라는 소릴세."

"그러니까 언제까지—."

"최상급 저주의 완성이 머지않았네."

"정, 정말입니까!"

"마도사 둘이 무려 30년을 바쳐 만든 저주야. 리한 같은 괴물이라도, 얼마든지 잡을 수 있네."

후작의 두 눈에 강렬한 희망이 돌았다. 공작은 인자하게 웃으며, 알버트 데이브릭의 어깨에 손을 올렸다.

"그러니 당분간은 조용히 지내게. 설사 그 황족 놈에게 작위를 빼앗기더라도, 자네 아들은 다시 후작이 될 수 있을 테니."

그렇게 말하는 타니타르 공작의 눈은 묘하게 빛나고 있었다. 그러나 희망에 들뜬 후작은 차마 그 기운을 읽어 내지 못했다.

"어서 와요, 테릴!"

밝은 목소리로, 롭티나 그레텔이 나를 맞았다.

나는 그녀에게 작은 선물을 건네고, 잠시 주위를 둘러보았다. 내가 윈터글라스일 적, 나를 조롱하던 이는 하나도 섞여 있지 않았다. 그저 우연은 아니겠지. 나름의 이벤트를 기대하고 왔는데, 배려를 받은 것도 나쁘진 않았다.

다른 이들과도 간단히 인사를 나누고 티파티가 시작되었다. 적극적으로 대화에 끼어들지는 않았지만, 남의 이야기를 듣는 것만도 꽤 괜찮았다. 대단한 가십을 늘어놓지는 않아도, 사람들의 말솜씨가 좋았고 차나 다과도 내 입에 맞았다.

그러다가 종종 왈릿에서의 일이 주제로 나오기도 했다. 세시오가 정말로 성자인지, 신성력을 발현한 게 언제인지, 구휼 식량에 들인 돈이 얼마 정돈지 같은. 조금이라도 선을 넘을라 치면, 롭티나가 철없는 소리로 화제를 흐려 주었기에 마음이 퍽 편했다.

자극적이지 않은 평화로운 분위기를 누리는 때. 그레텔 공작가의 시녀 하나가 롭티나에게 다가왔다.

"작은 아가씨, 리한 소공작님 앞으로 꽃이 도착했습니다."

롭티나는 고개를 기우뚱 기울였고, 나는 조금 눈가를 찡그렸다. 꽃이란 말에 떠오르는 이가 있었다. 설마.

"어머, 세시오 공자가 보내신 건가요?"

"로맨티시스트군요."

"아, 아니요. 보내신 분은, 네빗 엔하르트 소백작님이십니다."

시녀의 정정에, 분위기가 싸하게 가라앉았다. 설마 했던 그 이름의 등장에 나는 이마를 짚고 말았다. 불쾌함이 치솟았다. 내 저택도 아니고 외부 티파티 에서, 하필이면 또 꽃을 보냈단 말이지. 의도가 너무 분명해서, 기가 찰 따름 이다.

같은 생각을 했는지, 참가자들의 얼굴에 묘한 빛이 떠올랐다. 대놓고 내게 무례한 질문을 하지는 않아도, 바람을 떠올리는 게 분명했다.

더는 자리에 있을 수 없겠다 싶어 일어나려는 때, 롭티나가 먼저 소리쳤다.

"와, 정말 불한당 같은 사람이네요!"

"예?"

"엔하르트 공자, 그렇게 안 봤는데! 약혼자가 있는 사람한테 이런 걸 보내다 니 뭐예요. 소문이라도 뒤집어씌우고 싶은가!"

기운찬 분노에, 나는 조금 얼떨떨한 기분이 들었다. 대신 화내 주니 고맙긴 한데 평소 설정이랑 어긋나지 않나. 다른 이들도 당황한 기색이 역력했다.

미처 말릴 새도 없이, 롭티나는 씩씩거리며 말을 이어 갔다.

"나도 저번에 얼마나 곤란했는데요! 저번에 프라임 백작님이 나한테 손수건 을 주면서 은근히 사랑 고백을 했었잖아요."

"네? 그건 사랑 고백이 아니라 와인을 엎지르셔서 그런 게……."

"저도! 그런 줄 알았어요! 그런데 아드윈 오라버니가 그걸 보고는 다가와서 뭐라는 줄 알아요? 저보고 바람둥이래요!"

"아니, 그건—."

"그 사람은 50대잖아요! 그런데 어떻게 저한테 손수건을 줄 수 있는 거죠?"

"진정해요, 그레텔 영애. 그건 프라임 백작님이 아니라, 그레텔 소공작님의

239

실언 같습니다."

"맞아, 아드원 오라버니가 문제예요! 그 술주정뱅이!"

롭티나의 이야기는 정말 아무렇게나 흘러갔다. 의외로운 발언에 놀랐던 사람들도, 이어진 말에 당혹감을 풀고 그러면 그렇지, 하는 표정이 되었다.

자기식으로 분위기를 환기해 준 건가. 덕분에 애먼 소문 하나를 더할 일은 없어졌다. 그녀의 마음이 고마워서 짜증은 금세 가라앉았다. 그 때문에 멀뚱히 선 시녀에게도 나는 부드럽게 말할 수 있었다.

"경우는 좀 다르나, 나도 같은 생각이야."

"예?"

"꽃을 가져온 이를 돌려보내. 의도가 있는 선물은 받을 생각이 없다 전하고."

"아, 네, 알겠습니다."

시녀는 고개를 끄덕이고 사라졌다.

기분이 풀린 건 그렇다 치고, 아무래도 엔하르트에 한번 경고하러 가야겠는데. 다음 일정을 잡으며 고개를 돌리려는 때, 익숙한 기척이 느껴졌다. 그쪽으로 시선을 옮기자.

"롭티나, 갑자기 왜 부른―."

제몬 데이브릭이 보였다. 장내로 들어서던 이는 나와 눈이 마주치자 입을 다물고 걸음을 멈추었다.

맘고생을 하긴 했는지, 전보다 핼쑥한 몰골이었다. 야위어 턱과 광대가 뾰족해지고, 눈 밑으로 새카만 그늘이 졌다. 당혹감에 커진 눈에도 빛이 꺼져 있었다.

예상 못 한 이의 등장에, 나는 두어 번 눈을 깜박이다가 롭티나에게 고개를 돌렸다. 그녀는 천진난만하게 웃으며 제몬에게 알은체를 했다.

"왔어요, 젬젬? 얼굴 보는 거 정말 힘드네요!"

아무래도, 그를 부른 건 롭티나인 모양이다. 그 이유는 어쩌면.

"혹시, 제몬을 만나고 싶으신가요?"

"그냥 그 얼굴이 일그러지는 꼴을 좀 봐주고 싶은 정도입니다."

"바라시는 걸 준비해 드릴 수 있을 것 같은데, 혹 와 주실 수 있을까요?"

그때 나눈 대화 때문인가. 그 기억이 떠오르자마자 의심은 빠르게 확신이 되었다.

"저, 저는 그러고 보니 일이 있었네요. 죄송하지만 먼저 실례하겠습니다!"

제몬이 등장한 시점부터 숨도 조심해서 쉬던 한 영애가 입을 열었다. 그러고는 혹시 누가 붙잡기라도 할까 봐, 서둘러 자리를 빠져나갔다.

"생각해 보니, 약혼녀와의 데이트를 잊었군요."

"아버님의 생신 선물을 골라야 해요."

"저는 배가 아파서……."

테이블에 앉아 있던 다른 이들도 갖은 핑계를 대며 점차 사라졌다. 더군다나.

"젬젬이 왔으니, 케이크를 더 내와야겠네요! 케이크, 초코 케이크!"

티파티의 주최자인 롭티나 그레텔 또한 콧노래를 부르며 장내를 나섰다. 나가기 직전, 나를 보고 묘하게 웃는 얼굴이 어쩐지 마음대로 해도 좋다는 사인 같았다. 다소 인위적이나, 그녀의 평소 설정과는 몹시도 잘 어울리는 방식이다. 의논하고 벌인 일은 아니지만, 상황 자체는 나쁘지 않았다. 그래, 제몬을 한번 만나고는 싶었으니까.

무겁게 군은 사내를 보며, 나는 먼저 입을 열었다.

"저택에 감금되어 있다고 들었는데, 약혼녀의 저택에 놀러 오는 정도는 허락을 해 주시나 봐."

"……데릴."

또 이름으로 부르네. 개명을 하든 해야지.

"너…… 대체 왈릿에서 무슨 짓을 한 거야."

그가 덜덜 입술을 떨었다. 지금의 격정을 견디지 못하겠다는 듯, 얼굴을 쓸고 머리칼을 헝클어뜨렸다. 그 모습이 내겐 즐거움이었다.

"대원로님이 내가 소후작 자리에 적합하지 않다고, 자격을 박탈하라 요구해 왔어."

"그 사람이 보기엔 그랬나 보지."

"모르는 척하지 마!"

심경이 그대로 담겨, 제몬의 목소리가 쇳소리처럼 찢어졌다. 그는 내게 나가오려다가 현기증이 일었는지, 비틀거렸다. 옆에 놓인 테이블을 움켜쥔 손에, 파랗게 핏줄이 섰다.

"어, 떻게 네가 이럴 수 있어. 이러려고 세시오와 만난 거였어? 나한테서 그 자릴 빼앗으려고?"

배신감으로 얼굴을 일그러뜨리고, 목소리엔 고통이 배었다. 온몸을 떨면서, 그는 벌게진 두 눈으로 나를 노려봤다.

그걸 바라보며, 나는 웃었다.

"맞아."

기꺼이 웃음이 나왔다.

"네가 날 기만할 때 그렇게 말했지. 어머니를 지키려면 어쩔 수 없다고, 후작위가 필요했다고."

"알면서 왜!"

"그 같잖은 말이 믿기지도 않았는데, 복수를 계획하고 나니 믿을 수 있겠더라고."

"뭐?"

"결론이 쉽게 나더라. 네 모든 행동이 정말 작위 때문이라면, 그걸 빼앗아야겠다고. 그래야 네게 최고의 고통을 줄 수 있겠다고."

"테릴 윈터글라스!"

테릴 리한이 된 게 언젠데. 보통 정신이 나간 게 아닌 모양이다.

여느 때처럼 소리를 지르는 그의 얼굴에, 어떠한 감정이 떠올랐다. 분노나 배신감보다도 커다란, 비참함.

"어떻게 나한테 그렇게 잔인할 수가 있어. 한때라도 나를 사랑했으면서, 네가 어떻게!"

"너도 그 기분을 알았으면 했거든."

"너도라고?"

"제몬, 나는 이미 3년 전에. 그리고 수도에 올라와서 네 진실을 알게 된 뒤 다시 한번. 그렇게 두 번을 느꼈어."

차마 내게 다가오지 못하는 제몬을 대신해, 나는 그에게 걸어갔다. 어설프게 테이블에 몸을 기댄 채로, 그는 멍하니 나를 바라보았다.

"왜 날 그렇게 비참하게 만들었어."

"테릴……."

"왜 주위 사람들한테 날 속물이라 조롱하고, 왜 후작저의 사용인들이 내 험담을 하는 걸 알면서 묵인했어."

"……."

"나와 헤어지지 않고 롭티나와 만난 이유는 뭐야, 하다못해 내게 이별을 선고하던 날! 날 후작저로 부르지 않을 수는 있었잖아."

그의 감정에 휩쓸리지 않고, 한 걸음 물러서서 비웃어 줄 생각이었다. 그러나 아직, 내 마음이 거기까지 정리되지는 않은 모양이다. 한 마디 한 마디를 내뱉을수록, 해묵은 분노가 온 마음을 뒤덮었다.

나는 한 손으로 제몬의 멱살을 붙들고 그를 바싹 끌어당겼다.

"그 모든 게 정말, 네가 후작이 되는 데 필요했다고."

그의 파란 눈, 한때는 사랑했고 지금은 증오하는 가을하늘 같은 눈동자가 흔들린다. 나는 그 눈을 마주한 채, 소리를 낮추고 물었다.

"여전히도 그따위로 지껄일 셈이야?"

"나는······."

"정말 그 자리만이 목적이었다면, 내가 남작가의 방계란 걸 알았을 때 끝냈어야지."

"······."

"혼담이 막힐 걸 우려했으면, 날조된 진실을 떠들 게 아니라 나를 만나지 말았어야지."

적어도 롭티나 그레텔과 약혼하고 싶다고 생각한 순간에는 그랬어야지.

제몬이 입술을 짓씹으며 고개를 돌리려 했다. 나는 옷깃을 더 바투 쥐어, 그가 도망칠 수 없도록 막았다.

"후작이 되는 것만이 목적이었다면, 넌 내 존재 자체를 멀리해야 했어. 나를 깎아내리고 험담하고 조롱할 게 아니라."

"······네가 좋았으니까."

쏟아부은 질문에, 그가 가까스로 답을 내어놨다. 그러나 그 답이란 것이 내 머리를 후려갈겼다.

제몬은 겁먹은 아이처럼 눈을 질끈 감았다. 그 모습에 애처로움이 일진 않았다. 가슴 안에서 화산이 터진 것처럼, 뜨겁고 질척한 게 흘러내렸다.

"네가 좋아서 그랬어, 테릴. 머리로는 헤어져야 한다는 걸 알면서도 포기하고 싶지 않아서, 돌이킬 수 없는 때까지 너를 놓지 못했어. 너를 사랑했어. 아니, 지금도 그래. 다만…… 어머니가 더 중할 뿐이야."

제몬의 멱살을 잡은 손에서 스르르 힘이 풀렸다. 그러나 시선을 피하려 안달이던 제몬은, 외려 테이블에 기댔던 몸을 바로 세우고 나를 직시했다.

"하하, 진짜…… 나한테 헤어지자고 말할 때 한 말들이 다 진심이었단 거지."

"나를 비난해. 때려도 좋고, 검을 찔러 넣고 싶으면 그래도 좋아."

"입 닥쳐, 제몬. 정말 그러고 싶은 걸 참고 있으니까."

"네가 원하는 건 뭐든 해. 그러고서…… 작위를 돌려줘."

결국 제 욕심뿐인 결론이구나. 겨우 끌어낸 속마음 역시도 내내 들어온 것과 다르지 않았다. 이 얼마나 솔직한 남자인가. 나는 입매를 엉망으로 비틀었다.

"그래, 넌 진심으로 네가 날 좋아해서 날 비참하게 만들었다고 지껄이는 거구나."

"아……"

"너랑 만나는 내내 내가 무슨 생각을 했는지 알아?"

"테릴."

"신데렐라라는 비아냥을 들으면서 어떤 기분이 들었는지 아느냐고."

몸 안의 열기를 달래려, 나는 힘껏 숨을 들이켰다. 가슴팍이 크게 부풀고 꺼진다. 한 번, 두 번, 세 번. 연달아 심호흡을 해 봐도, 부글거리는 감정은 쉬이 식지 않았다. 아까 내가 비웃었던 제몬의 진창이, 이번에는 내 발목을 잡고 있었다.

상처보다는 분노로, 과거의 기억보다는 현재의 명예로 복수를 계획한 거라 생각했다. 그러나 기분이 이렇게까지 뒤집히니, 깊은 데 숨은 본심도 고개를 내밀고 말았다. 시간은 먼지를 쌓아 내 상처를 가렸을 뿐, 내 감정은 바래 사라진 것이 아니었다.

나는 이를 악물고, 제몬을 노려봤다.

"난 말이야, 내가 미웠어. 너도 미웠지만…… 나 자신이 더 미웠어."

왜 나는 이런 환경에서 태어났을까. 왜 난 아무것도 가진 게 없으면서, 다 가진 사람을 욕심내고 있을까. 왜 이런 취급을 당하면서도 제몬 데이브릭을 버리지 못하는 걸까.

"누가 날 쳐다만 봐도 비웃는 것 같고, 웃으며 말을 건네도 나를 조롱하러 온 사람 같았어. 누가 웃어도 그게 내 책임 같았고, 누가 인상을 써도 나 때문 같았어."

"무슨…… 말을 하는 거야, 테릴. 넌 신경 쓰지 않았잖아. 늘 괜찮다고 말했잖아."

제몬의 반박에, 입에서 헛웃음이 배어 나왔다. 그래, 그렇게 말했지.

"사람들이 어떻게 쳐다보든 다 의미 없다고, 네게 중요하지도 않은 사람들이니 상처받지도 않는다고 분명 그렇게—"

"그 말을 다 믿었어?"

"뭐?"

"내가 어떻게 힘들다고 말해. 그 신데렐라 소리가 지긋지긋하다고, 내가 어떻게 말할 수가 있겠어. 내가 뭐라고 말하든, 너는 듣는 시늉도 하지 않을 텐데."

처음에는 듣는 척이라도 하겠지만, 말이 계속되고 상황이 반복될수록 지겨워할 것이다. 그리고 내게 더 큰 상처를 남기겠지. 그가 보인 행동만으로 충분히 유추할 수 있는 반응이었다.

생각하다가, 나는 자조적으로 웃었다.

"아니지, 사실 말이야. 날 제일 괴롭게 한 건 너도, 너희 어머니도, 후작저의 사용인들도, 그렇다고 무도회의 귀족들도 아니었어."

"……."

"나를 보는, 내 시선이었거든."

양심이 없다. 가진 게 없으니, 이 정도는 받아들여야지. 속물적인 기대가 정말로 없는 것도 아니잖아. 제몬은 연인이지, 보호자가 아닌데 왜 그에게 과중한 책임감을 떠넘기는가. 그런 내, 테릴 윈터글라스의 말들이.

"가장 날카롭고 노골적이고 피할 수조차 없이 끊임없이 나를 검열하고 가르치려 들던 건 나였고, 날 그렇게 만든 건 너였지."

"그런, 생각을 했다고……? 네가?"

"네 어머니보다 중요하진 않아도 날 사랑했다고 말하지만, 그건 거짓말이야. 제몬, 적어도 넌 나보다는 너 자신을 더 사랑했어."

그런데 말이야.

"그때, 내가 아버지를 찾았다면, 내가 리한의 소공작이었어도 넌 똑같이 행동했을까?"

답은 뻔하다.

입술을 달싹이지도 못하는 사내를 보며, 나는 허탈하게 웃었다.

"넌 그냥 날 얕본 거야. 그러니 내 진심과 상처 같은 건 염려하지 않고, 네 욕망과 목적을 저울질할 수 있던 거라고."

그에게서 더는 반박이 나올 것 같지도 않았다.

나는 흐트러진 차림을 정리하고, 돌아갈 준비를 했다.

"네가 뭐라고 지껄이든, 이제 돌이킬 수 없어. 돌아가."

"……우리 어머닌 죄가 없잖아. 어머니는 나를 후작으로 만들려고 세시오를—."

"그게 나랑 무슨 상관인데."

"……."

나는 한숨을 내쉬고, 그를 똑바로 바라봤다.

"한 번만 다시 물을게, 왜 세시오를 미워하는 거야?"

"그건, 아버지가—."

"앵무새 같은 답은 됐어. 왈릿에서 있던 일을 알잖아. 새벽 기사단이 너희 아버질 등진 이유도, 알 거 아냐."

왈릿이 후작을 저버린 이유. 데이브릭 후작이 평민들을 박대한다고 이야기가 나온 시작점에는, 그가 세시오를 죽이려 했다는 진실이 있었다. 수도에 그런 소문까지 퍼지지는 않았으나, 제몬은, 지금 데이브릭의 소후작은 알 것이다.

"그런데 지금도 후작이 세시오를 아끼는 것처럼 보여?"

혼란으로 일그러진 얼굴을 하고서, 그는 아무런 답도 하지 않았다. 뇌가 없는 머저리는 아닌 모양이다.

그게 아니면 어쩌면.

"이미 다 알고 있던 거 아냐? 그냥 모르는 척할 뿐이지."

"난……."

"답을 바란 건 아냐. 그래, 제몬."

"……."

"나만큼 비참해해 줘서 고마워."

마지막 인사를 남기고, 나는 자리를 떠났다.

이번에 제몬은 나를 잡지 않았다.

테릴이 티파티에 간 동안, 세시오는 저택에서 쉬고 있었다. 데이브릭에서 연락이 올 때까지, 그 또한 할 일이 없었으니까. 그가 책을 읽는 동안, 하인이 이젤과 캔버스를 가져다 두었다.

"뭣하면 그림을 그려도 괜찮고. 당신 잘 그리잖아."
"심심하면, 왈릿에서의 내 영웅담이나 그려 줄래?"

그녀가 저번에 한 이야기가 아예 빈말은 아니었던 모양이다.

테릴이 없는 저택이 심심했기 때문에, 그는 곧 붓을 쥐었다. 그림의 주인공은 당연하게도 테릴 리한이었다. 그녀에게 말하지는 않았으나, 호수를 얼리던 모습이 인상 깊게 남았으니까.

간단히 스케치한 뒤, 그는 물감을 바르기 시작했다. 그러고는 한참을 그리다, 미묘한 표정을 지었다.

"왜 이렇게……."

세시오 데이브릭은 기억력이 상당히 좋은 편이어서, 그때의 광경을 선명히 떠올릴 수 있었다. 호수보다는 연못이라는 이름이 어울리는, 소박하고 수수한 물가. 마찬가지로 칙칙한 물색으로 온몸을 감싼 암살자와 물이 줄줄 새는 쪽배. 완성까지는 한참 남았으나, 그 탁한 색감은 기억 속 그대로였다.

그러나 캔버스의 한가운데에서, 호숫물에 검을 찔러 넣고 있는 여인은 무언가 달랐다. 뭐라고 해야 할까, 지나치게 반짝거렸다. 마치 테릴이 근방의 빛을 다 빨아들여 주위 경관이 우중충해진 것처럼 혼자만 유독 튀었다.

주인공이 정해진 그림이니 시선이 그녀에게 흘러가는 건 당연했지만, 정도가 심해 이질감이 들 정도였다. 비유하자면 어두컴컴한 동굴에 덩그러니 태양을 띄워 놓은 것 같았다.

'잘못 그린 데는 없는 것 같은데.'

극심한 이질감에, 틀린 곳을 찾으려 캔버스를 아무리 들여다봐도 허사였다. 왼쪽으로 고개를 기울여 봐도, 오른쪽으로 고개를 기울여 봐도 기억과 다르지 않았다. 세부 묘사가 다르다면 전문 화가가 아니니 당연하다 여기겠지만, 아직 정밀 묘사는 시작하지도 않았다.

'어차피 취미로 그리려던 거니까.'

그는 그림의 조화를 어긋나게 한 원흉을 찾는 걸 포기했다. 그러고는 붓을 다시 쥐었다. 전체적인 구도는 맞추었다고 해도, 영 마음이 차지 않았다. 머리 길에 저토록 힘이 없진 않았는데, 눈도 저보다 더 빛났는데.

세시오가 재차 그림에 제 욕심을 부리려는 때, 노크 소리가 났다. 하마터면 세시오는 붓을 부러뜨릴 뻔했다. 심심풀이로 그리는 그림 한 장에 뭐 이리 몰입한 건지.

말할 수 없어 들어오란 뜻으로 종을 울리자, 테릴이 붙여 준 시종 하나가 들어와 손님의 방문을 알렸다. 주인이 자리를 비웠으나, 객이 찾은 건 테릴과 세시오 두 사람이었으니까.

거절할 이유를 찾지 못하고, 그는 응접실로 내려왔다.

"안녕하십니까, 데이브릭 공자님. 오래간만에 다시 뵙습니다."

세시오를 찾은 손님은 네빗 엔하르트였다. 세시오는 고개 숙여 인사하고, 그의 맞은편에 앉았다. 그러고는 새삼스럽게도, 엔하르트 소백작을 다시금 바라봤다.

제법 특색 있는 얼굴이었다. 재색 곱슬머리에 맑은 초록빛 눈동자. 이목구비가 섬세하고 유순해 보이나, 눈꼬리의 끝이 올라가고 입매가 단단히 다물려 조금은 고집 있는 인상이었다. 겨울의 나뭇가지처럼 앙상하게 말랐던 몸에는 근육과 살이 붙어, 기사 같은 체형이 되었다.

이자가.

'테릴을 좋아한다고.'

세시오의 손끝이 저도 모르게 테이블을 두드렸다. 그러려고 한 게 아닌데도, 꽃향기를 맡던 테릴의 모습이 떠올랐다. 비록 그 꽃다발은 어딘지도 모를 구석에 처박히게 됐지만, 남은 건 기뻐하던 그 모습뿐이다. 마음에 들지 않았다.

그때, 네빗 엔하르트가 자리에서 벌떡 일어났다.

"왈릿에서의 소식을 접했을 때 많이 놀랐습니다. 스스로의 어리석음을 돌아볼 수밖에 없었습니다."

소백작은 절도 있는 동작으로 허리를 접었다.

"밝히지 않으셨다고는 하나, 은인을 알아보지 못한 죄가 큽니다. 부디 용서해 주십시오."

「스스로 숨겨 놓고 왜 알아보지 못했느냐 화를 낼 만큼 편협하지는 않습니다.」

"죄송합니다. 은인을 모욕할 생각은 아니었습니다."

「그렇다면 일단 앉으시지요, 고개가 아픕니다.」

엔하르트 소백작은 세시오가 적은 글을 보고, 주춤주춤 자리에 앉았다. 알아보지 못한 게 정말 죄라고 생각하는지, 가시방석에라도 앉은 표정이었다.

「공작저에 오신 건, 그 때문입니까?」

"데이브릭 공자님을 찾아뵌 건 그 때문입니다."

「테릴에게도 용건이 있다는 말로 들리는군요.」

"예. 소공작님께는…… 따로 드려야 할 사과가 있습니다."

사과? 네빗 엔하르트의 단어 하나가 세시오의 심기를 몹시도 건드렸다. 사과란 잘못에 뒤따르는 행동이었다. 무슨 일인지 들을 수 있을까, 상대를 가늠하듯 세시오의 눈이 슬쩍 가늘어졌다.

그러나 그가 펜을 놀리기 전에, 엔하르트는 조금 망설이다가 입을 열었다. 그의 입에서 나온 건 다른 주제였다.

"죄송합니다만, 한 가지 여쭤도 되겠습니까? 그러니까 실례가 되는 걸 알고 있지만, 소공작님께서 암묵적으로 답을 해 주셨다고 들었습니다."

「무얼 말씀하시는 겁니까.」

"할머님과의 대화 중에, 두 분이 파혼할 거라는 언질이 있으셨다고."

가슴 안쪽을 유리 조각으로 확 긁어낸 것 같다.

세시오는 바로 대답하지 않고 몇 번, 가늘게 심호흡을 했다. 펜을 쥔 손에, 평소의 배는 되는 힘이 들어갔다.

「드릴 수 없는 답변입니다.」

"역시 그러시군요. 실례했습니다. 공자님을 곤란하게 할 생각은 없었으니, 부디 너그럽게 용서해 주십시오."

「소백작께서는 왜 그걸 궁금해하시는 겁니까.」

"아, 그건……."

네빗 엔하르트가 답을 내어놓으려는 때, 바깥에서 말 울음소리가 들렸다.

저택의 주인이 돌아왔다.

기분은 쉬이 좋아지지 않았다. 마차에 올라 공작저로 올 때까지도. 그래도 저택에 세시오가 있다는 생각을 하니 약간 기분이 풀어졌다가도, 그런 스스로가 한심해 원래대로 돌아갔다.

왈릿에서보다는 많이 덜어 냈으나, 사람 마음이란 게 보통 찰거머리던가. 제 몬을 향한 미움, 증오나 복수심과는 명백히 다른 그 감정도 여태 무의식의 아래 숨어 있었는데. 언제쯤이면, 아무렇지 않아질까.

한숨을 내쉬고, 나는 저택 안으로 들어섰다. 그리고 기분이 한층 더 불쾌해졌다.

"손님이 오셨습니다. 데이브릭 공자님께서 만나 뵙겠다고 하셔서 응접실에서 대화를 나누고 계십니다."

"누구."

"네빗 엔하르트 소백작님께서—."

거기까지 듣고, 나는 성큼성큼 걸어가 응접실의 문을 열어젖혔다. 노크는 할 생각도 없었다. 먼저 객을 맞는 중이던 세시오가, 놀란 듯 나를 쳐다봤다. 그리고 그 옆에.

"리한 소공작님."

벌떡 일어난 네빗 엔하르트가 보였다. 이상하기도 하지, 얼굴을 본 건 겨우 세 번뿐인데 이토록 인상이 나빠질 수 있다니. 마침 기분이 안 좋던 차에 찾아든 불청객. 잘 걸렸다는 생각밖에 들지 않았다.

"갑작스레 찾아와 죄송합니다. 제가 오늘 온 것은—."

"꽃을 보내셨더라고요, 소백작. 공작저로 한 번, 그리고 방금 티파티에 또 한 번."

"……예, 되돌려 보내셨다는 말도 들었습니다."

엔하르트 소백작은 내가 노크 없이 들이닥친 것도, 인사 없이 말을 끊어 낸 것도 탓할 생각이 없는 듯했다. 외려 눈꼬리를 늘어뜨리고 시무룩한 표정을 지었다. 대놓고 여론을 이용하려 수작질을 부려 놓고, 불쌍한 척이라니.

기가 차 입매를 비틀자, 소백작은 내 기분을 알아차린 듯 허리를 숙였다. 경첩도 아닌 게, 참 잘도 구부러진다.

"죄송합니다. 할머님께서 호의를 얻으려면 꽃을 보내야 한다고 조언해 주셔서, 급한 마음에 성급하게 행동했습니다."

누가 백작의 손주 아니랄까 봐, 화를 돌리려고 핑계부터 들이민다. 어쩌면 이 변명도 백작이 그러라 시켰는지도 모르지.

나는 팔짱을 끼고, 그를 노려보았다.

"제 호의라고요."

"예, 소공작님의 호의를 사고 싶었습니다."

"왜입니까."

평소라면, 남의 마음을 이런 식으로 끄집어낼 생각은 하지도 않았을 것이다. 하나 상대가 무례하게 나온 이상, 내가 돌려줄 방식도 같았다. 나를 좋아하는 마음이 얼마나 열렬하든 간에, 오늘 그 마음을 산산조각 내 주겠다.

변명을 포기했는지, 엔하르트 백작은 한층 의기소침한 목소리로 말했다.

"그래야만 소공작님께 가르침을 시사받을 수 있을 테니까요."

"좋아한…… 네?"

뭘 받아? 가르침? 날 좋아해서가 아니라? 설마 하는 섬찟한 의혹이, 마음에 차올랐던 분노를 밀어내기 시작했다.

그때, 네빗 엔하르트가 내 앞에 털썩 무릎을 꿇었다. 응접실 바닥에 카펫을 깔아 뒀음에도, 그 소리가 요란할 지경이었다. 그리고 무릎이 부딪는 소리보다도 비장하게, 소백작이 외쳤다.

"감히 얄팍한 술수를 부렸습니다. 저를 용서하지 마십시오!"

"아니, 잠시. 잠깐만."

너무 당황해서, 말도 온전히 나오질 않았다. 말의 내용을 다 무시하고 듣더라도, 좋아하는 사람에게 사랑 고백을 하는 분위기는 아니었다.

이게 어떻게 된 거야. 가르침을 시사받는다고? '나를 좋아하는 김에 유혹해 리한을 이용하겠다.'가 아니라?

"설마 꽃을 보낸 게 나한테 검을 배우고 싶어서……?"

"저번에 치료해 주신 이후로 몸이 많이 좋아졌습니다. 검에도 욕심이 생기다 보니, 마스터께 배움을 청하고 싶었습니다."

하마터면 욕이 나올 뻔했다.

"이미 받은 게 많음에도 파렴치한 욕심을 부렸습니다. 무어라 비난하셔도 달게 듣겠습니다."

실로 공손하고 예의 있는 말투에 점점 얼굴로 열기가 몰려들었다. 뺨 위에 빗방울이 떨어지면 그대로 증발해 버릴 것처럼 피부가 화끈거렸다.

나는 대체 무슨 착각을 한 거지. 미친 건가. 진짜 자의식 과잉이었나. 목격자를 전부 없애 버리거나 응접실을 뛰쳐나가고 싶었지만, 어느 쪽도 할 수 없었다. 내 자의식에 부채질을 한 사람이 떠올랐다.

휙 세시오에게 고개를 돌리자, 그는 웃지도 찡그리지도 않는 얼굴로 어깨만 으쓱했다. 조금도 미안해 보이지 않는 표정이다.

이!

내 얼굴이 와락 일그러졌다.

"소공작님?"

"아, 음. 그랬…… 군요."

"역시 많이 화가 나신 모양입니다, 얼굴이 그토록 붉어지신 걸 보면. 당연히 그렇겠지요."

콕 집어 말하지 마, 안 그래도 창피하니까.

나는 세시오의 찻잔을 쥐고 살짝 마나를 밀어 넣어 찻물을 식혔다. 그러고는 그걸 와르르, 목에 들이부었다. 힘 조절에 또 실패해서 입 안에 얼음을 부어 넣는 느낌이었지만, 지금으로선 나쁘지 않았다. 얼굴의 열기가 조금은 가라앉았으니까.

나는 한숨을 삼키고, 다시 네빗 엔하르트에게 고개를 돌렸다.

"그러면 그냥 검을 배우고 싶다고 말하면 되지, 꽃을 보낼 건 뭡니까."

"공작저에 날아드는 초대장에 한 번도 답한 적이 없다고 하셔서, 사사로운 부탁은 받지 않으실 것 같았습니다."

나를 너무 잘 알고 있군.

"그래서 할머께 조언을 들었습니다. 꽃 선물은 보통 성공한다고 하셔서……. 죄송합니다."

"그럼 티파티에 보낸 건요."

"티파티에 참석하실 정도면 가까우신 분들 같아, 파티를 장식할 꽃을 보내면 좀 더 호의를 살 수 있을 것 같았습니다."

제 얄팍한 수작질이 민망한지, 소백작의 목소리는 끝으로 갈수록 기어들어 갔다. 그러니까 나한테 선물할 게 아니라, 티파티를 장식할 꽃이었단 말이지. 내가 꽃을 거절하지 않았으면, 나를 포함한 모두가 그 사실을 알게 됐을 거고. 그렇더라도 소백작이 내게 관심이 있다는 사실 정도는 드러났겠지만, 바람이라는 의혹까지 가진 않았을 것이다.

어이없을 정도로 형편없는 수작이었다. 그러나 몸이 아파 저택에만 틀어박혀 있던 이니까, 그만큼 물정을 몰라도 이해할 수는 있었다. 꽃을 보내라고, 백작이 계속 부추기기도 했겠지. 말을 들어 보면 티파티 건에는 그녀가 개입하지 않은 모양이었지만. 혹, 어리숙한 척을 하는 게 아닌가 의심의 눈초리로 쳐다봐도 깜박이는 그의 눈동자는 순진하기만 했다. 그래서, 괜히 미안한 마음이 들었다. 전에 죽일 뻔한 전적도 있었는데.

"죄송합니다. 아무리 사죄드려도 부족할 뿐입니다. 가문 차원에서도 제대로 배상을—."

"제가 평생 수도에서 지내는 건 아닙니다."

"예?"

"그러니 생각만큼 거창한 걸 얻어 가기는 힘드실 겁니다."

"그 말씀은……!"

"그래도 괜찮다면, 가르쳐 드리겠습니다."

어차피 당분간 할 일도 없었으니까.

"대신 조건이 두 가지 있습니다."

"말씀해 주십시오!"

"하나. 오늘 소백작이 한 일을 백작께 낱낱이 말씀드리고, 그게 왜 잘못인지 배워 올 것."

"예……?"

"그리고 두 번 다시 꽃 같은 걸 보내지 않을 것."

"소공작님!"

내 말에 감격했는지 소백작이 벌떡 일어났다. 내 손을 붙잡으려 해서, 나는 쓰다듬을 거부하는 고양이처럼 그의 손을 피했다. 네빗 엔하르트가 멋쩍은 표정을 지었다.

"죄송합니다. 제가 저택에서 하던 습관이 덜 빠져서 또 잘못을 저지를 뻔했습니다."

"그래도 조심 좀 합시다. 소백작은 어떨지 몰라도, 전 약혼자가 있으니까."

"명심하겠습니다! 그러면…… 이제 화가 풀리신 게 아닙니까?"

"예?"

"전에 절 이름으로 불러 주신다고 하셨는데, 계속 소백작이라 칭하셔서……."

말끝을 흐리며 하는 말에, 나는 그제야 지난 말이 떠올랐다. 데이브릭의 기사들을 떠맡길 때 그런 얘길 하긴 했었지.

"잠시 잊었습니다, 네빗."

별로 대단치도 않은 걸, 뭐 저리 어렵게 말한담.

네빗 엔하르트의 얼굴이 대번에 밝아졌다. 그 표정을 보니 아까까지 품고 있던 의심이 되살아나는 것 같았지만……. 아니겠지. 그 창피함을 두 번 느끼고 싶진 않았다.

"은혜를 베풀어 주셔서 감사드립니다. 정말로 열심히 배워 보겠습니다!"

네빗 엔하르트가 돌아간 저녁 식사 시간. 나는 내게 그릇된 확신을 심어 준 세시오를 노려보며 말했다.

"좋아한다며. 날 보는 눈이 심상치 않다며."

"그런 줄 알았지."

"아까 내 입이 조금만 빨리 움직였으면 망신당할 뻔했어."

"그대를 혼란시킨 내 죄가 커. 사죄의 의미로."

그렇게 말한 세시오가 내 앞으로 디저트 접시를 내밀었다. 어이가 없어서, 나는 잠시 말문을 잃었다.

"푸딩? 화풀이로 팔 자르라던 사람 어디 갔어."

"그런다고 그대의 기분이 나아지진 않을 것 같아서."

"푸딩을 먹으면 기분이 좋아지고?"

"아닌가?"

태연하게 눈을 깜박이더니 야살스럽게도 웃는다. 재수 없어.

나는 푸딩 한 숟갈을 크게 떠먹었다. 혀가 아리도록 달다. 무화과 수플레가 입에 맞기에, 혹시나 해서 먹었는데 속은 모양이다. 잔뜩 인상을 찡그리자, 세시오가 웃음을 터뜨렸다. 그에게 냅킨을 집어던졌다. 태연히 받아 든 세시오가 그걸로 입가를 닦아서 더 짜증이 났다.

"소백작에게 검을 가르쳐 준다지. 그래도 괜찮은가? 리한의 검은 귀중할 텐데."

"리한에 대단한 비법이 숨어 있는 건 아니야. 그냥 이 피를 타고난 사람들이 지겹게 세고 재능이 좋을 뿐이지."

"그러면, 나도 가르쳐 줄 수 있겠군."

"뭐? 당신한테?"

농담인 줄 알고, 혹은 농담이길 바라며 세시오를 쳐다봤으나 그건 아닌 모양이다. 봐 달라는 말이 턱밑까지 차올랐다. 검을 가르치려면 자세를 잡아야 하기에, 어느 정도는 몸을 만질 수밖에 없었다. 단순한 부축보다도 긴밀한 접촉이다. 마음 정리도 덜 된 사람한테 뭘 시키려는 거야. 내색하지 않으려 해도, 얼굴이 절로 떨떠름해졌다.

세시오가 눈꼬리를 늘어뜨렸다.

"서운하군. 엔하르트 소백작보다는 나와 더 가까운 줄 알았는데."

"그런 게 아니라……. 언령으로 해결되지 않아?"

"언령?"

"이를테면, '마스터가 되고 싶다.'라고 말하든가."

"마나에 직접 간섭할 수는 없어. 그래서 저번에도 골격만 좋게 했을 뿐이지."

"그러면 마나를 익히기도 힘들 것 같은데, 굳이 힘들 게 검을 배울 필요가—."

"나한테 검을 가르쳐 주기가 싫은가?"

직설적인 물음에, 나는 입을 딱 다물었다. 싫다…… 기보다는 곤란하다는 쪽이었지만, 넓게 보면 같은 범주다.

그는 슬픈 시늉을 하며 자리에서 일어났다. 뭘 하려는 거지.

"그렇다면 할 수 없군. 마나도 익히지 못하는 놈뚱이라, 그나마 할 수 있는 게 이것뿐이니."

창가로 다가간 세시오가 창문을 활짝 열었다. 그 모양새에 불길함을 느끼고, 나는 재빨리 그에게 다가갔다.

"소외당하여 외로우니, 천둥 번개가 한 백번은—."

이럴 줄 알았어. 나는 세시오의 말이 채 맺어지기 전에, 다급히 그의 입을 막았다.

"가르쳐 줄게, 가르쳐 준다고."

내뱉고 나니 뒤늦게 짜증이 치솟았다.

"미친 거야? 피 토하는 게, 당신 취미냐고."

내가 이렇게 나오도록 작정하고 유도한 걸 텐데, 세시오는 잠시 멈칫하다가 눈을 휘었다.

"걱정해 주다니 황송하군."

사내는 입이 막힌 채로 속삭이더니, 그대로 내 손을 붙잡고 손바닥에 입을 맞추었다. 나는 소스라치게 놀라며 손을 당겼다.

"걱정은 누가……!"

"그럼 밖으로 나갈까."

"뭐? 지금 가르쳐 달라고?"

"오늘 밤은 곤란한가?"

"……행동력이 좋은지 나쁜지 모르겠네."

"엔하르트 소백작보다 먼저 배우고 싶어서."

핑계 같지도 않은 핑계 대기는. 나는 한숨을 쉬며 고개를 끄덕였다.

솔직히 말해, 나는 수도에 온 이후 거의 연무장에 들어오지 않았다. 저택에는 훌륭한 장소가 구비되어 있었으나, 수년간 수련만 했는데 하고 싶을 리가 없다. 그래도 내 몸이 아니라 남의 몸을 단련시키는 데는 꽤 흥미가 있었다. 처음 해 보는 일이니까. 그런데.

"당신, 왜 이렇게 잘 따라 해?"

나는 어이가 없어 물었다. 세시오가 몸을 단련했다는 건 알고 있다. 하지만 북부 검술은 수도와는 완전히 형식이 다를 텐데, 한 번 가르쳐 주는 걸 그대로 따라 하는 건 좀 심하지 않나.

나는 세시오를 멈춰 세우고, 새삼스레 그의 골격을 살펴보았다. 나는 무작정 수련만 해서 어떤 체형이 검을 익히기 좋은지 정확히는 몰랐지만, 확실히 범상치는 않았다. 단단하게 벌어진 어깨. 타고나길 크게 부푼 흉곽과 그에 대비되게 날씬한 허리. 모양새 좋게 근육이 붙어, 둔해 보이지 않고 길게 뻗은 두 다리……. 잠깐, 어쩐지 감상으로 빠진 것 같은데.

나는 짝 소리가 나게 내 얼굴을 내리쳤다. 정신 차리자, 범죄다.

"갑자기 얼굴은 왜……?"

"네빗 엔하르트보다 몸이 좋은 것 같은데."

그쪽을 자세히 쳐다본 적이 없어 확신할 순 없었으나, 확실히 보통 골격은 아니다. 하기야 단순히 키만 뜯어 놓고 봐도 그렇지만. 세시오의 체형은 북부에서도 보기 힘든 부류였다.

"생부의 영향이겠지."

딴에는 좋은 뜻으로 한 말에, 세시오가 민감한 이야기를 툭 던졌다. 나는 또 어떻게 반응해야 좋을지 몰라 난감해졌다.

"······아노비스 공작이 왜, 무가는 아니었던 것 같은데."

"쓰러지지 않았으면 지금쯤 마스터가 됐을지도 모르니."

지금쯤 마스터가 됐을지도 모르는 실력. 그게 대단한 걸까, 순간적으로 의문이 들었으나.

"쓰러졌다고?"

다른 것보다 처음 듣는 이야기를 확인하는 게 먼저였다. 저택에만 틀어박혀 잘 나오지 않는 사람이라 정보를 알기도 어려웠다. 그런데 쓰러졌다고? 어쩌다가?

"독에 당했지."

"독······ 이라면."

"타니타르의 술수야. 그대도 같은 종류의 만성독을 본 적이 있을걸."

가장 최근 본 독은 흑마법이었으나, 만성독은 아니었다. 그렇다면 짐작할 만한 건 하나뿐이다.

"네빗 엔하르트를 중독시킨 게 타니타르였어?"

"엔하르트는 대대로 근위기사단장을 지낸 가문이지. 황실에만 충성하는 걸로도 유명하고."

"그래, 어떤 식으로든 쓸 만하겠네."

아노비스 또한 친 황실 세력이니, 같은 논조인가. 아주 온 세력을 다 적으로 돌리는구나. 정말 최선을 다해, 반역을 준비하고 있었군.

기가 차서 한숨을 내쉬려는 차에, 세시오가 폭탄을 던졌다.

"실은 말이야, 나를 데이브릭에 떠넘긴 사람이 아노비스 공작이거든."

"뭐? 아노비스 공작은······."

"내 생부지."

세시오는 태연히 답했으나 나는 그럴 수 없었다. 생각해 보면, 당연한 이야기일지도 모른다. 생부, 생모가 멀쩡히 살아 있는데 다른 집안에서 자랐다는 말은 즉, 버려졌다는 뜻이니까.

그럼에도 나는 그의 말에 충격을 받았다. 머리로는 이해하면서도 심정적으로는 그랬다. 아니, 충격보다는 고통스러웠다는 표현이 더 정확할지도 모르겠다.

세시오는 내 답을 기다리지 않고, 말을 이어 갔다.

"그대가 알진 모르겠지만, 30년 전에 일이 있었어. 데이브릭이 타니타르와 손을 잡고—."

"반역…… 을 말하는 거야?"

"알고 있다니 더 설명할 건 없겠군."

그는 들고 있던 검을 바닥에 내려 두었다.

"선황제, 카트리예가 황권을 높여 보겠다고 그 일을 묻어 줬지만, 그래선 안 된다고 생각한 신하도 있었지."

"아노비스 공작?"

"그래, 데이브릭을 찾아가 반역을 눈감아 주는 대가로 마법 계약서를 받아 냈어."

"무슨 일이든 해 주겠다는 계약서를 그때 쓴 거군."

"지금의 후작도, 당시에는 나이가 많지 않았으니 겁을 먹어 서명했고."

그리고. 세시오가 양팔을 벌렸다.

"황족을 떠맡게 됐지."

"왜……."

"날 버린 거냐고?"

"……."

"실은 말이야 아노비스 공작은 고자였거든."

우아한 말씨로 너무도 아무렇지 않게 말해서, 나는 잠시 잘못 들은 줄 알았다. 그러나 시답잖은 농담은 아니었다.

"어렸을 때 독을 잘못 먹었던가, 부작용으로 생식 능력을 잃었다더군. 그래도 형제가 없이 용케 공작이 되긴 했어."

"당신은 어떻게 태어난 건데."

"공작부인의 언령으로."

언령을 가진 사람이 또 있었군. 하기야 세시오에게만 있으리란 보장은 처음부터 없었다. 속이 답답해, 나는 길게 숨을 들이켰다.

"잠깐의 충동이었으나, 말한 순간 생명의 씨앗은 잉태되었지. 돌이킬 수도 없게 말이야."

"충동…… 이라고."

"그러니 참으로 징그러운 힘이 아닌가."

그는 무표정한 얼굴로 독백처럼 말했다. 하나 얼굴을 일그러뜨린 것보다 고통스러워 보였다. 그제야 나는, 듣지 말아야 할 이야기를 듣고 있음을 알았으나, 이제 와 피할 수는 없었다.

"태어나 얼마간은 그래도 내게 잘해 주었지만 말이야, 나중에는 불안해졌나봐. 언령을 가진 아이니 존재만으로 황제에 위협이 되는 존재가 아닌가."

"하지만—."

"더군다나, 공작부인은 제 동생인 황제를 몹시도 사랑했으니 미움받는 게 무서웠겠지."

그가 덧붙인 말에, 나는 주먹을 세게 말아 쥐었다.

"데이브릭에 버리면 어떻겠냐고 먼저 제의한 건, 생부 쪽이었지만."

예기치 못한 상황에서도 나를 지키려 북부에서 떠나온 내 어머니가 떠올랐다. 물론, 세상의 모든 부모가 그토록 희생적일 수는 없다. 그래야 한다고 말하고 싶지도 않다. 그러나 언령까지 써 가며 만든 아이를, 불안 때문에 내버린 건

이해할 수 없었다.

아이가 어떤 취급을 받을지 훤히 알 텐데 입을 막고 다리를 부러뜨린 뒤, 원수의 가문으로 보냈다. 이후로도 세시오가 어떤 취급을 받는지 알았을 텐데. 그 소식을 분명히 들었을 텐데도 아노비스는 아이를 다시 찾지 않았다. 하다못해, 데이브릭이 아닌 다른 곳을 고를 수도 있었을 것이다.

그럼에도 구태여 이 가문을 택한 이유는 짐작할 만했다. 아이의 존재가 세상에 드러나는 것이 불안했을 테니까. 그러니 마법 계약서로 완벽히 통제할 수 있고, 절대 세시오의 정체를 드러내지 않도록 가둬 둘 데이브릭을 택한 것이다.

그야말로 무책임한 짐승들이었다. 애당초, 그런 사람이 어떻게 언령을 쓸 수 있는지도 이해할 수 없는 일이었다. 목 안쪽에 분노가 들끓었다.

"……그런 이유로 당신을 버렸다고."

"죽이지 않은 게 그나마 자비일까. 아니지, 그 또한 내가 언령으로 무엇을 바랄지 몰라 죽이지 못한 것일지도."

그리고 다시 수십 년이 지났지. 세시오의 덤덤한 목소리가 이야기를 과거에서 현재로 끌어왔다.

"아노비스 공작이 살아 있는 동안 데이브릭 후작은 꼼짝할 수 없었지만, 이젠 상황이 변했어."

"타니타르가 독을 쓴 것 자체가 데이브릭 때문이었겠군."

아노비스 공작을 죽여야, 수십 년 전의 강력한 우군을 되찾을 수 있을 테니까. 최근 급격히 두 세력이 결탁한 데에는, 그런 이유가 있던 것이다.

"그래서 나는 황제가 되기로 했지."

분노로 뜨겁던 가슴이, 한순간에 차가워졌다. 나는 멍하니, 세시오의 얼굴을 올려다봤다.

"내가 그들의 자식임을 세상에 공표하고, 카트리예의 자리를 빼앗아 황좌에 오르기 위해. 그들이 나를 버린 이유인 모든 불안을 현실로 만들어 주기 위해."

하지만. 사내의 표정이 무너져 내렸다. 모든 게 타고 난은 잿더미가 이럴까, 허무하고 공허했다.

"카트리예는 너무 쉽게 죽어 버리더군."

그는 양손으로 눈가를 덮고, 잠시 가만히 섰다. 곧이어 나온 말은 분노인지 후회인지 모를 감정으로 떨리고 있었다.

"버틸 줄 알았어. 미약하다고 한들, 내 생모에게도 언령이 있으니까 선황제를 지킬 줄 알았지."

그러나 실패했다. 타니타르 공작의 수작으로 선황제는 죽었고, 새 황제가 등극했다. 내가 수도로 올라오게 된 계기는, 곧 세시오의 실패를 의미했다. 그가 복수를 시작하기도 전에, 무너져 버린 일생의 목표.

그때 세시오가 느낀 허무함이 어땠을까. 그 감정을 알 것도 같고, 모를 것도 같다. 일순간 목이 막혀 와, 나는 가까스로 공기를 삼켜 냈다.

"그러면…… 당신은 이제 어떡할 거야?"

"이제 와 내려올 순 없지 않은가. 대신 황제가 되어 줄 사람이 있지 않고서는."

"세시오."

"그대도 알겠지만, 내 힘의 특성상 나는 선량한 방법을 고를 수밖에 없었어."

"그게 무슨……."

"내가 포섭한 세력은 전부 내가 심어 준 꿈과 희망 때문에, 나를 섬기기로 했지."

세시오는 웃고 있었으나, 차라리 우는 것이 나을 얼굴이었다.

"나는, 억지로라도 황제가 돼야 해. 그렇지 않으면 수많은 선인을 농락한 죄로 언령을 잃게 될 테지."

이미 마차는 달리고 있다. 마부가 달아난다면, 마차는 그대로 곤두박질칠 뿐이다.

"답이 됐나."

그렇게 말하는 사내의 얼굴은 어느새 평소처럼 돌아와 있었지만, 나는 여전히 얼굴을 일그러뜨린 채였다. 그의 말은 애써 다짐을 다잡는 것처럼 들렸다. 그래서 내 머릿속에 떠오른 수많은 말 중 단 하나도 입에 담을 수 없었다. 책임질 수 없는 말로 세시오를 흔들 수는 없다. 그건 그를 더 괴롭게 할 뿐이니까. 언령이 일생의 행복보다 중요하냐고, 그걸로 정말 괜찮냐고. 그 한마디조차 물을 수가 없었다.

나는 억지로 웃었다. 거울을 들고 있지 않으니, 제대로 웃고 있는지도 모르겠지만.

"당신은 좋은 사람이네."

"뭐……."

"언령 때문이든 뭐든, 책임을 질 줄 알잖아."

"……난, 별로 그런 말을 좋아하진 않아."

불현듯, 그가 나를 끌어안았다. 그대로 무게를 실어 오는 통에, 어깨가 묵직했으나 마음의 무게보다는 훨씬 가벼웠다. 나는 곧 세시오를 마주 안았다. 실은, 아까부터 계속 그러고 싶었다.

"세상이 내게 착하길 강요하는 것 같아서, 줄곧 그랬어."

"그럼 나쁜 사람이란 말이 듣고 싶어?"

"아니, 그대에게는 좋은 소리만 듣고 싶어."

농담인지 진심인지. 모르는 채, 나는 웃었고 그도 따라 웃었다. 마음에 쓸쓸한 온기가 놀았다.

"여기까지 들었으니, 나도 조언 하나 해 줄까."

나는 세시오를 끌어안은 팔을 풀고, 그의 몸을 조금 밀어냈다. 세시오는 순순히 밀려나 나와 눈을 마주했다.

"황실이 요청해 오면, 리한에는 반역을 진압할 의무가 있어."

"뭐……?"

"그러니까 당신이 황제가 되려는 때, 절대로 요청할 틈을 주지 마."

내가 이 남자의 앞을 막아서지 않아도 괜찮게. 리한의 의무와 세시오 사이에서 갈등하지 않게. 어느 쪽도 선택하지 않아도 되도록. 그건 세시오를 배려하는 말인 동시에, 내 이기심이었다.

그는 흐리게 웃었다.

"기억해 두지."

돌연, 먹구름이 몰려들더니 하나둘, 빗방울이 떨어졌다. 소나기였다.

빗소리가 사방을 시끄럽게 메우기 시작했다. 내겐 퍽 다행스러운 일이었다.

세시오는 저택의 침실로 돌아왔다.

조금 전부터 내리기 시작한 비는, 한결 사나워져 창문을 거세게 두드리고 있었다. 새까만 밖에서 이따금 노란 번개가 튀어 올랐다. 그러나 그 시끄러운 빗소리가 전혀 들리지 않았다. 세시오의 머릿속에는 이미 그보다 요란한 상념이 자리하고 있었다.

왜 테릴에게 모든 걸 털어놓은 거지. 그녀의 연민을 사고 싶어서? 그걸 얻은 다음엔. 동정으로 테릴을 제 옆에 묶어 두기를 바랐나?

"아니."

그런 건 아니다. 세시오는 즉각 부정할 수 있었다. 그럴 수도 없겠지만, 설사

가능하더라도 그녀는 자유로이 지내길 바랐다. 지금의 리한 공작처럼, 테릴 리한에게 어울리는 모습으로.

그러면, 제게 황제의 길을 포기해 달라 말해 주길 바랐나? 제게 목숨을 건 많은 이들을 떠올리며, 세시오가 힘없이 고개를 저었다.

우습지 않은가. 누가 떠넘긴 일도 아니다. 행복해지겠다고 시작한 계획도 아니었고, 포기한다고 그의 인생이 행복해지는 것도 아니다. 그 길을 걷든 걷지 않든, 어차피 제게는 무엇도 남지 않는다는 걸 알면서. 애당초, 뭔가를 가져 본 적도 없으면서 무슨 미련 때문에 이토록 주저하는 걸까.

세시오의 눈이 어둡게 가라앉았다. 제가 택한 길이다. 이미 돌이킬 수는 없었고, 회피할 생각도 없었다. 이유 모를 망설임이 든다면, 감정이 자라나기 전에 해결해야 했다.

그는 거울에 다가가, 언령으로 공간을 연결했다. 오래지 않아 익숙한 수하의 얼굴이 거울에 비쳤다.

"파넬로 앵게스트."

"예, 세시오 님."

"오소리단을 준비해 둬."

"예?"

"내가 데이브릭의 소후작이 되는 날, 후작의 목을 베어라."

무감하기까지 한 목소리에, 그의 수하는 바로 알아듣지는 못했다. 그러나 곧, 파넬로 앵게스트의 얼굴에 희열이 떠올랐다. 드디어.

"하시면……!"

"후작위를 계승하려면 황제의 승인이 필요하지. 황궁에 들어가는 날."

세시오는 잠시 말을 끊었다가, 무겁게 이어 냈다.

"나보다 계승 순위가 높은 황족은 모두 죽을 것이다."

바보가 아닌 이상, 목숨을 내어놓을 바에는 황위 계승권을 포기하겠지만. 적어도 현 황제, 에이빌로스만은 살려 둘 수 없었다.

"그러니 수도의 성문을 막아 두고."

"황실 3기사단장에게 말해 두겠습니다."

"황실 1기사단도 견제해야겠군."

"2기사단장에게 지시하겠습니다."

"리한에 도움을 요청할지도 모르니, 황궁의 통신구를 모두 못 쓰게 해 둬."

"로잘린느 황녀에게 전하겠습니다. 타니타르 소공작도 붙잡아 둘까요?"

"로잘린느가 제 약혼자를 죽일 수 있을까?"

"명하신다면 할 겁니다."

"인질이 통할지는 모르겠지만, 나쁠 건 없겠지."

이미 정해 놓은 계획이기에, 조금의 막힘도 없었다. 그럼에도 그가 굳이 세세한 사항을 입 밖에 내는 건 제 결심을 다지기 위해서였다. 시작한 이상 흔들려서는 안 됐다. 가질 수 없는 것에 휘말리지 말고, 제가 정한 길을 걸어야 했다. 세시오는, 제 선택에 책임을 져야 했다.

"근위기사단은 어찌하시겠습니까."

"황제의 명을 받았다고 착각하게 해서, 빼돌려 두면 돼."

"하지만 엔하르트 백작은 마스터인데, 괜찮으시겠습니까?"

"리한만 아니라면 문제 될 건 없지."

"알겠습니다. 분부하신 대로 시행하겠습니다."

빗소리를 배경 삼아 그의 목소리는 어느 때보다 차게 울렸다.

"아노비스 공작의 목이 떨어지기 전에, 나는 황제가 될 것이다."

이후로는, 지루할 만큼이나 평화로운 일상이 반복되었다. 데이브릭 후작이 굴복했다는 소식을 기다리면서, 나는 주기적으로 네빗에게 검을 가르쳤다. 그 자체는 어려운 일은 아니었으나, 처음의 의심이 너무 강렬했던 탓일까. 요즘도 한 번씩, 그가 날 좋아하는 게 아닌가 의심이 들었다. 생각만으로 창피해져서 입 밖에 꺼내지는 않았지만.

내가 꾸준히 만나는 사람은 네빗 외에도 한 사람이 더 있었다. 바로.

"어서 와요, 테릴."

롭티나 그레텔이었다. 저번에 제몬을 불러 줬던 일 이후로, 나는 종종 그녀를 만나 데이브릭의 근황을 들었다. 롭티나는 제몬의 약혼녀라는 신분을 이용하여 후작저에 드나들 수 있었으니까. 무슨 목적인지는 몰라도, 나한테 제법 잘해 주는 터라 우리는 꽤 가까워졌다. 이따금 알코올 알레르기가 있는 중독자가 와서 시비를 걸었지만, 몇 대 패 주면 깔끔히 해결됐다. 그럴 때면 롭티나도 아주 기뻐했다. 윈터글라스일 적에는 상황이 따라 주지 않았고, 북부에서는 윗사람 취급만 받았기에 친구란 게 조금 낯설긴 했지만.

"요즘 자주 오셔서 정말 좋아요."

아직 응접실에 사용인이 있는데도, 그녀의 목소리는 방방 뛰는 기색 없이 차분했다. 이래도 되나 싶어, 내가 눈치를 보자 롭티나가 웃으며 말했다.

"괜찮아요, 오늘은 제 사람들뿐이거든요."

그레텔을 야금야금 먹어 치우고 있는 걸까. 그러고 보니 사냥대회 때 데려온 기사들도 롭티나의 수족이었다. 안 들키는 롭티나가 대단한 건지, 공작이 둔한 건지.

"그런데……."

차 한 모금을 머금고는, 그녀가 내게 조심스레 물었다.

"무슨 고민이라도 있으세요? 볼 때마다 낯빛이 안 좋아지시네요."

"그래 보여요?"

"네, 세시오 공자와의 일인가요?"

"비슷하기도 하고 조금 다르기도 하고……. 그렇습니다."

내가 생각해도 이상한 답이지만, 말할 수 있는 게 이것뿐이었다. 아무리 가까워졌다고 한들…….

세시오를 좋아하게 됐고, 그럼에도 마음을 접기로 했는데 생각만큼 잘되지 않는다. 어서 빨리 데이브릭 후작이 그를 후계로 받아들여서 파혼하게 되면 좋겠다. 왜 마음에는 근육이 없어서, 뜻대로 움직일 수 없는 걸까. 같은 이야기를 그녀에게 할 수는 없지 않은가. 그러나 말을 얼버무린 게 이상한 오해를 낳았는지 롭티나가 고개를 기울였다.

"혹시 엔하르트 소백작 때문인가요?"

"네?"

웬 뜬금없는 소리래.

"엔하르트 소백작이 저택을 드나들고 있잖아요."

"검을 배우러 오는 것뿐인데요."

"그렇지만 세시오 공자께서는 내키지 않으실 수도……. 아, 테릴을 탓하려는 건 아니에요. 그냥 상상해 본 거니까요."

"그러니까…… 세시오가 네빗을 질투한다는 말씀이시죠?"

겉만 봐선 그렇게 보일 수도 있겠네. 생각하면서도, 나는 픽 웃고 말았다. 세시오가 질투라니.

"그럴 리가요. 절대 그럴 일은 없어요."

"음…… 그런가요."

롭티나의 표정이 미묘하게 변했다. 하기야 약혼한 사이에 절대로 질투할 리 없다고 못 박는 게 이상해 보일 법도 했다. 무어라 말을 덧붙일까 하다가, 나는 입을 다물었다. 파혼하고 나면, 알아서 이해하겠지.

"참. 어제도 데이브릭 후작저에 다녀왔어요."

그녀가 노골적으로 말을 돌렸다. 마치 그녀가 내 세작인 것 같은 내용이었다.

"제몬이 요즘은 계속 방에 틀어박혀서, 나오지 않는다나 봐요."

"근황이 간단해서 좋네요."

"저번에 테릴과 말다툼을 한 뒤로, 조금은 알아들은 걸까."

"그런데."

나는 문득 장난기가 치솟아 물었다.

"롭티나는 저한테 왜 그렇게 잘해 줍니까?"

"네? 그야 테릴이 좋아서요."

장난에 당한 건 내 쪽이었다. 조금의 당황도 없이 천연덕스럽게 돌아온 답에, 사레가 들렸다. 몇 번 기침을 토하자, 그녀는 괜찮냐고 걱정하며 내 등을 두드려 주었다.

"제가 좋다고요?"

"네."

"왜요?"

"제 목숨을 구해 주셨잖아요."

아, 사냥대회 때 얘기구나. 어렴풋하게 그 잔상이 떠올랐다. 무슨 마수였더라. 털이 붉었던 거 같은데, 개과였나? 롭티나가 찻잔을 내려놓는 소리에, 나는 더 이상 기억해 내길 포기하고 현실로 돌아왔다.

"제가 살아온 삶을 딱히 후회하지는 않지만, 이따금 화가 치밀 때가 있어요."

"예?"

"바보같이 헤헤거리면서 남의 비위나 맞추는 꼴이요. 제 아버지가 상대라고 해도, 그렇더라고요."

"아……."

"그런데 테릴은 당당하잖아요. 그래서 좋아요."

"글쎄요. 환경이 받쳐 줘서 그렇죠. 저도 예전에는—."

"윈터글라스일 적에도 별로 참고 살진 않으셨던걸요. 아, 미안해요. 제몬을 만날까 고민할 때 잠깐 조사했어요."

"새삼 그때 일을 책잡을 생각은 없어요."

"그리고, 제가 연기하지 않아도 되는 사람이 몇 없거든요."

"그렇겠네요."

"고슴도치에서 가시를 빼면 말랑말랑해지는 것처럼, 저도 가면을 내려놓으니 좀 마음이 물러지는 것 같아요."

왜일까, 그 비유에 순간적으로 세시오가 떠올랐다. 그 또한 가면을 쓰고 살기는 마찬가지여서일까. 그러나 나는 빠르게 생각을 흩어 냈다. 무슨 생각만 하면 세시오로 이어지는 버릇을 고쳐야 했다.

"속을 드러내도 이용당하지 않을 만큼, 테릴이 가진 게 많아서이기도 하고."

"이유가 여러 가지네요."

"그러니까 우리는 친구가 될 운명인 거죠."

롭티나가 눈을 반짝였다. 이럴 때만큼은, 그녀가 연기하던 때와 별로 다르지도 않아 보여서 웃음이 났다. 생각해 보면, 신기한 일이었다. 제몬의 현 약혼녀와 내가 이런 이야기를 나누고 있다는 게. 그리고 그녀를 향한 나쁜 감정이 전혀 없다는 게. 3년 전에는, 일이 이렇게 될 줄 조금도 예상하지 못했는데.

과거를 되짚어 보다가, 문득 떠오른 말이 있었다.

"있잖아요, 타니타르의 손이 닿지 않는 남자가 필요해서 제몬을 골랐다고 했죠?"

"멍청한 것도 중요해요."

"아, 예. 공작의 손이 닿지 않는 멍청한 남자."

내 말에, 그녀가 한숨을 내쉬었다.

"하지만 그쪽으로는 실패했네요. 데이브릭과 타니타르가 붙어 버렸으니."

"애초에 왜 그런 조건이 필요했던 겁니까."

"그쪽의 야욕은 위험하니까요."

"그 말은……."

"타니타르 공작이 반역을 일으켰을 때 휩쓸리면 곤란하잖아요."

조금의 여과도 거치지 않은 날것 그대로의 말. 나는 놀랐으나, 롭티나는 태연하기만 했다.

"그리고 그레텔이 타니타르와 가까워지는 것도 달갑지 않고요."

"그레텔 공작가는 중립이었죠."

"그것도 지금까지의 얘기예요. 아버지께서 최근 많이 유약해지셨거든요."

"유약해지셨다는 게……."

"전에는 타니타르를 라이벌로 여기셨는데, 그쪽 세력이 눈에 띄게 강성해지니까 생각이 바뀌신 모양이에요."

최근 타니타르의 세력이 커지긴 했지. 애당초 준비가 되지 않았다면 리한을 건들지도 않았을 것이다. 우리를 공격했다는 이야기는, 반대로 말하면 리한만 없으면 반역이 가능한 지경까지 왔다는 소리였다.

"만약 타니타르에서 반역을 일으킨다면, 동조하실지도 몰라요. 제가 바라는 방향은 아니에요."

"지금 상태로 제몬과 결혼하면 곤란해지시겠군요."

"맞아요. 사실, 처음부터 결혼 생각은 없었지만요."

뭔가……. 굉장히 익숙한 말이었다. 나만 그런 줄 알았는데, 실은 유행인 건가.

"제몬은 데이브릭 소후작…… 이었잖아요. 그 남자와 결혼하면, 별수 없이 데이브릭으로 가야 할 테니, 날이 잡히면 핑계를 대고 그만두려고 했죠."

그레텔 내부에서 몰래 세력을 키우는 중이니 당연하다. 나는 고개를 끄덕이고, 차 한 모금을 삼켰다.

"아드원을 치워 줄까요?"

"네?"

"영애의 오라비인 그레텔 소공작이요. 그치만 없으면 공작이 되는 건 간단하잖아요."

"테릴이 절 생각해 주는 건 기쁘지만, 괜찮아요. 죽일 생각이었으면 진작 목을 잘랐을 거예요."

과감한데.

"되도록 아버지가 절 인정하는, 순탄한 방식으로 가고 싶어요. 만약 끝까지 그러실 생각이 없다면."

그녀는 손장난을 치듯, 손끝으로 찻잔의 손잡이를 건드렸다. 찻물에 둥근 파문이 일었다.

"……어쩔 수 없겠지만."

"준비는 거의 다 된 모양이네요."

"네?"

"아무리 롭티나의 사람들이라고 해도, 저택에서 이런 말까지 할 정도면 설사 들키더라도 자신 있는 거잖아요."

롭티나는 부정하는 대신 조용히 미소 지었다. 달가운 소식이었다.

"롭티나에게 힘이 있으니 말해 둘게요. 그 판단, 끝까지 고수하면 좋겠네요."

"네? 무슨."

"타니타르 말이에요."

리한에서도 타니타르를 내버려 둘 생각은 없었지만, 그게 아니라도 글렀다. 세시오의 복수를 망쳤으니 그도 타니타르를 가만두진 않을 것이다. 어떤 식으로든 끝난 가문이니 내 친구가 잘못 엮여 손해를 보게 하고 싶지 않았다.

"반역을 하지 않더라도 오래가긴 글렀어요. 그러니 그 부산물을 챙기는 게 차라리 나을 것 같아서."

"이해했어요."

눈을 반짝이고, 롭타나가 고개를 끄덕였다. 그녀는 차를 마시려는 듯하다가 찻잔을 내려놓고 나를 끌어안았다.

"고마워요, 테릴."

역시, 이 모습이 마냥 연기는 아닌 것 같다.

왜 아버지가 내 검술을 늘리기 위해, 대련을 택했는지 알겠다. 씁쓸해도, 인정해야 했다. 대련은 솜씨를 늘리는 가장 빠른 방법이었다.

나는 검집을 들고, 사정없이 네빗 엔하르트의 빈틈을 찔러 들어갔다. 그는 다급히 내 공격을 막았으나, 열 번 중에 여섯 일곱 번은 얻어맞았다. 처음엔 백이면 백 다 맞았으니, 이것도 장족의 발전이었지만.

잠시 다른 생각을 할 때쯤, 내 옆구리로 검날이 찔러 들어왔다. 우연이지만 꽤 날카로운 공격이다. 그러나 내 옷자락을 베기도 전에 네빗은 급격히 검의 방향을 바꾸었다. 마치, 내가 검에 당할 걸 걱정이라도 하는 모양새다.

이거 봐라. 어이가 없어서, 나는 네빗이 이동하는 쪽으로 발을 걸어 넘어뜨렸다. 무게중심이 급격히 흐트러진 그가 바닥으로 나동그라지려 해서, 나는 그의 뒷덜미를 잡아 지탱해 주었다.

"나쁜 생각을 하는 것 같아도, 그쪽 정도에 당할 실력은 아닙니다."

"죄, 죄송합니다. 혹 소공작님 몸에 상처라도 남으실까 봐."

"상처가 남으면 남는 거지, 뭐 대수라고요."

아니다, 좀 창피하긴 하겠다. 네빗 만 명이 와도 그럴 일은 없겠지만.

고꾸라질 뻔한 게 창피했는지 청년은 목덜미까지 벌겋게 물들어 있었다. 그를 일으켜 세우자 비틀거리기까지 해서, 나는 하는 수 없이 조금 부축해 주었다. 언령으로 자질을 좋게 만들어 줬는데 왜 이런대.

"감, 사합니다, 리한 소공작님."

그때, 위쪽에서 시선이 느껴졌다. 고개를 들자 제 방 창문에서 연무장을 내려다보던 세시오와 눈이 마주쳤다. 그는 나를 알아봤는지 손을 흔들었다.

요즘 자주 구경하네. 멀어서 그런가, 표정이 좋아 보이지 않았다. 그래도 세시오를 따라 손을 흔들어 주긴 했지만.

"저, 소공작님. 드릴 말씀이 있습니다."

"뭡니까."

"그 전에, 이건 제가 뒷조사 같은 걸 한 게 아니라는 건 명확히 알아주시면 좋겠습니다."

대체 무슨 말을 하려고 이렇게 말을 뱅뱅 돌린담. 눈썹을 찡그리며, 나는 네빗을 빤히 바라봤다.

"12월 31일이 생일이십니까?"

"어떻게 알았습니까?"

"아, 그게……. 소문을 듣고요."

난감해하는 표정으로 보아, 그 소문의 내용이 좋지는 않은 모양이었다. 내 생일과 관련해서 나쁜 소문이 퍼질 일이 있나.

잠시 고민하다가, 나는 곧 알아차렸다. 테릴 리한의 생일은 몰라도 테릴 윈터글라스의 생일을 아는 귀족은 있을 법했다. 수년 전 생일에, 제몬에게 바람 맞은 것 또한 분명 조롱거리가 됐을 테니까.

"그래서 그건 왜 확인하십니까."

"괜찮으시면, 그날 저와 식사라도 함께해 주시겠습니까?"

이러니 요즘도 헷갈릴 수밖에. 고단수의 어수룩한 척인지, 아니면 진짜 아무 생각이 없는 건지. 착각했다는 창피함에 무작정 부정하던 때는 지났고 슬슬 다시 의심이 들기 시작했다. 하나 일단은 거절이 먼저였다.

"그날은 황궁 무도회에 참석할 예정입니다만."

제몬이 몇 년 전 내 생일에 날 바람 맞혔던, 그 연말 무도회였다. 이제는 무도회에 갈 이유도 없어 황제가 직접 보낸 초대장을 보고도 거절하려 했다. 하나 그 사실을 떠올리자, 나는 마음을 바꿨다. 복수도 끝나 가는 마당이니, 더러운 기억 하나 지우고 와야지. 과거에 발목 잡혀 있을수록 나만 손해니까.

내 답에 네빗 엔하르트의 얼굴에 낭패가 떠올랐다.

"아, 그랬지요."

"유감이지만, 어렵겠습니다."

"그렇…… 군요."

저렇게까지 실망하는 걸 보면, 역시 날 선생으로만 보고 있진 않는 것 같은데. 나는 그에게 미심쩍은 시선을 보내다 어깨를 으쓱였다.

"그럼, 오늘은 여기까지 합시다."

아까 본 세시오의 표정이 마음에 걸려서, 나는 그의 방으로 올라갔다. 그러나 그새 어딜 간 건지, 주인은 자리를 비우고 없었다.

나는 그대로 돌아 나가려다가, 문득 무언가를 발견하고 멈춰 섰다. 아직 다 완성되지는 않은, 그림이 보였다. 저번에 미술 용품을 보내 주었더니 착실히 취미를 즐기는 모양이다. 나는 이젤에 다가가 캔버스를 자세히 바라보았다.

"이거, 그 왈릿의 호수 아닌가?"

수수하고 우중충한 색감이 얼마 전에 본 그대로다. 영웅담을 그려 달라고 말한 건 농담이었는데, 진심인 줄 알았는지 호수에 검을 찌르고 있는 내 모습이 생생히 그려져 있었다.

그런데.

"내 얼굴이 왜 이리 반짝거려."

부담스러울 만큼이나 테릴 리한의 얼굴에서 빛이 났다. 배경 색이 죄 칙칙해서 너 그렇게 보였다. 데이브릭 후작저에서 봤던 것도 좀 튀는 느낌이었는데 이건 더하다. 세시오는 원래 인물화를 이렇게 그리는 걸까. 떠올리며 비교하려고 해도, 내가 본 그의 그림은 전부 나를 그린 터라 그럴 수 없었다.

그러다가 문득, 나는 이상하다고 생각했다. 세시오는 왜 그렇게나 나를 그려댔을까. 아름다워서라고 말한 그 시답잖은 이유가 진짜일 리 없다. 설령 그게 사실이라 한들, 세상에 아름다운 건 많았다. 당장 왈릿의 성에서 함께 본 밤하늘만 하더라도. 그러면 그 이유는……. 순간 떠오른 추측에 손끝이 움찔 떨렸다.

그때, 뒤쪽에서 익숙한 기척이 느껴졌다. 그리넬 경이었다.

"여기 계셨군요, 소공작님."

"날 찾고 있었어?"

"예, 북부에서 소공작님께 전하란 물건이 있습니다."

물건? 그 말을 듣고 보니, 그리넬 경의 손에 무언가가 들려 있었다.

"소공작님의 생일을 축하하기 위해, 전하께서 보내셨습니다."

검은 벨벳으로 된 상자였다. 그녀에게 건네받아 내용물을 확인하자, 거무튀튀한 반지가 보였다. 룬어가 적혀 있는 걸로 보아, 아티팩트인 것 같긴 한데.

"'도플갱어의 허물'입니다. 특정 대상에게 쓰면, 사용인의 외적인 모습을 그대로 덮어씌우는 물건입니다."

"알리바이 공작용인가."

"살아 있는 사람을 상대로는 쓸 수 없다고 합니다."

"그럼 가짜 시체를 만드는 용도라고?"

"위급할 때 사용하라고 하셨습니다."

죽은 척하고 도망가라는 말도 아니고. 애당초 내가 도망칠 일이 생길 것 같지도 않은데 걱정이 과하시다. 나는 한숨을 내쉬다가, 문득 조금 전에 들은 말을 떠올렸다.

"아버지께서 보내셨다고? 어머니가 아니라?"

"예, 전하십니다."

"타니타르가 그렇게 위험하던가?"

"그보다는…… 나이가 들수록 잔걱정이 느셔서 그럴 겁니다."

그리넬 경이 하기에는 미묘한 어감의 말이었다. 충성심이 좀 깎인 것 같은데.

"공작부인께서 보내신 선물은 백합 꽃다발입니다. 들고 다니다 상할 것이 염려되어 방에 두었습니다."

"요즘 들어 꽃 선물을 자주 받네."

"소공작님께서 라일락을 받으셨다는 말을 들으신 듯합니다."

이젠 별로 달가운 선물이 아니게 됐으나, 어머니가 신경 써 주신 점 자체는 고마웠다. 시체에 백합까지 합쳐지니 뭔가 우중충한 분위기가 되었지만. 곧, 무슨 일이 일어난다는 징조는 아니겠지. 괜히 마음이 찝찝해졌다.

"소공작님을 그린 그림이군요."

어느새, 그리넬 경의 시선이 세시오의 캔버스로 향해 있었다. 다시 봐도 번쩍거린다. 내가 그린 것도 아닌데, 괜히 멋쩍어져서 나는 두어 번 헛기침했다.

"세시오에게 농담 삼아 날 그려 달라고 했더니, 진짠 줄 알았나 봐."

그녀는 고개를 끄덕이고는, 한동안 캔버스에서 눈을 떼지 않았다. 그림 솜씨에 감탄한 것 같지는 않았으나 제법 진지한 표정이었다. 슬슬 의아해져 그녀에게 물으려는 때, 그리넬 경의 시선이 다시 나를 향했다.

"소공작님."

"왜 그렇게 진지하게 불러."

"원하시거든 취하십시오."

맥락 없이 튀어나온 말이라 이해하는 데 조금 시간이 필요했다. 취하라니, 누구를. 세시오를? 어이가 없어 입이 벌어졌다.

"그 무슨 약탈혼 같은 소리야."

"공자를 좋아하시잖습니까."

"……언제부터 알았어?"

"왈릿에서 공자 대신 변명해 주실 때 확신했습니다."

같은 침대에서 잤던 날이군.

그래, 그리넬 경은 내 옆에 계속 붙어 있었으니 눈치채더라도 이상한 일은 아니었다. 그녀에게 마음을 들킨 것이 딱히 부끄럽지도 않았고. 다만, 다른 사람 ─이를테면 세시오라든가─도 눈치챈 게 아닐까, 약간의 걱정이 들긴 했다.

"공자도 머리가 달렸으니, 소공작님을 좋아할 겁니다."

그렇게 말하는 목소리가 너무 진지해서, 나는 걱정도 잊은 채 웃고 말았다.

"하하, 그게 무슨 팔불출 같은 소리야. 안 어울려, 그리넬 경."

"주제 넘는다는 걸 알지만, 진지하게 드리는 말씀입니다."

"말은 고마운데, 그러고 싶진 않아."

나는 다시 캔버스를 내려다보았다. 그리고 새로운 사실을 알게 됐다. 테릴리한이 그려진 부분은, 배경에 비해 유독 붓 자국이 많았다. 몹시도 망설이며 그린 것처럼.

이것도 착각일까, 나는 입매를 당겨 웃었다.

"그러지 않아도, 고백하면 받아 줄지도 모르지. 나한텐 이용 가치가 있으니까."

"하시면―."

"마음을 전하지 않기로 한 건 내가 선택한 거야."

이따금 마음을 쏟아 내고 싶은 충동은 있지만. 조만간 일을 치를지도 모른다는 불안도 있지만. 위태위태하더라도 내가 결정한 방향이었다.

"한낱 호감 때문에, 리한 전체가 휘둘릴 순 없잖아."

반쯤은 강제로 된 소공작이지만, 지금은 애정도 있고 책임도 있다. 내 감정 때문에 좋을 대로 행동하면 데이브릭 후작 같은 사람이 되는 것이다. 리한을 버리고 간다면 이야기는 다르겠지만, 그렇게까지 하고 싶지도 않고.

"데이브릭 공자가 포기한다면요."

"강제로 결혼하는 데 흥미 없다니까. 나도 최소한의 도덕심이란 게 있어."

"공자가 자의로 모든 선택지를 내려놓고, 소공작님을 따를 수도 있지 않습니까."

"그것도 싫은데."

이해할 수 없다는 듯, 그리넬 경이 눈을 깜박였다. 그러나 나는 이미 세시오에게 답을 들었다. 얼마 전 연무장에서 그는 그렇게 말했다.

"이제 와 내려올 수는 없지 않은가. 대신 황제가 되어 줄 사람이 있지 않고서는."

"나는, 억지로라도 황제가 돼야 해."

힘들게 결심한 사람을 굳이 뒤흔들고 싶지는······.

잠시만.

"대신 황제가 되어 줄 사람이 있지 않고서는."

"대신?"

전에는 그저 흘려들었던 말이 선명하게 떠올랐다. 앞에 그리넬 경이 있는 것도 잊어버리고, 나는 순간 내 생각에 몰두했다. 어쩌면 방법이 있을지도.

거기까지 생각했을 때, 나는 스스로가 우스워져 웃고 말았다. 세시오에게 마음을 고백할 생각도 없으면서 혼자 어디까지 치고 나가는 건지. 나는 고개를 저으며 상념을 털어 냈다.

"그냥 각자의 자리가 다른 거야."

방법 같은 걸 궁리할 이유는 없었다.

세시오 데이브릭은 나를 좋아하지 않았으니까.

타고 남은 잿더미를 폐 속에 밀어 넣은 기분. 목이 간지러워 기침을 하면, 검고 뜨거운 것이 몸 안에서 나풀거리다가 더 깊은 곳으로 가라앉을 듯한.

이토록 불쾌해 본 적이 있던가. 세시오는 제 마음을 이해할 수 없었다.

특별한 일이 있던 것도 아니었다. 네빗 엔하르트는 그저 테릴에게 착실히 검을 배울 뿐이다. 전처럼 꽃을 선물한 것도 아니고 고백을 하지도 않았다. 같잖은 수작질은 없었는데 이상하게도, 그의 기분은 갈수록 더러워졌다.

침실로 들어선 세시오는 곧바로 거울로 향했다.

수하를 불러 지시를 내렸다.

"네빗 엔하르트 말씀이십니까?"

"그래, 조사해."

"혹 근위기사단장을 포섭하시려는 거라면—."

"두 번 말하게 하지 마."

억누르지 못하고, 그의 목소리에 한껏 짜증이 담겼다. 조금 사납게 들리기도 했다. 어깨를 움찔 떨면서, 파넬로의 얼굴에 의아함이 서렸다. 하나 고개는 순종적으로 숙인 채였다.

"평소 행실이나 숨겨 둔 비밀이 있지는 않은지, 그자의 일생을 다 가져와."

"……알겠습니다."

파넬로 앵게스트는 제 주인에게 특별한 이유가 있어 그렇다고 믿으며 사라졌다. 사적인 사정에 불과했지만.

세시오는 자조적으로 웃었다. 마음을 다잡은 듯하다가도 또 원점이다. 그는 제가 왜 이렇게까지 반응하는지 알았다. 바보가 아니고야 모를 수 없을 것이다. 세시오는 네빗 엔하르트를 질투하고 있었다.

객관적으로 보면, 테릴에게 네빗은 전혀 특별하지 않은 것이 분명했다. 그녀는 누가 봐도 그와 기계적으로 대련만 할 뿐이었다. 오히려, 그렇게까지 관심이 없으면서 왜 선뜻 검을 가르쳐 주겠다고 했는지 이해가 안 될 정도다.

이전에 잠깐의 실수로 그의 목숨을 위험하게 한 죄책감이 남았나. 아니면, 네빗이 그녀를 사랑한다고 오해했던 게 그토록 창피했던 걸까.

"실상은 오해도 아니지만."

세시오는 여전히 그의 마음을 확신하고 있었다. 검을 배우러 왔다는 게 테릴에게 감정이 없다는 증거는 아니었고, 네빗의 눈빛은 너무나 확연하게 그 마음을 드러냈으니까.

세시오 데이브릭은 조사를 지시하며 내심, 네빗에게 커다란 결점이 숨겨져 있길 바랐다. 그가 간섭할 만한, 그럴싸한 명분이 한 조각이라도. 왜냐하면 네빗에겐 가능성이 있었으니까.

세시오는 후작이 되고 나면 끝이었다. 계약으로 만들었을 뿐인 약혼은 종료되고, 테릴과 남이 되어야 한다. 그리고 나면 그녀는 타니타르를 치고 북부로 돌아갈 테고, 그는 황궁을 지켜야 하므로 그녀를 뒤따를 수 없을 것이다. 하지만 네빗 엔하르트는 자유롭다. 그렇기에. 먼 훗날이라도, 테릴의 곁에 선 네빗을 보게 될지도 모른다.

그렇게 생각하다가, 세시오가 자조적으로 웃음을 터뜨렸다. 굳이 그가 아니라도 마찬가지일 것이다. 그녀는 리한의 후계이니 언젠가 그녀의 곁에 다른 사내가 설 것은 너무도 분명한 일이다.

지금도 이렇게 그녀에게 마음이 질척거리는데, 그때가 되면 어떨까. 생각하고 싶지도 않았다. 세시오는 양손으로 제 얼굴을 쓸어내렸다.

"또, 데이브릭 후작님께 서신이 왔습니다."

"……하루에 몇 통을 보내는 건가, 대체. 이제 찾아오지는 않는 게 다행이라고 해야 할지."

타니타르 공작은 노골적으로 인상을 쓰고는, 집사가 건네는 서신을 받아 들었다.

알버트 데이브릭은 정말 시도 때도 없이 그를 귀찮게 했다. 최상급 저주의 완성이 머지않았다고 말해 주었음에도 좀체 인내할 줄을 모른다.

"하기야, 이제 버틸 수 있는 기한도 한계라고 했던가."

그는 곧 대원로의 말에 굴복해야 할 거고, 제몬 데이브릭은 후계 자릴 박탈 당할 것이다. 그러고 나면 세시오 데이브릭이 소후작이 되겠지.

마음이 급할 만도 했으나, 타니타르 공작에겐 알 바 아니었다. 아니, 그 정도 를 넘어 공작은 세시오가 후계가 되는 날을 기다리고 있었다. 어차피 타니타르 에게 데이브릭은 이미 버리는 패였다. 제게 도움이라도 되고 사라지면 다행일, 쓸모없는 인연.

짜증이 치솟아, 공작은 서신을 펴 보지도 않고 벽난로에 집어 던졌다. 그에 겐 지금 더 중요한 문제가 있었다. 공작은 제 책상에 올려진 보고서를 내려다 보았다.

"그래, 에이빌로스가 리한의 그 새끼 짐승한테 초대장을 보냈단 말이지."

리한 소공작에게 지나치게 알랑거릴 때 알아봤어야 했는데. 사냥개도 못 되 는 꼭두각시 따위가 주인을 배신하려 하다니, 기가 막힐 노릇이다. 곧 일어날 일을 직감한 건지도 모르겠지만.

공작이 피식 웃음을 터뜨리며, 손을 뻗었다. 책상 한편에 놓인 병을 쥐고 그 는 그걸 이리저리 기울였다. 안에 든 청보랏빛 액체가 공작의 움직임을 따라 흔들렸다.

"손가락 하나 까딱하지 않는 게, 실은 꼭두각시의 본분인데 말이야."

그렇게 말하는 타니타르의 눈은 흉흉히 빛나고 있었다.

내 스무 번째 생일 밤. 나는 해가 지기 전부터, 데이브릭 후작저의 응접실에서 제몬을 기다렸다. 나와 만나기로 해 놓고 무도회에 가버린 내 연인을. 째깍째깍, 시곗바늘은 쉴 새 없이 움직였다.

최근에는 늘 그랬듯, 세시오가 내 말동무가 되어 주었다. 너무 오랫동안 기다려서 한 번은 그에게 돌아가도 괜찮다고 말했으나, 친절하게도 세시오는 끝까지 함께해 주었다. 그의 배려가 고마웠다. 그러나 10시가 넘어서면서, 나는 세시오에게 좀체 신경을 쓸 수 없게 되었다.

10시.

11시.

11시 반.

도저히 눈이 시곗바늘에서 떨어지지 않는다. 아무것도 하지 않고 그것만 들여다보는데 이상하리만치 시간이 빠르게 흘렀다. 그리고.

"……12시."

기어이는 다음 날이 되어 버렸다.

나는 잠시 침침한 눈을 감았다. 그러고는 제몬이 한 말을 떠올렸다.

'빠질 순 없지만 이번 무도회는 그렇게 중요한 자리는 아니니까 저녁쯤엔 올 수 있어. 기다려 줘.'

그래서 나는 그를 기다렸고, 결국 이 꼴이 됐다. 이제는 12월 31일이 아닌 1월 1일이었고, 내 생일이 아닌 그 다음 날이었다.

"후우."

사실 제몬이 기다려 달라고 말했을 때부터 짐작하긴 했다. 그는 제시간에 도착하지 못할 것이고, 나는 쓸쓸한 생일을 보내야 할 거라고. 그럼에도 연인과 생일을 보내고 싶다는 바람과 오기 때문에 버텼다.

무어라 말해야 할까. 허탈함, 분노, 짜증? 아니, 가슴을 가득 채운 건 설움이었다. 나는 또 제몬 데이브릭을 믿었고, 또 속아 넘어갔다. 이걸 몇 번이나 반복해 온 걸까. 그리고 앞으로, 몇 번이나 더 이걸 반복해야 할까. 이미 그를 향한 기대라고는 남은 게 없었다. 나는 많이 지친 상태였다.

속이 갑갑해, 나는 양손으로 얼굴을 덮고 잠시 그 어둠 속에 갇혀 있었다. 희한하게도 조금 전까지 그토록 신경 쓰이던 시계 소리가 이제는 전혀 들리지 않았다.

얼마간 그러고 있었을까, 툭 무언가 어깨를 두드렸다. 눈을 뜨자 세시오가 보였다. 그는 다소 망설이며 내게 손수건을 건넸다.

"……괜찮아요, 눈물은 하나도 안 났거든요."

나는 쓰게 웃으며, 그의 손수건을 되돌렸다.

그래, 이 정도로 울지 않는다. 울 리가 없지. 제몬이 이런 게 하루 이틀도 아니고, 예상 못 한 일도 아니고.

"이 시간까지 함께 있어 주셔서 고마워요. 저는 이만 돌아가…… 볼……."

말하려다가 무언가가 울컥 치밀어 올랐다. 뒤늦게 찾아온 감정은 분노였다.

돌아가겠다고 말한 사람을 붙잡아 굳이 기다려 달라 말하고, 자정이 될 때까지 돌아오지 않았다. 제몬은 지금 일말의 죄책감이라도 느끼고 있을까? 내 생일이 지나 날짜가 넘어간 건 알까? 내가 아직 기다리고 있다는 건 인지하고 있을까? 그럴 리가 없지, 룹타나 그레텔을 꾀어내는 데 정신이 팔려 있을 텐데.

저번에 함께 간 무도회에서, 스쳐 지나가듯 그레텔 공녀를 마주쳤을 때 나는 제몬의 눈빛을 봤다. 욕심이 떠오른 두 눈. 그리고 이후로, 그는 다시는 내게 무도회에 함께 가자고 권하지 않았다. 그런데 그 속을 어떻게 모르겠는가.

상상만으로 화가 치밀어, 나는 돌아가기로 했던 결심을 지우고 주위를 두리번거렸다. 응접실 한구석의 진열장에, 술이 잔뜩 전시되어 있는 게 보였다. 잘됐네. 나는 뒷일은 생각하지 않고 성큼성큼 다가가, 샴페인과 잔 두 개를 꺼내 왔다. 아무렴, 저지른 죄가 있으니 제몬이 이쯤은 알아서 수습하겠지.

가져온 것들을 테이블에 올려 두자 세시오가 당황스럽게 눈을 깜박거렸다.

"좀 어울려 주실래요?"

거절당하면 할 수 없다고 생각했는데, 다정한 이는 거절하지 않았다. 진열장에 있는 술이 샴페인뿐인 건 좀 짜증 났지만.

한동안 부어대자, 술기운이 금세 올라왔다. 어쩌면 감정적으로 많이 약해진 상태라 그럴지도 몰랐다. 알딸딸하게 오른 취기에 나는 눈을 끔벅거렸다. 만용인지, 용기인지, 이제야 결심이 선다.

"제몬과 헤어질 거예요. 어쩌면 제몬은 이미 헤어졌다고 생각하는지도 모르겠지만."

「많이 취하셨습니다.」

세시오가 나를 만류하는 듯한 글자를 적었지만, 나는 고개를 저었다.

취기는 느껴졌으나, 판단력을 잃을 정도는 아니다. 애당초 아무리 많이 마셔도 제대로 취해 본 적도 없으니까. 어머니는 술에 약하니, 내 빌어먹을 생부가 그런 체질이었나 보지.

"술 때문이 아니라 한 번씩 생각했어요. 어차피 이대로 가다간 금방 차일 테니, 차라리 자존심이라도 세우자고."

"……."

"그 자식은 지금 무도회에서 춤이나 추고 있겠죠? 나 같은 건 까맣게 잊어버리고."

내가 말하고도 그 추측에 분이 올랐다. 나는 씨근덕거리다가 문득 응접실 한편에서 무언가를 발견했다. 축음기였다.

"축음기가 왜 여기에?"

「엘레이 백작 부인이 낮에 다녀가셨습니다. 차를 마시는 동안 노래를 듣는 취미가 있으셔서.」

"아아, 귀하신 분들의 취미였구나."

나는 축음기를 만져 본 적도 없는데. 입을 삐죽 내밀다가, 문득 충동이 들었다. 나는 벌떡 자리에서 일어나며 물었다.

"세시오는, 저거 틀 줄 알아요?"

「그게 무슨······.」

"어차피 사용인들은 다 자느라 모를 텐데, 우리도 춤이나 출래요?"

나를 올려다보며, 세시오가 눈을 한 번 깜박였다.

"마침, 저기 축음기도 있고."

「춤을 춰 본 적이 없습니다.」

"괜찮아요, 저도 많이 춰 본 건 아니고. 제가 가르쳐 줄게요, 몸으로 하는 건 좀 잘하거든요."

이왕 잘할 거, 머리로 하는 걸 잘했으면 좀 좋았겠냐만 재능은 선택할 수 없는 문제니까. 세시오는 다소 머뭇거렸으나, 곧 나를 따라 일어났다. 다행히 그는 축음기를 다루는 방법을 알고 있었기에 이내 응접실에 노래가 울려 퍼졌다.

자정이 넘은 새벽, 애인의 저택에서 애인이 죽도록 싫어하는 그의 형제와 춤을 추게 되다니. 내가 해 놓고도 어이가 없었으나, 제몬이 어떻게 생각할까 상상하니 그저 즐겁기만 했다.

세시오가 제 모든 걸 갈취해 가는 도둑놈이라고? 그래, 세시오가 네 양심도 훔쳐 갔나 보다. 빌어먹을 바람둥이 같으니. 생각하니 다시 화가 나서, 나는 고개를 가로저으며 제몬 생각을 떨쳐 냈다.

"일단 이리로 와 봐요."

그는 어정쩡하게 내 앞에 섰다. 그 모습이 지나치게 어색해 보여서 절로 웃음이 났다. 나는 치맛자락을 늘이며 허리 숙여 인사했고, 세시오도 어설프게 나를 따라 했다. 춤이 시작됐고, 내 입은 바빠졌다.

"거기선 스텝을 이쪽으로. 아, 여기서 허리 꺾는 거 아니에요. 이땐 손을 밀어야 해요, 거리가 생겨야 돌 수 있거든요."

"……"

"처음이라면서 잘 따라오시네요."

세시오는 신기하리만큼 내 움직임을 쉽게 따라 했다. 어설프던 몸짓은 채 몇 분이 지나지 않아 자연스러워졌고, 조금 더 지나자 나비처럼 우아해졌다. 처음에는 그저 감탄만 했지만, 나중에는 의심스러웠다.

"처음이라는 거 거짓말이죠?"

당황한 듯 눈을 동그랗게 뜬 이가 고개를 저었다. 그 표정은 정말로 진실해 보였다. 그럼 타고난 건가.

"솔직히, 제몬보다 잘하시네요. 제몬은 좀 몸치예요. 검도 어려서부터 배운 것치곤 영 어설퍼 보이고."

"……"

"아, 이 말을 제몬 앞에서도 해 줘야 하는데. 혹시, 그걸로 귀찮게 할까 봐 못 걷는 척하는 건 아니죠?"

생각 없이 던진 물음에 세시오가 웃음을 터뜨렸다. 유쾌하게 접힌 눈매며 올라간 입꼬리 같은 게 뭐라고 할까, 예뻤다. 좀 실렌가.

"그렇게 웃는 거 처음 봐요."

"……"

"좀 꼬집어 말했다고, 그렇게 바로 정색하기예요?"

“…….”

“알았어요, 모르는 척할 테니까 그냥 마음껏 웃어요. 웃는 걸로 누가 뭐라 한다고.”

투덜거리며 면박을 주자 정색했던 세시오의 얼굴에 다시 웃음이 돌아왔다. 그를 따라 웃다가, 새삼스럽게 의문이 들었다.

이 사람은 왜 걸을 수 있다는 걸 숨길까. 묻지 않기로 했으나, 생각하게 되는 건 어쩔 수 없다. 몇 가지 그럴싸한 추측이 떠올랐지만 무엇 하나 긍정적이지는 않았다. 하는 수 없이, 나는 생각을 떨쳐 버렸다. 적어도 지금 순간, 세시오를 나쁘게 생각하고 싶지 않았으니까.

어느새 춤곡은 막바지에 다다랐다. 치맛자락이 둥글게 퍼지도록 돌다가 한순간 발을 잘못 디뎌 버렸다. 몸이 휘청 기울더니, 나는 그대로 세시오의 가슴에 얼굴을 박고 말았다.

왜 이렇게 단단하지. 그리고 왜 이렇게 시끄럽지. 두근두근, 소리가 퍽 요란도 하다. 누구의 심장 박동일까, 내 건가. 머릿속에 맥락 없는 의문들을 쏟아 내다가, 나는 웃음이 터졌다.

“아, 미안해요. 나 정말 취한 게 맞나 봐요.”

다리도 못 가눌 정도면서, 단호하게 부정했던 게 바보 같다. 아니면, 춤을 춰서 취기가 빨리 돈 걸까.

소리 내어 웃고는, 나는 그에게 기대었던 몸을 일으켰다. 눈앞이 잠깐 어지러워서 내가 취했다는 추측에 신빙성을 덧붙여 주었다. 세시오는 돌처럼 굳은 채 나를 내려다보고 있었다.

“기억나요, 세시오? 공자가 계단에서 절 잡아 줬을 때도 이랬던 것 같은데.”

“…….”

“그땐, 당신을 오해하고 있었어요. 사과했던가? 했죠?”

그는 느리게 고개를 끄덕이고, 비틀거리는 나를 부축해 주었다. 춤은 어떻게 췄나 몰라. 나만 멀쩡히 추고 있다고 착각한 거고, 세시오가 보기에는 물고기가 흐느적거리는 것처럼 보였을지도 모르겠다. 나는 양손으로 뺨을 짝 내리치고는, 정신을 차리려 애썼다.

"취해 본 적 없다는 거 허세는 아니었는데, 민망하게 됐네요."

도로 소파에 앉자, 다시 시계가 눈에 들어왔다. 그 순간 제몬이 또 생각나서, 나는 쓰게 웃었다. 그와 헤어지더라도 당분간은 시계를 볼 때마다 생각날 것 같았다.

어디서 구해 온 건지 세시오가 내게 물컵을 내밀었다. 고맙다고 말하며 나는 물 한 모금을 삼켰다. 미적지근한 것이 내 속을 훑고 내려가는 게 생생히 느껴졌다. 컵을 내려놓고, 나는 소파의 등받이에 몸을 기댔다. 머리가 좀 멍했다.

잠깐의 정적이 맴돌았다. 나는 아무렇게나 머릿속을 지나다니는 생각 하나를 잡아채 그대로 입에 담았다.

"숙부가 그런 말을 한 적이 있어요. 제 어머니의 인생은 제가 망친 거라고."

「말도 안 되는 소립니다.」

"그땐 저도 그렇게 말했죠. 지기 싫어하는 성격이거든요. 그런데 계속 생각나는 거예요."

나는 두어 번 얼굴을 쓸고 한숨을 내쉬었다.

"객관적으로는 틀린 말도 아니죠. 그래서 많이 고민하기도 했어요. 나는, 왜 태어났을까."

말을 하다 보니 목이 자꾸 가라앉아서, 나는 컵에 있는 물을 다 비웠다.

"제가 태어나지 않았으면 어머닌 더 행복했을 거예요. 짐 덩어리가 없으니 좋은 사람을 만났을 거고."

「아이가 있다고 만나지 못할 사람이면, 좋은 사람이 아닙니다.」

"그거, 말 되는 위로네요."

「윈터글라스 영애, 숙부라고 한들 그런 사람의 말은 귀 기울일 가치가 없습니다.」

"그 한마디가 좀 걸렸을 뿐이에요. 전 제가 좋아하지도 않는 사람한테 영향 받지는 않거든요."

그래서 제몬 데이브릭에게는 영향을 많이 받았지만. 내 자존감이 바닥을 친 건 적어도 절반은 제몬 때문이다.

"그래도 세시오 공자가 내 일에 화내 주니 고맙네요."

평소에는 별로 감정 변화도 내보이지 않는 사람이 대놓고 얼굴을 굳힌 채였다. 그 모습이 신기하기도 하고 고맙기도 했다. 이제 우리는 그냥 아는 사이 정도는 넘은 게 아닐까.

세시오는 내 말에 만년필을 끄적거리다가, 아무 글자도 적지 않고 한숨을 내쉬었다.

"정 그러면, 나중에 윈터글라스 남작을 보면 발이라도 걸어 주든가요."

최근 집에 불을 지르는 시늉으로 숙부를 쫓아낸 뒤, 그는 지금껏 나타나지 않았다. 그러니 내가 발을 거는 건 무리였다. 분명히 보복할 줄 알았는데, 여태 가만히 있는 걸 보면 정말 내가 데이브릭 후작부인이라도 될 거라 믿는 모양이다.

제몬과 헤어지면, 이쪽도 문제가 되겠구나. 한숨이 목 끝까지 차올랐지만 하는 수 없었다. 일단 제몬과 헤어진 걸 숨기면서, 최대한 방안을 찾아보는 수밖에.

「영애께서 그 말을 신경 쓰지 않겠다고 약속하시면요.」

"네? 무슨……."

세시오가 적어 내린 글자가 영 뜬금없어 반문하려다가, 뒤늦게 놀랐다.

"정말 발을 걸어 주려고요? 그냥 농담이었는데요."

"……."

"뭐, 그래도 그렇게까지 말씀해 주셨으니 사양은 안 할게요. 사실 자학하려고 꺼낸 말도 아니거든요."

한때의 고민은 이미 해피엔딩으로 끝났으니까.

사내가 눈을 깜박이며 의아해했다.

"하루는 참지 못하고 어머니께 말씀드렸더니, 정말 혼났단 말이에요."

「혼날 만합니다.」

"엄하시네."

글씨체마저 단호해 보여서, 웃음이 났다.

"그때, 귀한 말을 들었어요. 제가 저를 소중히 하지 않으면, 그거야말로 어머니의 평생을 망치는 거라고."

"……."

"남들의 말에 휘둘리지 말고, 누구보다 스스로를 사랑하라고요."

왜 잊고 있었을까. 그리고 왜 이제야 생각난 걸까.

제몬과 헤어질 결심을 하고야, 기억 속의 말이 나를 찾아왔다. 어쩌면 그간은 그를 향한 사랑이 내 무의식을 덮고 있었는지도 모른다. 제몬 데이브릭과 만나는 한, 나는 나를 다시 사랑하지는 못할 테니까.

"난 어머니의 보물이에요, 그러니 제몬과 헤어지는 게 맞아요."

취기에 이성이 다소 흐려진 걸 인정하더라도, 그것만은 진심이었다. 어쩌면, 자정이 넘을 때까지 내가 오지 않을 제몬을 기다린 건, 이 결심을 내기 위해서일지도 모르지.

"애초에 우리는 만나지 말았어야 했는지도 모르죠. 그래도 세시오를 만나게 해 준 건 고맙네요."

「그런 말은─.」

"미안해요."

내 말에 세시오가 손끝을 멈칫했다.

"숨만 쉬어도 제 것을 빼앗을 셈이냐고 제몬이 길길이 날뛰는데, 그 애인이랑 말을 섞는 게 부담스러웠을 거 알아요."

세시오와 눈이라도 마주치면, 제몬은 무섭게 표정을 굳히고 나를 몰아붙였다. 그러면서 자기는 괜찮은 가문의 영애들에게 말을 붙이고 다닌 게 희극이었지. 그에 오기가 나서, 일부러 세시오에게 인사를 건네기도 하고, 보란 듯이 응접실에서 그에게 말을 걸기도 했지만.

그래, 나도 잘했다고는 못하겠다. 제몬의 행동이 마음에 들지 않으면 헤어질 것이지, 철없이 뭘 하고 지낸 거람. 돌이켜 보면, 행동만 놓고 봤을 때 나는 제몬과 크게 다르지도 않았다. 그 또한 다른 귀족 영애들과 나눈 건 인사뿐이었으니까. 요즘은 롭티나 그레텔에게 말을 걸려 안달이었으나, 아직은 그 정도다. 가능성이 있다고 판단하면, 마음이 통하기 전에는 내게 이별을 통보할 테지. 그나 나나, 참 추하고 구질구질한 첫사랑이었다. 그래도 다행인 건.

"저와 친구가 될 수 없다고 한 것도 그것 때문이었죠? 선을 그어 줘서 고마워요."

선을 긋는 사람이 없었으면, 내 오기와 충동이 나를 어디까지 떠밀었을지 모르겠다. 그래도 비슷한 수준으로 끝날 수 있던 건 다행이지.

"그러면서 말동무가 돼 준 것도요."

비단, 기다림은 오늘만 있던 것이 아니었다. 짧게는 30분, 길게는 몇 시간까지도 나는 응접실에서 홀로 제몬을 기다렸다.

간간이라도 나를 찾아 준 사람은 세시오뿐이었다. 제몬이 무어라 옥박지를 뻔히 알면서도, 내게 동정이라도 느낀 걸까. 그래도 대부분, 떠들어대는 건

나뿐이고 세시오는 형식적으로 받아 줄 뿐이었다. 하나 그것만으로도 비참함이 많이 줄었다.

"세시오는 나한테 참 좋은 사람이었어요."

곤혹스러운 얼굴의 세시오를 보며, 나는 자리에서 일어나 응접실 한편에 놓아 둔 상자를 가져왔다. 그러고는 그 물건을 그에게 내밀었다.

"선물이에요. 제몬에게 주려다가 화가 나 세시오에게 주는 건 아니니, 안심해요."

「선물이라니, 왜 제게.」

"오늘 생일이시잖아요."

사내의 눈이 느리게 깜박였다. 많이 놀랐는지, 속눈썹도 조금 떨렸다.

"전에 제몬한테 들었어요."

좋은 이야기는 아니라 나는 자세한 말은 얼버무렸다. 정확히 제몬 데이브릭은 '그 재수 없는 자식은 하필 해가 시작되는 날에 태어나서, 1년을 망친다.'라고 말했다. 이런 험담을 본인에게 말할 수는 없지 않은가.

내가 제 생일을 알게 된 경위는 궁금하지 않고 결과만이 놀라운지, 세시오의 눈이 흔들렸다. 전에는 못 보던 모습을, 오늘 여럿 보네. 기분이 유쾌해졌다.

상자를 풀어 보라고 재촉하자, 그가 조심스럽게 리본을 당겼다. 뚜껑이 열리자 내 선물이 모습을 드러냈다. 백금빛 갈기의 유니콘이 달을 축으로 돌고 있는 오르골이었다.

"대단한 물건은 아니지만, 제 기준에 그리 저렴하지는 않았어요. 형편을 알테니 좀 봐줘요."

「아닙니다. 그런 생각은.」

글자를 적다가, 세시오가 문득 펜촉을 멈추었다. 잉크가 둥글게 번졌다. 그는 뒤늦게 펜을 떼어 냈다가, 다시 손을 움직였다.

298

「감사합니다.」

담백한 인사가 그답다. 그 대답이 마음에 들어서, 나는 웃었다.

"오늘, 함께 기다려 줘서 고마워요. 정말이에요, 세시오가 없었으면 많이 외로웠을 것 같거든요."

"……."

"제 생일은 엉망진창이었지만, 세시오의 생일은 조금이나마 행복하길 바라요."

세시오의 표정이 무어라 말할 수 없게 변했다. 내가 당사자는 아니니 그 감정을 정확히 읽어 낼 수는 없겠지만, 조금 감동한 것처럼 보이기도 했다. 그의 마음을 자의적으로 해석하고, 나는 뿌듯해 허리를 폈다.

그리고.

"태어난 걸 축하해요. 아니, 고맙다는 말이 더 맞겠네요."

한 마디 한 마디에 진심을 꾹꾹 담았다. 세시오가 없었으면, 난 오늘 혼자 궁상이나 떨었을 테니까. 어쩌면 제몬을 만난 게 먼저가 아니었으면, 세시오를 좋아하게 됐을지도 모르겠다. 술기운 때문인지 막연하게, 그런 생각이 들었다.

"내일, 제몬에게 헤어지자고 말할 셈인데, 그럼 이제는 친구 자격이 되나요?"

"……."

"세시오를 귀찮게 하지는 않아요. 이제 다시는 후작저에 오지 않을 거거든요."

서신을 보내지도 않을 것이고, 당연히 만남을 청하지도 않는다. 세시오가 동정 때문에 나와 어울려 준 건 분명했고, 그게 아니라도 그와의 만남을 이어 가면 나는 떳떳할 수 없을 테니까.

"그냥 당신이 내 친구였다고 기억하고 싶어 그래요."

나는 쓰게 웃으며 말했다.

그래도 내가 힘들었을 때를 위로해 줬던 사람을, 아무것도 아닌 관계로 기억하고 싶지는 않았다. 그냥 자기만족을 위한 관계 정의였다.

세시오는 답하려는 듯, 만년필을 쥐었으나 아무런 글자도 적지 않고 펜을 내려놓았다. 그뿐 아니라 수첩까지 덮어 버렸다. 거절…… 하는 건가. 조금은 당혹스러워 눈을 깜박이는데 그가 나와 시선을 맞춰 왔다. 그러고는.

"아니요. 저는 테릴을 친구로 볼 수 없습니다."

그가 말했다. 들어 본 중 가장 낮게 울리는 저음으로.

지금 벌어진 일을 이해하지 못하고, 나는 멍하니 눈을 깜박거렸다. 술기운이 이렇게나 강했나? 아니면, 혹시 지금 꿈속에 있는 걸까?

떠올리면 이런 기분을 전에도 느껴 본 적이 있었다. 계단에서 미끄러질 뻔한 날, 나를 도와준 사람의 얼굴을 봤을 때. 세시오 데이브릭이 두 다리로 선 걸 봤을 때.

삐걱거리던 머리가 조금씩 돌아간다. 나는 가까스로 입을 열었다.

"말…… 도 할 수 있던 거예요? 어떻게―."

"테릴."

처음 듣는 목소리도, 그 목소리로 부르는 내 이름도. 어느 하나 생경하지 않은 것이 없다. 세시오는 무저갱처럼 어두운 눈빛으로 나를 보았다. 여태까지와 확연히 다른 분위기에, 어깨가 굳는다.

"선을 그은 건 나를 위해서였습니다. 응접실에 있는 당신을 찾아간 것도 동정 때문이 아니에요."

"그게…… 무슨?"

"사람의 온기가 그리워서인지, 한순간의 충동인지는 모르겠습니다. 그냥 이야기를 들은 것뿐인데 왜 이렇게 됐을까."

그는 자리에서 일어났다. 내가 앉아 있기 때문일까. 세시오의 키가 크다는 걸 이미 알고 있었으면서, 조금 전까지는 함께 춤을 추기도 했으면서 달라진 눈높이에 위화감이 들었다.

그가 다가오는 모습에 움찔하자, 세시오가 자리에 멈추어 섰다. 그는 입매를 당겨 웃었으나, 그 웃음이 슬퍼 보였다. 기계적으로 위로할 말을 찾다가, 나는 입 안을 깨물었다.

"그 말…… 무슨 뜻이에요?"

"지금 짐작한 그대로입니다."

"그러니까―."

"내가 당신을 사랑한다는 말입니다."

나도 모르게 숨을 들이켰다. 조금 전과는 결이 다른 당혹감이, 폐 깊은 곳에 머물렀다.

사랑이라고? 세시오가 나를? 동정이나 연민이 아니라. 착해서 나를 지나치지 못한 게 아니라, 그의 마음이…….

"그런 표정을 지을 줄 알았습니다. 나도 이유를 모르는 감정이니, 테릴 또한 마찬가지겠지요."

그는 양손으로 무겁게 제 얼굴을 쓸었다. 세시오의 목소리가 한층 더 어두워졌다.

"가끔 그런 충동이 들기도 했어. 이왕 가지고 태어났으니, 사람의 마음도 뜻대로 해 보자고. 하지만…… 틀림없이 후회하겠지."

알아들을 수 없는 말을 내뱉고, 그는 멈춘 걸음을 다시 놀렸다. 다리가 긴 만큼 내게 다가오는 것도 빨랐다. 어떻게 반응하면 좋을지 몰라 나는 소파의 등받이에 몸을 붙이고, 치맛자락을 세게 움켜쥐었다.

"괜찮아요, 테릴. 당신한테 아무 짓도 하지 않을 테니까. 변하는 건 없을 거예요. 그러기 위해서."

한결 가까워진 거리에서, 그는 허리를 숙이고 나와 눈을 마주쳤다. 그러고는 일그러진 얼굴로 속삭였다.

"잊어버리세요, 전부."

그 말과 동시에 의식이 빠르게 흐려졌다. 힘이 풀린 몸이 기울어지고, 그가 날 받쳐 주는 게 어렴풋이 느껴졌다. 늪에 삼켜진 것처럼, 정신이 한없이 가라앉았다. 그게, 마지막이었다.

"소공작님, 소공작님!"

몸을 흔드는 손길에, 나는 다소 힘겹게 눈을 떴다. 얼굴을 염려로 물들인, 모리나가 보였다.

"계속 일어나시질 못해서. 괜찮으신가요?"

"……좀 토할 것 같아."

"어서 신관을 불러오겠습니다."

"아니야, 꿈을 좀 꾼 것뿐이니까."

나는 고개를 젓고 일어나 침대 헤드에 기댔다. 이렇게 몸이 무거운 게 얼마 만이지. 와르르 몰려든 기억을 감당하느라 손이 떨렸다. 나는 양손으로 얼굴을 덮고 느리게 숨을 내뱉었다.

기억이 전부 돌아왔다. 내가 잊고 있던 내 과거에는…….

"오늘 아침 식사는 못 할 것 같아."

"……예, 주방에 전해 두겠습니다."

"그리고 세시오가 식사를 마치면 좀 불러 줘."

그에게 해야 할 이야기가 생겼다.

테릴의 부름에, 세시오는 그녀의 집무실로 향했다. 문을 두드리자 기다렸다는 듯 곧바로 답이 들어왔다. 세시오가 안으로 들어섰다.

"앉아."

테릴의 얼굴은 많이 피로해 보였다. 어제까지만 해도 아무렇지 않았던 이의 모습에 걱정이 든다. 혹시 무슨 일이 생겼나. 그는 천리안으로 슬쩍 북부의 동태를 확인했으나 아무것도 보이지 않았다.

무의미한 추측 대신, 세시오는 테릴이 가리킨 대로 소파에 앉았다. 그녀가 곧바로 맞은편에 자리했다.

"오늘 꿈을 꿨어."

"악몽이었나 보군. 식사도 걸렀다던데."

"글쎄……. 내가 무슨 꿈을 꿨을 것 같아?"

미묘한 어감의 말에, 세시오는 문득 불안을 느꼈다. 그는 느리게 시선을 올려 테릴의 눈동자를 바라보았다. 그녀 또한 피하지 않았다.

"당신이 원한다면, 입을 다물게."

뭘 말하는지 알 것 같다. 과거의 기억을 꿈으로 봤다고 하던가. 기어이는 다른 기억마저 모조리 전시된 모양이다.

세시오는 차오르는 한숨을 가까스로 삼켰다.

"알면서 모르는 척하는 게 우습지 않은가. 이번엔 어디까지 봤지?"

"전부 기억났어."

"……그렇군."

그의 입가에 쓴 웃음이 걸렸다.

스스로도 명확한 이유를 알 수는 없었으나, 바라지 않는 일이었다. 그러나 기어이 테릴이 기억을 되찾았다고 하니 속이 후련하기는 했다. 실상 과거에 묻힌 기억이 그리 대단한 것도 아니었으니까.

"생각보다 별것 없으니 실망했겠군."

"뭐?"

"그래, 대단한 일이 있던 것도 아니었어. 계단에서 그대를 도운 일을 계기로 응접실에서 말 몇 마디를 나눈 정도지."

응접실에서 춤을 춘 것만이 조금 특별한 추억이라고 할까.

테릴은 무슨 생각인지 모를 시선으로 세시오를 빤히 보았다. 옅은 색 눈동자가 그의 머릿속을 꿰뚫는 듯했다.

"왜 기억하지 않길 바랐던 거야?"

"……글쎄. 솔직히 말해, 나도 그 이유를 명확히 모르겠어. 뭐가 불안했던 건지."

"제몬과 관련된 기억을 지워서가 아니라?"

그녀의 말에 세시오가 느리게 눈을 깜박였다.

"무슨…… 의미로 하는 말이지?"

"제몬을 의심하던 기억이 다 사라졌어. 그가 가문이 좋은 귀족 영애들을 찔러 보고 다닌 것도, 롭타나 그레텔을 눈독 들인 것도."

"뭐?"

"제몬과 헤어지기로 했던 결심도."

세시오는 테릴의 말을 이해할 수 없었다. 그가 손을 댄 기억 중, 제몬에 관한 건 없었으니까. 언령이 잘못 발현되었을 리도 없다. 언령은 말한 것을 현실로 이루어 주는 힘이었으나, 말보다 중요한 건 의도였다. 의도로 보정할 수 없다면, 바람을 이야기할 때마다 하나도 빠지지 않고 세부적인 조건을 정해야 할 테니까.

과거, 세시오가 언령을 쓸 때 바란 것은 테릴이 저와 보낸 시간을 거의 잊어버리는 정도였다. 그래야 더는 그녀와 가까이할 일이 없을 것이고, 그의 마음이 더 무거워지지도 않을 테니까. 한순간의 충동을 누르기 위해. 그뿐이었다. 그리고 테릴도, 딱 그 일만을 잊어버린 듯 행동했다.

"……믿을진 모르겠지만, 나는 그런 기억을 건든 적은 없어."

"있잖아, 세시오."

그녀의 얼굴은 여전히 밝지 않았다. 복잡한 심경이 그대로 드러났다.

믿지 않는 건가? 애당초, 그 기억이 왜 지워졌다는 거지. 치미는 혼란에 세시오가 눈가를 찡그렸다.

"하나 확인하고 싶은 게 있어."

"뭐지?"

"당신의 언령으로 지울 수 없는 건, 리한의, 그러니까 그 정도로 강대한 마나의 소유자뿐인가?"

무슨 뜻인지 이해할 수 없었으나, 그는 일단 고개를 끄덕였다. 그러자.

"본인의 기억은 손댈 수 없어?"

두 번째로 날아온 질문에, 세시오는 덜컥 굳었다. 머릿속에서 무언가 조각날 것처럼 균열이 일기 시작했다.

테릴은 말을 멈추지 않았다.

"별것 없지 않았어."

그녀는 무어라 형용할 수 없는 표정을 지으며 한숨을 내쉬었다. 머리를 좀 헝클어뜨린 것도 같았다. 시야가 점점 어지럽게 일렁여서, 세시오는 그 모습을 명확히 볼 수 없었다.

"당신, 나한테 고백했으니까."

그러나 그 와중에도 그 말은 귓속을 파고들어 그의 안에서 무겁게 떨어져 내렸다.

"고백, 했다고? 내가?"

이해할 수 없는, 세시오의 기억에는 없는 말.

마침내는 그의 속에서, 무언가가 조각났다. 갑자기 덮친 두통에, 세시오는 제 머리를 부여잡고 신음했다. 머리가 어지럽다. 속이 메슥거리고, 뜨거운지 차가운지 알 수 없이 혼란스러운 감각이 온몸으로 퍼져 갔다.

그의 기억들이 전부, 뒤집어졌다.

"무슨 일인지는 몰라도, 공자의 두 다리가 무사하다는 사실은 숨기겠습니다."

"미지않아 차일 게 뻔한데, 친구를 사귀는 것도 허락받고 싶진 않아요."

"태어난 걸 축하해요."

"내일, 제몬에게 헤어지자고 말할 셈인데, 그럼 이제는 친구 자격이 되나요?"

다소 듬성듬성한, 그러나 순차적인 테릴의 말. 선명히 기억나는 건 마지막뿐이었다. 친구가 되자는 말을 듣는 게 조금도 달갑지 않았기에, 생생히 기억에 남아 있었다. 그렇기에 세시오는 그 말을 듣자마자, 말했다. 나는 당신을 친구로 볼 수 없다고. 그러니 전부 잊어버리라고.

그러나.

"사람의 온기가 그리워서인지, 한순간의 충동인지는 모르겠습니다. 그냥 이야기를 들은 것뿐인데 왜 이렇게 됐을까."

"내가 당신을 사랑한다는 말입니다."

"잊어버리세요, 전부."

그사이에 숨은 말이 있었다. 내뱉은 줄도 몰랐던, 잊고 있던 기억이.

그 순간, 둑이 터진 것처럼 머릿속이, 그리고 가슴 안이 시원해졌다. 그는 헛웃음을 터뜨렸다.

"세시오!"

걱정스레 다가오는 이의 얼굴이 보였다. 익숙한, 그러면서도 생경하게 느껴지는 테릴 리한이.

세시오는 그 순간 깨달았다. 그의 불안이 무엇 때문이었는지.

"……그렇군."

테릴이 과거의 기억을 되찾는 게 두려웠던 것이 아니다. 세시오 데이브릭이 품고 있던 불안은, 그녀가 기억을 되찾는 순간 제가 깨닫게 될 진실이었다.

그녀는 세시오가 제 기억에 손을 댄 게 아니냐고 물었으나, 기억이 손실된 부분은 적었다. 그가 잃어버렸던 기억은 겨우 고백하는 순간의 단 몇 마디뿐이었으니까. 세시오 데이브릭이 가둬 둔 건 제 감정이었다. 정확히 말하자면.

"머리 아파? 갑자기 왜 그래? 신관을 불러올까?"

테릴 리한을 향한 연정.

쏟아지는 걱정이 달다. 그는 저를 부축하는 이의 손을 꽉 붙들었다. 시야가 거무룩하게 꺼졌다.

수년 전의 그 밤.

"잊어버리세요, 전부."

그 말과 함께 테릴은 쓰러졌다. 기억을 건드렸으니 당연한 일이다.

세시오는 쓰러지는 그녀의 몸을 받친 채 잠시간 그대로 있었다. 품에서 온기가 느껴졌으나, 반대로 가슴 안쪽은 차가웠다. 그는 그 따뜻함을 끌어안고 싶은 마음을 누르며, 테릴을 멍하니 내려다보았다.

"왜 이렇게 됐을까."

세시오 데이브릭은 제가 정에 굶주렸다는 걸 알고 있었다. 자의적이든 타의적이든, 믿고 곁을 내주었던 이들에게 모조리 배신당했음에도 그는 또 사람을 그리워했다.

계단에서 테릴 윈터글라스가 미끄러질 때, 잡아 주지 않았다면 모든 게 괜찮았을까. 가정해 봐도 의미 없는 일이었다.

그녀를 처음 본 날만 해도, 일이 이렇게 될 줄은 몰랐다.

"……안녕하세요, 데이브릭 공자. 테릴 윈터글라스라고 해요."

제몬에게 무슨 말을 들었는지 경계하며 그녀가 처음 인사를 건네던 날.

독보적인 외모에 잠깐 감탄이 들었고, 다음은 마나의 형질이 세시오의 눈길을 끌었다. 타고난 힘 때문에, 그는 남들보다 마나에 민감했다. 얼음처럼 서늘한 그 형질은, 살면서 한 번도 본 적 없는 종류였다. 그래서 잠시 신기했을 뿐, 세시오는 금세 관심을 거두었다.

그러다가 다시 눈길이 가게 된 건 사용인들의 태도 때문이었다. 그들은 작은 주인의 연인을 좋아하지 않았다. 별 볼 일 없는 가문 출신이라는 이유도 있었으나, 그보다는 후작부인 때문이었다. 테릴과 마주치기만 하면, 그녀는 유독 이성을 잃고 흥분해 사용인들의 일거리를 늘렸다. 차마 안주인의 탓을 하지는 못하고, 그들은 후작부인에게 동조하는 척하며 테릴에게 스트레스를 풀었다. 직접적인 폭행이 있던 건 아니다. 뒷담을 하거나, 차를 엎어 버리거나. 악의는 노골적이었으나 조금은 소소한 방식이었다.

그러나 많은 이들의 대단치 않은 장난은 합쳐져 거대한 고통이 되었다. 가해자들은 책임을 조금씩 나눠 가졌으나, 피해자는 그 모든 걸 한 몸에 받았다. 그 모양새는, 세시오에게 하던 것과 온전히 같았다. 비록 이제 그는 그따위 장난질에는 조금도 동요하지 않았지만. 그런 이유로 세시오는 테릴에게 약간의 동질감을 느꼈다.

그래서였을까. 계단에서 미끄러지던 모습을 보고, 그는 무의식중으로 일어나 손을 뻗었다.

"그때, 기억을 지웠어야 했어."

잠깐 망설인 것이 실책이었다. 계획하고 한 행동이 아니기에, 그는 제 당혹감을 바로 추스르지는 못했다. 그러는 새 근처에 있던 하인이 복도로 나왔고, 테릴은 세시오를 감싸 준 뒤 사라졌다. 그리고 세시오는 점차 그녀와 가까워지기 시작했다.

처음, 친구가 되자는 제의를 거절한 건 정말 제몬 때문이었다. 제몬은 쉴 새 없이 저를 귀찮게 했으나 어떻게 할 수도 없었으니까. 세시오는 성가신 일이 싫었고, 그냥 틈을 보다가 테릴의 기억만 지우고 싶었다.

그러나 쉽지는 않은 일이었다. 사용인들은 어떻게든 저 혹은 테릴의 책을 잡으려고, 응접실을 계속 흘끔거렸으니까. 그들의 기억에 다 손을 댈 수는 없지 않은가.

어영부영 일을 미루는 동안, 세시오는 테릴에게 많은 이야기를 듣게 되었다. 그냥 듣는 것뿐이었다. 그에겐 대단한 말주변도 없었고, 글자로 전하는 이야기는 대화의 맥을 끊기 쉬웠으니까.

갈수록 친근감을 느낀 건지 그녀는 천천히 주제를 바꾸었다.

"날이 정말 덥네요. 피부가 익는 것 같아요. 1년 내내 겨울이면 좋을 텐데."

의미 없는, 형식적인 이야기에서.

"아무리 그래도, 제몬과 언제 헤어질지 내기 거리로 삼는 건 너무하지 않아
요? 들으란 듯 말하는데 얼굴이 뜨거워져서."

"너무 놀라서 손이 미끄러진 거예요. 하필이면 또 제가 파이를 먹는 중이었
고."

"물론 흰 바지에 갈색 파이를 떨어뜨린 상황이 좀 공교롭게 들릴 수는 있지
만."

"설령 일부러 던진 거라고 해도 저는 무죄 아닌가요? 언제 바지가 갈색이 될
지, 내기하진 않았는데."

당한 일에 대한 분노로.

"제몬은 약간…… 뚜쟁이 일을 잘할 것 같아요. 백작 가문 이상의 귀족 영애
들 신상을 다 꿰고 있던데."

"아, 잘할 것 같다고 했지 잘한다는 말은 아니에요. 괜찮은 사람이 있으면,
소개해 주는 게 아니라 본인이 꾀어낼 테니까."

"여자를 유혹하는 걸 잘한다는 말도 아니에요. 제몬은 솔직히 그쪽도 재능
이 있지는."

"저 말고 성공한 적도 없잖아요. 차라리 제가 더 잘할걸요."

제몬을 향한 설움에서.

"사실 저도 친구는 없어요. 무늬만 귀족이니 그렇게 되더라고요."
"어머니가 계셔서 외롭진 않은데."
"……."
"아냐, 그래도 가끔은 외로워요. 속이 터질 것같이 답답한데, 누구에게도 말할 수 없으면요."
"들어줘서 고마워요, 세시오."

자신의 이야기로.

이상하게도, 세시오는 그 시간이 좋았다. 언제부턴지는 특정할 수 없어도 좋아졌다. 나중에 돌이켜 보고야 새삼, 세시오는 제가 말하는 것뿐 아니라 듣는 일도 익숙지 않다는 걸 알았다. 그와 사적인 대화를 나누는 사람은 오직 파넬로 앵게스트뿐이다. 하나 세시오가 하는 말은 명령뿐이고, 파넬로가 하는 말은 보고 혹은 약간의 조언뿐이었다.

인간적인 이야기에서 몇 걸음은 떨어져 살다 보니, 그 모든 게 좋았다. 하소연도, 설움도, 분노도, 외로움도. 어쩌면 그 주인공이 매력적이라 좋아진 건지도 모르겠지만.

그러면서, 세시오는 제가 단단히 착각했다는 사실을 깨달았다. 테릴은 그가 동질감을 느낄 만한 사람은 아니었다. 그녀에게는 사랑하는 가족이 있었고, 지기 싫다는 오기도 있었다. 이따금 이기심도 있었고, 그에 대한 반성도 있었다. 복수만을 바라보며, 모든 일에 시큰둥하게 반응하는 그와 달리 테릴은. 콩테로만 그려 낸 듯한 무채색의 세계에서, 오직 그녀만 색을 가지고 있었다. 테릴 윈터글라스만이 살아 있는 것처럼 느껴졌다.

다른 이들 또한 그에게 이야기하지 않을 뿐, 그들만의 이야기가 있겠지만 세시오에게는 그랬다. 십수 년 만에 다시 찾은 인간의 정에, 사람의 이야기에 홀렸다. 그래서 세시오는 제 감정이 무슨 색으로 물들고 있는지도 몰랐다.

알아차린 건 제몬이 찾아왔을 때였다.

"너, 요즘 테릴한테 왜 이렇게 집적거리는 거야."

그의 두 눈에는 질투가 들끓고, 목소리에는 분기와 불안이 뒤섞여 있다. 세시오는 문득, 제몬의 감정이 우습다고 생각했다.

"내가 가진 게 다 탐나? 다 빼앗고 싶어서 안달이 나?"

비웃는 걸 알았는지, 제몬은 세시오의 멱살을 잡아챘다. 그가 이따금 폭력적으로 나오는 건 드문 일도 아니었으나, 세시오는 그 순간 짜증을 느꼈다.

무도회장에서는, 외모가 반반해 잠깐 어울릴 뿐이라고 테릴을 비하하더니 질투라고? 차마 말로 꺼낼 수 없는 게 아쉬울 뿐이다. 세시오는 분노를 참으려, 이를 악물다가 문득 제 감정이 이상하다는 사실을 깨달았다.

왜 화가 나지?

바보는 아니기에, 그걸로 충분했다. 이것이 친애인가 사랑인가 고민하는 시간도 짧았다. 그가 느끼는 감정이 그저 친애였다면, 느끼지 않았을 감정이 뒤따랐으니까.

인지한 게 실수였던 걸까, 마음은 급격히 자라났다. 그리고 질투 또한 새카맣게 아가리를 벌렸다. 애당초 테릴은, 제몬의 연인이 아니었다면 그와 마주칠 일도 없는 사람이다. 그걸 알면서도 세시오는 갈수록 제몬이 그녀의 곁에 선걸 견디기 힘들어졌다. 그가 태어나 느껴 본 다른 애정과도 결이 완전히 달랐다. 세시오는…… 그래, 제몬을 향한 살의까지도 느꼈으니까.

혼자 멋대로 튀어 오르는 감정이 낯설고 당황스러웠다. 제 것인데도 마음이 제 것 같지가 않았다. 날이 갈수록 통제가 힘들어졌다.

그래서 그는 그녀에게 불현듯 물었다.

「제몬을 사랑하십니까?」

당시 테릴과 나누던 주제와도 완전히 어긋나는 말. 맥락 없이 튀어나온 말이 당황스러운지, 그녀는 눈을 깜박였다. 그러나 답을 망설이지도 않았다.

"그렇지 않았다면, 여기 응접실에서 몇 시간씩 기다리지도 않았겠죠."

당연하단 듯 내뱉는 그 말이 세시오의 가슴팍을 길게 할퀴고 지나갔다. 모르던 것도 아닌데. 굳이 물어봐 놓고 상처받는 스스로가 우습다.

이후로, 그는 다시는 같은 것을 묻지 않았으나 테릴의 상태는 그의 충동을 부채질했다. 그녀의 얼굴은 갈수록 어두워졌고, 그 이유는 제몬 데이브릭이었다. 말로는 연인이라면서 수많은 희생을 강요하고, 그녀가 상처받지 않는 사람처럼 조금도 감싸지 않는다.

더하여 테릴은, 그런 제몬을 아직도 사랑하는 자신에 대해서도 자괴감을 느겼다. 많은 것들이 테릴의 영혼을 망치고 있었다. 그걸 바라보며, 세시오의 감정도 따라 뒤틀렸다.

언제부턴가 그런 생각도 들기 시작했다.

"언령을 써서라도, 제몬과 헤어지게 할까."

제몬은 테릴 윈터글라스를 불행하게 할 뿐이다. 헤어지는 쪽이 행복할 것은, 분명했다. 테릴이 먼저 선택하지 않더라도, 제몬은 언젠가 그녀를 놓고 말 테니까.

하나 세시오는 그럴 수도 없었다. 테릴의 행복만을 바라기에 그는 이기적인 사람이었다. 제몬과 헤어지면 다시는 후작저에 발을 들이지 않을 걸 알기에, 그는 차마 그녀의 등을 떠밀 순 없었다.

그러던 어느 날, 세시오의 머릿속에 그 딜레마를 해결할 만한 방법이 생각났다.

"나를, 사랑하게 하면……."

무의식중에 내뱉었다가, 그는 제가 한 말에 놀라 입을 틀어막았다. 말도 안되는 소리였다. 언령으로 사람의 감정을 바꿀 생각을 하다니. 해서는 안 되는 방식이고, 그렇게 만들어 낸 마음이 진짜일 리도 없다.

그러나 한 번 생각한 것만으로 충동은 강해졌다. 적어도 지금보다는 테릴을 행복하게 할 수 있지 않을까. 자기합리화를 해 보다가, 세시오는 그런 스스로가 우습고 추해 웃었다. 어린 시절을 정상적으로 보내지 못한 탓에 영혼이 많이 뒤틀린 모양이다. 아주 비열하고 비겁한 방향으로. 그런데도 아직껏 언령을 쓸 수 있는 걸 보면, 신은 제가 생각한 것보다는 자비로운가 보다.

마이너스 100이란 수치가 마이너스 10이 될 뿐이다. 그가 걷기로 한 길 또한, 순탄치는 않을 테니까. 테릴이 제몬과 헤어진다면 그보다는 행복해질 텐데, 어떻게 그걸 명분 삼을 수 있을까. 세시오는 자조하며 제 생각을 흩어 내려 애썼다.

그리고 기어이는, 끝이 찾아왔다.

"내일, 제몬에게 헤어지자고 말할 셈인데, 그럼 이제는 친구 자격이 되나요?"
"세시오를 귀찮게 하지는 않아요. 이제 다시는 후작저에 오지 않을 거거든요."

안 돼. 보낼 수 없어. 혼자 새카맣게 커진 마음이 다시 세시오의 마음을 부추겼다. 여태 원하던 걸 가져 본 적이 없었잖아. 그러니 한 번쯤은 욕심부려도 괜찮지 않을까. 마침 보는 눈도 없는 새벽이었다.

세시오는 기어이 입을 열고 말았다.

"아니요. 저는 테릴을 친구로 볼 수 없습니다."

테릴은 그 사실만으로 놀랐지만, 그건 언령을 쓰기 전 단계에 불과했다.

한 마디면 됐다. 나를 사랑하라고. 나를…… 사랑해 달라고. 그런데.

세시오가 결심하며 자리에서 일어난 순간, 테릴에게 단 몇 걸음을 내디던 순간 결심은 빠르게 흩어졌다. 어깨를 움찔 떠는 것만으로, 테릴이 경계하는 눈으로 그를 쳐다본 것만으로. 한순간이지만 이전의 감정이 다 지워진 표정이 그를 향하는 것만으로도.

그제야 세시오 데이브릭은 알게 됐다. 지금의 저는 그럴 수 없다는 것을. 양심이나 도덕 때문이 아니라. 저를 사랑하라고 명령할 때, 잠깐 보게 될 테릴의 표정을 상상하는 것만으로도 그는 아무것도 할 수 없을 거라고. 그러니 그나마 가능한 건.

"내가 당신을 사랑한다는 말입니다."

고백과.

"잊어버리세요, 전부."

모든 걸 없었던 일로 되돌리는 것뿐이었다. 그러나 그녀의 기억을 지우는 것으로는 부족했다.

애당초 테릴의 문제가 아닌, 세시오 자신의 문제였다. 그의 감정이 너무 뒤틀린 탓에. 정상적인 방법으로는 사랑받을 수 없다는 걸 너무도 잘 아는 탓에.

그저 테릴과 잠깐 대화를 나눴을 뿐이면서, 멋대로 탐욕을 품고 그녀의 마음을 함부로 하려 했다. 세시오가 여태 아무것도 가지지 못한 건, 테릴의 탓이 아니었음에도. 이 사실을 알게 되면 테릴 윈터글라스는 저를 얼마나 끔찍이 생각할까.

테릴이 무사하려면, 제 감정부터 사그라뜨려야 했다. 지금은 다행히 참을 수 있었으나 마음이 더 커지면 무슨 짓을 벌일지 장담할 수 없었다. 테릴이 제 몬과 헤어지면 다시는 데이브릭에 찾아오지 않을 테니, 그녀도 더 위험하지는……

세시오의 눈가가 일그러졌다.

"언제까지⋯⋯ 버림받거나 버릴지 선택해야 할까."

그는 붉어진 눈을 질끈 감았다.

"응? 테릴."

명확한 방법을 아는데. 어느 게 가장 좋은지 분명히 알고 있는데, 그는 차마 그럴 수 없었다.
결국 세시오의 입에서 나온 말은.

"제몬의 추문을 잊어 줘."

한없이 이기적이었으나, 세시오는 그녀가 바로 떠나지 않길 바랐다. 단 몇 달, 단 며칠만이라도 헤어지려는 마음을 접고 데이브릭에 와주길 바랐다. 몇 번이라도 더 테릴의 얼굴을 보길 바랐다. 그는 거기까지 욕심을 버리진 못했다.
하나 죄를 지은 덕인지, 마지막을 내뱉기는 쉬웠다.

"테릴을, 테릴 윈터글라스를 향한 감정이 모두 지워지기를."

그러나 그러면서도 미련이 남은 걸까. 그 마음의 아주 일부분은, 아주 조그만 부분은 기어이 그의 가슴에 남아 버렸다.

그래서 세시오는 착각할 수 있었다. 시간이 제 첫사랑을 지워 버렸다고. 이제 그녀에게 남은 감정은 없다고.

지워진 줄도 몰랐던 약간의 기억과 수많은 감정. 그 파편을 모조리 되찾았다.

감춰진 제 일부를 돌려받는 반동으로 의식을 잃었던 세시오가 눈꺼풀을 들어 올렸다. 이제는 익숙해진 천장을 바라보며 그는 중얼거렸다.

"틀리지 않은 판단이었어."

언령을 써 가며 무의식에 파묻어 놓은 감정은, 그 와중에도 꾸역꾸역 자라 있었다. 이제는 언령을 쓴다고 해도 테릴의 마음을 뜻대로 바꿔 놓을 수 없겠지만.

현실적인 사정이 자라난 욕망을 억누를 순 없었다.

세시오는 이제 더 참고 싶지 않았다. 그는, 테릴 리한을 원했다.

3권에서 계속.

신데렐라는 내가 아니었다 2

초판 1쇄 인쇄 2022년 9월 15일
초판 1쇄 발행 2022년 9월 28일

지은이 과앤
펴낸이 김선식

경영총괄 김은영
IP개발 심미리 **상품개발** 윤세미
엔터테인먼트사업본부장 서대진
웹소설1팀 최수아, 김현미, 심미리, 여인우, 장기호
웹소설2팀 윤보라, 이연수, 주소영, 주은영
웹툰팀 이주연, 변지호, 윤수정, 임지은, 채수아, 최하은
IP상품개발팀 윤세미, 송임선
디지털마케팅팀 김국현, 김선민, 김호애, 김희정, 이소영
지식교양팀 김선욱, 김혜원, 백지은, 석찬미, 염아라, 이수인
저작권팀 한승빈, 김재원, 이슬
재무관리팀 하미선, 김재경, 안혜선, 윤이경, 이보람 **제작관리팀** 박상민, 김소영, 김진경, 양지환, 이지우, 최완규
인사총무팀 강미숙 김혜진 황호준 **물류관리팀** 김형기, 김선진, 민주홍, 양문현, 전태연, 전태환, 한유현
외부스태프 크리에이티브그룹 디헌(디자인) 영수(일러스트)

펴낸곳 다산북스 **출판등록** 2005년 12월 23일 제313-2005-00277호
주소 경기도 파주시 회동길 490
전화 02-702-1724 **팩스** 02-703-2219 **이메일** dasanbooks@dasanbooks.com
홈페이지 www.dasan.group **블로그** blog.naver.com/dasan_books
종이 한솔피앤에스 **출력·인쇄** 민언프린텍 **코팅·후가공** 평창피앤지 **제본** 다온바인텍

ISBN 979-11-306-9377-4 (03810)

다산북스(DASANBOOKS)는 독자 여러분의 책에 관한 아이디어와 원고 투고를 기쁜 마음으로 기다리고 있습니다.
책 출간을 원하는 아이디어가 있으신 분은 다산북스 홈페이지 '원고투고'란으로 간단한 개요와 취지, 연락처 등을 보내주세요. 머뭇거리지
말고 문을 두드리세요.